A L'OMBRE DES AMANDIERS

Dominique Marny

A L'OMBRE DES AMANDIERS

FRANCE LOISIRS
123, boulevard de Grenelle, Paris

Une édition du Club France Loisirs, Paris,
réalisée avec l'autorisation des Presses de la Cité

ISBN : 2-7441-1786-2

Pour Pierre
qui m'a donné « sa » Provence.

1919

1

– Les amandiers, s'écria Jeanne en ouvrant les volets de sa chambre. Les amandiers !

Ils avaient éclos pendant la nuit et, caressés par le soleil de mars, offraient leur délicate et subtile floraison.

La jeune fille demeura un long moment à les contempler. Qu'existait-il de plus beau que cette légèreté, cette fragilité ? Elle frissonna ; la prenant au dépourvu, l'émotion l'envahissait. Sa Provence s'offrait dans toute sa douceur et ce cadeau se révélait d'autant plus précieux qu'il serait éphémère. Une ondée de fleurs... l'image était curieuse, néanmoins elle n'en trouvait pas d'autre pour définir ce nuage diaphane vers lequel elle avait envie de courir.

Sans qu'elle pût s'en défendre des souvenirs envahissaient sa mémoire. Elle se revit trottinant auprès de son père qui emplissait d'amandes encore vertes ses menottes d'enfant. Elle avait, alors, cinq ou six ans et son univers se résumait aux Restanques, la propriété qui, sur les hauteurs du village de Cotignac, avait vu naître quatre générations de Barthélemy. Avait-elle un seul instant imaginé que ce bonheur serait, un jour, interrompu ? Pourtant, le 3 août 1914, l'Allemagne déclarait la guerre à la France et Robert Barthélemy, comme tous les hommes vaillants des environs, avait embrassé sa famille avant de gagner la garnison de Toulon puis le Front.

En sonnant huit heures, les cloches de l'église la ramenèrent au présent. C'était aujourd'hui que venaient déjeuner ses oncle, tante et cousins Delestang et elle avait promis à sa mère de surveiller les préparatifs du repas.

Dans une grande armoire, elle choisit la robe de serge grise que réclamait son deuil puis elle se dirigea vers le cabinet de toilette. Dégageant son visage des cheveux bruns qui bouclaient jusqu'à ses reins, elle guetta son reflet dans un miroir. Un teint mat, de grands yeux mordorés qu'abritaient des sourcils bien dessinés révélaient ses origines méridionales. La bouche qu'elle jugeait trop charnue trahissait sa nature sensuelle voire gourmande, une impression que confirmèrent les courbes douces et pleines de son corps quand elle ôta sa chemise de nuit.

Une fois prête, elle descendit les escaliers où l'odeur de pain grillé et de café se mélangeait à celle de la cire d'abeille.

– Ah, j'allais frapper à votre porte, s'exclama Apolline en la voyant apparaître dans le vestibule.

Renouant son tablier, la servante ajouta :

– Votre tante Delestang est bien embarrassée. Deux personnes lui sont arrivées, hier, à l'improviste, et elle ose pas les amener... Son domestique est encore là...

– Enfin... elle sait bien que la maison lui a toujours été ouverte ainsi qu'à ses amis !

– Elle craint que votre mère soit pas contente ?

– Ma mère ! Sera-t-elle seulement levée pour les accueillir ?

Depuis la mort de son époux, à Verdun, Marthe Barthélemy s'enfonçait dans la neurasthénie. Rien ne la sortait de sa prostration, ni ses enfants ni la destinée des Restanques. Réfugiée dans ses appartements du premier étage, elle passait la majeure partie de son temps à somnoler ou à lire des « bleuettes ». L'entourage, qui avait pensé que cet état serait passager, commençait à s'inquiéter. En effet, sans la présence de Barnabé, le vieux métayer, la cueillette des olives et celle des amandes n'auraient pas été accomplies l'an passé. Mais, à l'avenir, qui remplacerait Robert Barthélemy ?

– Laurent a l'âge de prendre la relève, répondait invariablement Marthe lorsque sa fille lui demandait d'accomplir un effort en faveur du domaine.

– Laurent ! Il n'a que dix-huit ans !

– Ton père n'était guère plus âgé quand il a dû s'occuper des Restanques.

– Voyons, maman, tu te trompes... Il nous a toujours dit qu'il avait suivi des études d'agronomie et accompli son service militaire avant d'en hériter.

– Ah... peut-être... disait Marthe avant de fermer les paupières.

C'était le signe que la conversation avait assez duré et Jeanne se retirait avec un goût d'amertume dans la bouche.

Mais, ce matin, ne comptait que le plaisir de sortir du vaisselier le joli service en faïence de Moustiers, celui que l'on réservait aux hôtes d'importance. Les assiettes furent disposées sur une nappe de damas immaculée où s'entrelaçaient les initiales des familles Barthélemy et Delestang. Puis ce fut au tour des verres en cristal d'être essuyés avec un torchon avant de chatoyer sous les rayons du soleil qui pénétrait à flots dans la salle à manger.

Dans la cuisine, Fanny, dont la réputation de cordon-bleu n'était pas usurpée, préparait un tian [1] de légumes que Jeanne s'empressa de goûter. Elle aimait l'atmosphère de cette pièce carrelée de bleu et de blanc où, dans de grandes casseroles en cuivre, mijotaient les daubes, ragoûts et aïolis qui, dès son plus jeune âge, l'avaient initiée aux plaisirs gustatifs.

1. Flan.

– Laissez donc ça ! Vous allez vous couper l'appétit ! Et puis, il y manque les herbes !

Jusqu'à une heure, Jeanne se sentit désœuvrée. Elle aurait dû vérifier les comptes de la maison mais la promesse d'une belle journée l'incitait à rêver. Il y avait aussi les questions qu'elle se posait à propos des deux inconnus qui bientôt franchiraient le seuil.

Perdue dans ses suppositions, elle sursauta en entendant claquer des portières de voiture. Par la fenêtre, elle vit son oncle Raymond qui s'extirpait avec difficulté de son siège tandis que sa femme Angélique, assise à la place du conducteur, relevait la voilette de son chapeau.

Un second véhicule pénétrait dans la cour quand Jeanne apparut sur le perron. Il en sortit ses cousins Michel et Sylvie ainsi qu'une adolescente blonde et un homme d'environ vingt-cinq ans.

– Jeanne, je te présente mon ami Jérôme Guillaumin, lui dit Michel, et voici sa sœur Nicole.

Pendant que le jeune homme s'avançait, elle put détailler les cheveux noirs et bouclés, le nez aquilin, le menton volontaire. Des yeux gris foncé soutinrent son regard tandis qu'une main ferme s'emparait de la sienne. Il y eut un échange de politesses puis, dans le brouhaha qui lui était habituel, le clan Delestang gagna le salon.

– Laurent n'est pas là ? s'enquit Angélique en s'asseyant dans une bergère recouverte d'indienne.

– Il est allé à Brignoles mais il ne devrait plus tarder, répliqua Jeanne avant de proposer un verre de muscat à ses invités.

– Et ta mère ? Aurons-nous la chance de l'apercevoir ?

La question avait été formulée par le frère de Marthe, Raymond Delestang, que les tranchées avaient privé de sa légendaire vitalité.

– Je ne crois pas, répliqua Jeanne en consultant la pendule posée sur la cheminée de pierre.

A l'adresse de Jérôme et de Nicole Guillaumin, elle précisa :

– Depuis le décès de mon père, elle a perdu le goût de vivre.

– Elle ne l'avait déjà pas beaucoup, l'interrompit Raymond Delestang que les états d'âme de sa sœur avaient toujours agacé. Une fleur de serre, ajouta-t-il, mais d'une espèce étrange. Remarquez, nos parents n'ont rien fait pour lui insuffler le sens des réalités. Ils m'avaient même intimé l'ordre, quand nous étions enfants, de ne jamais la contrarier, encore moins de la faire pleurer...

– Mais Raymond, tous ces détails n'intéressent pas monsieur et mademoiselle Guillaumin, remarqua sa femme en volant au secours de Jeanne dont elle percevait la nervosité.

La cause n'en était toutefois pas celle qu'elle imaginait. En même temps qu'elle conversait avec sa famille, la jeune fille sentait Jérôme attentif à ses paroles, à ses gestes, et cette découverte la troublait. Jusqu'à l'arrivée de son frère, elle se sentit gauche, intimidée...

– Monsieur Guillaumin, s'exclama Laurent en découvrant le visiteur, quelle bonne surprise ! Michel m'a si souvent parlé de vous.

– Mon cousin Laurent est passionné par la botanique, expliqua Michel.

– Ah... je comprends, répondit Jérôme en souriant.

Tout au long du repas, il dut répondre aux questions que lui posa le garçon : quand et de quelle manière s'était-il découvert une vocation de botaniste ? Où avait-il accompli ses études ?

– D'abord à Montpellier puis à Paris.

– Paris ! Vous y habitez ?

– Plus pour longtemps ! Je pars dans deux mois.

– Loin ?

– A l'autre bout du monde.

– Quelle chance vous avez, s'écria Laurent. Depuis

l'enfance, je me suis toujours intéressé à la nature. Oncle Raymond peut vous raconter avec quelle minutie je confectionnais mes herbiers. Et tous les livres que j'achetais avec mes économies. Tenez, ce matin encore, j'étais à Brignoles pour y trouver des traités sur la forêt amazonienne.

Michel, qui observait son cousin, enviait sa fougue. Que n'aurait-il donné pour être habité par une passion, n'importe laquelle ! Mais il avait beau chercher, rien ne l'intéressait. Même la capitale, où il avait séjourné pendant quelques mois, n'avait pas répondu à ses espérances. Pourtant la vie y reprenait et le travail ne manquait pas pour ceux qui voulaient reconstruire le pays.

– Je m'arrêterai tout d'abord à Bombay puis je me rendrai au Népal et traverserai l'Himalaya jusqu'au Sikkim, poursuivait Jérôme Guillaumin.

C'était au tour de Sylvie Delestang d'être captivée. Comme Jeanne, elle avait quitté, au début de l'été dernier, le pensionnat des Ursulines à Aix-en-Provence et, depuis, elle cultivait avec exaltation et assiduité le romanesque.

Profitant d'une diversion à la fin du déjeuner, elle murmura à sa cousine :

– Quel homme séduisant ! Si seulement il n'avait pas l'idée de partir pour des pays sans avenir, je me mettrais bien sur les rangs. Pas toi ?

– Chut. Sa sœur nous regarde.

Depuis son arrivée, Nicole Guillaumin s'était contentée de sourire timidement et de répondre par monosyllabes aux questions qu'on lui posait. Grande, élancée, elle avait une silhouette sportive que ne mettait pas en valeur une robe bleu pâle de petite fille sage. La puberté fleurissait sur son visage ; sans doute en avait-elle des complexes car une épaisse frange couvrait son front et mangeait en partie des yeux qui reflétaient la vivacité.

Refusant une tasse de café, elle rejoignit Jérôme

dont Laurent mobilisait l'attention. L'un après l'autre, continents et pays étaient évoqués et le botaniste s'étonnait des connaissances de son interlocuteur. Le jeune Barthélemy possédait une culture des plus originales et ce n'était certainement pas au collège qu'il l'avait acquise.

– J'ai toujours détesté les études imposées, confirma-t-il, et je n'ai pas l'intention d'aller plus loin que le bachot. Seule l'action m'intéresse ! Comme vous, je veux voyager !

Ce discours ressemblait à celui que Nicole avait entendu pendant son enfance. Son frère avait lui aussi clamé qu'il ne se contenterait jamais d'une existence ordonnée. Il lui fallait des terres vierges et de grands espaces. Mais, pas un seul instant, il n'avait songé que la guerre lui permettrait de vivre ses premières aventures !

Ne faisant rien comme tout le monde, Jérôme avait en effet décidé, dès le début des hostilités, de combattre l'ennemi par la voie des airs. On formait les aviateurs au Crotoy, dans la baie de la Somme. Il s'y rendit et, pendant plusieurs mois, reçut un entraînement soutenu. Quand on le jugea prêt, on l'envoya, à l'est, rejoindre l'escadrille 64. Jamais il n'oublierait la fraternité qui unissait les pilotes ainsi que les aubes glacées quand, en petit groupe, ils décollaient afin d'effectuer des reconnaissances au-dessus des lignes allemandes. A bord de son Morane, il avait souvent eu la peur au ventre quand, à l'horizon, il voyait apparaître les avions ennemis. Une bataille s'engageait alors... et, à plusieurs reprises, il se crut perdu. Ce fut après avoir largué des bombes au-dessus d'un village occupé par les soldats du Kaiser qu'il fut touché à l'épaule gauche. Malgré la douleur, il réussit, avec l'aide de son mécanicien, à regagner la base. Scrutant le ciel avec inquiétude, ses amis l'y attendaient, une attitude qui, souvent, avait été la sienne quand, resté au sol, il comptait les appareils en espérant qu'aucun d'entre eux ne manquerait.

Pendant sa convalescence, il s'était promis de mettre sa vie au service de la connaissance et de la recherche. La pharmacopée était en plein essor. A lui de trouver de nouvelles possibilités pour guérir ses semblables !

Nicole l'entendit s'excuser auprès de leur hôtesse avant de suivre Laurent qui voulait lui montrer la partie du jardin réservée aux « simples ».

Ils contournèrent un pigeonnier puis descendirent les marches menant à la première terrasse des Restanques [1]. Aucune autre appellation n'aurait mieux défini cette propriété dont les nombreux hectares se déployaient sur une colline plantée d'amandiers, d'oliviers et de figuiers.

– Quelle vue magnifique ! s'émerveilla Jérôme en s'arrêtant pour contempler le village que dominait une falaise où se découpaient deux tours de guet en ruine.

– C'est vrai, répliqua Laurent, pourtant rien ici ne répond à mes espérances, encore moins à mes ambitions, et certainement pas la récolte des olives !

– Votre domaine a pourtant la réputation d'en vendre d'excellentes.

– C'était avant la guerre ! Mon père est mort...

– C'est tout de même dommage de ne pas perpétuer son travail !

– Ces paroles me sont répétées chaque jour mais, moi, j'attends autre chose de la vie !

Dans un endroit retiré, Laurent avait fait pousser des plantes médicinales : angélique, citronnelle, coriandre, mauve, guimauve, pensée sauvage, romarin, il ne résistait pas au plaisir d'égrener leurs noms et leurs propriétés.

Pris au jeu, son visiteur complétait les informations et ce furent des appels répétés qui les sortirent de leur conciliabule.

– Nous rentrons à la maison, déclara Angélique Delestang lorsqu'ils la rejoignirent, mais, monsieur

1. Nom désignant les propriétés en terrasses.

Guillaumin, restez avec mon neveu. Vous nous rejoindrez, plus tard, avec votre voiture.

– Oh oui, restez, s'interposa Laurent.

– J'ai promis à Michel de disputer avec lui une partie de tennis. Revoyons-nous demain...

A quelques pas, Jeanne avait entendu la proposition et, sans qu'elle se l'expliquât, l'appréhension l'envahissait. Il s'agissait d'un sentiment vague, diffus, néanmoins rien ne lui aurait ôté de l'esprit que, bientôt, la destinée des Restanques serait bouleversée.

2

Jeanne ne manquait jamais le marché dont elle aimait l'atmosphère et les parfums. Un panier à la main, elle déambulait à travers les étals tandis que les maraîchères vantaient les tomates, les aubergines ou les petits artichauts violets qui craquaient sous la dent. Grisée de couleurs et de senteurs, elle ne se lassait pas de regarder vivre Cotignac car rien ne représentait mieux un village que ce rendez-vous hebdomadaire où chacun proposait le fruit de son labeur. Au milieu des chapelets d'oignons et d'aulx, les légumes s'enchevêtraient, se superposaient, mêlant leur rouge et leur brun... tandis que, plus loin, la sarriette, la sauge, le basilic et le romarin excitaient l'odorat ainsi que les épices qui, dans des sacs de jute, représentaient le monde méditerranéen.

Au détour d'une allée envahie par une foule bon enfant, Jeanne se heurta à Elise Rouvel, la femme du notaire.

– Ah, petite ! Justement, je voulais rendre visite à ta mère pour lui annoncer la nouvelle. Bel Horizon a été vendu, hier, à un certain monsieur Verdier... Un veuf !

Bel Horizon ! Ce domaine mitoyen des Restanques était inhabité depuis une dizaine d'années et plus personne ne se préoccupait de son avenir. Les vignes qui, autrefois, produisaient un agréable vin de pays étaient à l'abandon. A plusieurs reprises, un éventuel acheteur s'était présenté mais le délabrement de la maison et des celliers décourageait les offres.

En poursuivant ses emplettes, Jeanne songea à ce futur voisinage. Qu'en naîtrait-il? Une émulation? Une entraide?

Le choix de cartes postales capta pendant plusieurs minutes son attention. Puis elle se dirigea vers la fontaine située en amont du cours et devant laquelle opérait un dentiste qui faisait la tournée des bourgades avoisinantes. Le regard affolé, son patient ouvrait une bouche contractée où il plongea ses pinces, tandis qu'à quelques pas des gamins passionnés par la scène oubliaient de manger un pain arrosé d'huile d'olive. En revanche, à la terrasse du café, les joueurs de belote ne se laissaient pas distraire. Le mégot vissé aux lèvres, ils s'adonnaient à leur passe-temps matinal en buvant un verre de vin. Semaine après semaine, jour après jour, Jeanne les découvrait assis à leur place mais, à Cotignac, on répétait inlassablement la même pièce. Depuis des décennies, le rideau se levait sur les chevaux attachés à l'abreuvoir, les lavandières chargées de leurs corbeilles d'osier, le sacristain fumant une dernière cigarette avant d'entrer dans l'église et la fleuriste menaçant d'un balai les chiens qui s'oubliaient le long de la vitrine.

Il était presque midi lorsque Jeanne fixa ses achats sur le porte-bagages de sa bicyclette. Un kilomètre la séparait des Restanques, une côte qui la privait de souffle mais dont elle appréciait le point de vue sur le mont Verdaille. Elle était presque au bout de son effort lorsqu'elle aperçut l'automobile de Jérôme Guillaumin qui venait en sens inverse. Laurent, assis près du conducteur, lui adressa un joyeux signe de la main tandis que le véhicule poursuivait son chemin. Rassemblant son énergie, Jeanne parcourut la distance qui la séparait du domaine. A la sortie du dernier virage, elle vit une silhouette féminine se découper devant le portail.

– Bonjour, mademoiselle, la salua une jeune paysanne quand elle fut arrivée à sa hauteur.

Après une brève hésitation, elle ajouta :

– Vous me reconnaissez sans doute pas. Je suis la nièce d'Apolline.

– Rosalie ! Mon Dieu ! Cela fait si longtemps...

A la mémoire de chacune revenaient les parties de marelle ou de dominos, l'habillage des poupées au visage de porcelaine, les découpages et les goûters dans les dînettes fleuries. Jusqu'à l'âge de sept ans, les deux fillettes avaient en effet partagé les jeux propres à l'enfance. Puis il y avait eu le départ de Jeanne pour le pensionnat et l'installation de Rosalie à Toulon où son père avait été engagé comme manœuvre à l'Arsenal.

– Entrons, proposa Jeanne en poussant à pied sa bicyclette.

Tout en devisant, elles remontèrent l'allée bordée de cyprès qui menait à la maison dont les volets vert pâle se détachaient sur la sobre façade de pierres blanches.

– Alors, tu veux bien seconder Apolline ? demanda Jeanne.

– Dès qu'elle m'a proposé de revenir ici, j'ai sauté de joie.

– Et tu es certaine de ne pas regretter Toulon ?

– Pour que j'aie des regrets, il faudrait que j'en garde de bons souvenirs. On manquait d'argent et mes parents arrêtaient pas de se disputer. En fait, ma mère a jamais pardonné à mon père de pas être resté palefrenier chez vous.

Pendant qu'elles marchaient, Jeanne observait son interlocutrice. Indisciplinés, des cheveux aux reflets fauves bouclaient autour d'un visage triangulaire de chat où brillaient des yeux noisette. Le nez était fort, les lèvres épaisses, bien ourlées, et les rondeurs du corps tendaient l'étoffe d'une robe de serge rouge trop ajustée. « Un beau fruit qui ne demande qu'à être cueilli », n'auraient pas manqué de remarquer les hommes.

– Tu n'as pas de fiancé ?

– De fiancé ? Oh non, répliqua Rosalie en riant.

– Pourtant, jolie comme tu es...

– J'ai eu des demandes, c'est vrai, mais jamais je ferai ma vie avec un garçon pauvre.

Surprise par la véhémence de ces derniers propos, Jeanne demeura silencieuse jusqu'à ce qu'elles parviennent à l'office où Rosalie trouverait Apolline dont les rhumatismes, depuis quelques mois, ralentissaient le travail.

A la fin de l'après-midi, Jeanne se consacrait encore au règlement des factures et aux comptes. Les Restanques ne se portaient pas bien mais, face à cette évidence, elle était la seule à chercher des solutions. Les olives ne suffisaient plus à payer les charges de la propriété. Restaient les amandes ! Plutôt que de les vendre à un courtier, il serait plus lucratif de les broyer et de les trier sur place puis de fabriquer un nougat de bonne qualité. Néanmoins, pour se lancer dans l'aventure, il fallait du matériel, ce qui signifiait de l'argent. Où le trouver ? Son oncle Raymond Delestang pourrait peut-être l'aider à contracter un emprunt auprès d'une banque. Mais, avant d'entamer une telle démarche, elle devrait obtenir l'assentiment de sa mère. Cette perspective annihilait ses élans.

Des pas résonnèrent dans la bibliothèque attenante au bureau où elle se tenait. Laurent avait dû rentrer de sa promenade. Avant de le rejoindre, Jeanne rédigea une dernière lettre qu'elle cacheta.

– La corvée est suspendue jusqu'à nouvel ordre, lança-t-elle en ouvrant la porte.

Puis elle ajouta :

– Il ne me manque plus que des manches en lustrine et des lorgnons sur le nez pour devenir un horrible « rond-de-cuir ».

– Rassurez-vous, vous ne leur ressemblerez jamais.

Surprise par le timbre de la voix, Jeanne se tourna vers le sofa. Un livre ouvert sur les genoux, Jérôme Guillaumin la regardait avec une lueur d'amusement dans les yeux.

– Excusez-moi, balbutia Jeanne. Je pensais trouver mon frère.

– Il est monté dans sa chambre pour se changer.

Face au visiteur, la jeune fille prenait conscience de ses cheveux attachés à la diable, de ses doigts tachés d'encre et, surtout, des pantoufles usées dont elle appréciait le confort. Le désarroi l'envahissait mais il était trop tard pour envisager une retraite.

– Avez-vous passé une agréable journée ? demanda-t-elle en s'en voulant de ne pas tenir des propos plus originaux.

– Excellente ! Laurent m'a fait découvrir le village de Barjols puis il m'a entraîné jusqu'au refuge de votre berger.

– Rémy.

– Oui, Rémy, qui, mieux que personne, connaît le secret des plantes.

– Il est réputé, c'est exact, pour guérir des maux récalcitrants. Certains le préfèrent même au médecin. On dit aussi qu'il connaît l'avenir.

– Vous a-t-il fait des prédictions ?

– Non et je n'y tiens pas.

– Vous ne vous intéressez pas au futur ?

– Si, bien sûr, mais je ne veux pas être influencée.

Soucieuse de ne pas en dire plus, Jeanne s'approcha du visiteur puis, en désignant le volume, demanda :

– C'est intéressant ?

– Laurent me l'a conseillé. Il traite des fous de Bassan, ces oiseaux dont certains se retrouvent, chaque printemps, dans l'île de Bonaventure, au large du Québec. Ils s'y accouplent, pondent puis veillent sur leurs petits jusqu'à l'automne où ils s'envolent vers la Caroline du Sud. Un grand voyage qu'ils accomplissent à nouveau, six mois plus tard, mais en sens inverse.

– Rien ne les a jamais attirés ailleurs?

– Non. Contrairement aux humains, ils n'aspirent pas à connaître de nouveaux territoires.

– Vous parlez pour vous, s'insurgea Jeanne. Qui vous dit que nous aimerions tous quitter notre terre d'origine?

– Je n'ai pas parlé de la quitter mais de s'en éloigner pendant un temps afin de connaître d'autres paysages, d'autres civilisations. Cette idée ne vous a-t-elle jamais tentée?

– Si, quand j'étais adolescente. A ce moment-là, je voulais être archéologue mais la guerre est arrivée et...

La jeune fille se tut. Comment aurait-elle avoué à un étranger que tout désir l'avait quittée depuis la mort de son père?

– Partir des Restanques serait une trahison, poursuivit à sa place Jérôme.

– Oui, murmura-t-elle. Il m'est impossible de ne pas me sentir responsable de ceux qui travaillent pour nous.

A son tour, il privilégia le silence. Le jour faiblissait et, à travers les vitres de la porte-fenêtre, il voyait l'ombre du tilleul caresser la pelouse qui descendait vers les premières oliveraies. Au loin, un chien aboya. Il y eut le raclement d'une brouette. Jeanne alluma une lampe puis elle finit par s'asseoir sur une chaise recouverte de tapisserie. Dans un miroir, Jérôme pouvait discerner son profil, le nez petit et fier, le cou gracile autour duquel luisait une fine chaîne d'or. Sans qu'il se l'expliquât, la paix l'envahissait. Depuis combien de temps n'avait-il éprouvé cette sensation de calme, de douceur?

En apportant des bûches pour allumer un feu et en s'agenouillant devant l'âtre, Rosalie interrompit leur tête-à-tête.

Dès son arrivée au domaine, la servante avait déposé son balluchon dans la chambre qu'elle partagerait avec sa tante puis, le corps ceint d'un grand tablier, elle s'était mise à l'ouvrage. En même temps qu'elle frottait des chandeliers en cuivre, elle s'était souvenue des Restanques de son enfance. La propriété lui semblait alors un château. Elle revoyait Robert Barthélemy parcourant à cheval les terres où travaillaient les journaliers. C'était le temps de l'abondance et de l'insouciance. Jeanne l'appelait pour lui tenir compagnie et, l'espace de quelques heures, Rosalie se voyait projetée dans un monde privilégié. Le moment arrivait, pourtant, où il lui fallait abandonner des jouets qui ne lui appartenaient pas. Dans les communs, sa mère avait préparé sa soupe. Elle la mangeait sans plaisir avant de dire sa prière et se coucher dans un coin de la chambre familiale. Toutes les nuits, son père ronflait. Elle avait beau se boucher les oreilles, le bruit la tenait éveillée. Ce fut au cours de ces insomnies forcées qu'elle se jura de devenir riche. Comme Jeanne, elle posséderait, un jour, des robes de velours et nouerait des rubans dans ses cheveux. Comme Jeanne, elle apprendrait à jouer du piano et boirait dans une timbale en argent où serait gravé son prénom. Sa place serait réservée dans les premiers rangs de l'église et elle porterait une mantille de fine dentelle. Dix années à Toulon n'avaient pas détruit ses rêves ! Pourtant, qui aurait résisté au logement nauséabond, aux colères avinées d'un père, aux pleurs d'une mère et à une pauvreté grandissante ? Rosalie avait cependant toujours cru en son étoile. Quand Apolline lui demanda de revenir à Cotignac, elle sentit que son destin s'allégeait.

Après avoir soufflé sur les braises, la servante se releva. Jeanne avait quitté la bibliothèque et le visiteur feuilletait un gros volume.

Elle allait s'éclipser lorsque Laurent fit irruption dans la pièce.

– Je n'ai pas été trop long? s'exclama-t-il.

Puis, sans écouter la réponse de Jérôme Guillaumin, il contempla la jeune fille.

– Monsieur Laurent, répétait celle-ci en ne cachant pas son plaisir de découvrir à la place du garçonnet turbulent d'autrefois un jeune homme séduisant.

« Quel âge avait-il? Dix-huit ans », compta-t-elle mentalement, mais il paraissait davantage.

– Vous étiez trop petit pour pouvoir vous souvenir de moi, ajouta-t-elle.

– Tu te trompes ! Je te détestais car tu me volais ma sœur. Toutes les deux vous adoriez me tenir à l'écart de vos jeux.

Cette évocation les fit rire puis Rosalie s'éloigna vers la cuisine où Fanny et Apolline avaient commencé de dîner.

– Presse-toi de manger, lui ordonna sa tante. Il y a encore le lit de Madame à préparer pour la nuit.

Marthe Barthélemy était assise devant sa coiffeuse lorsque Rosalie pénétra dans la chambre. Il y faisait une chaleur de serre et l'air était saturé d'un parfum de muguet.

A pas hésitants, la jeune fille s'approcha. Madame Barthélemy avait-elle seulement remarqué sa présence? Le peigne à la main, elle semblait perdue dans ses rêves. Un désordre de flacons, de polissoirs, de robes jetées çà et là l'entourait. Sur une commode, des photographies la représentant au bras de son époux voisinaient avec des coquillages et des colifichets. Le temps semblait s'être arrêté dans cette pièce dont l'atmosphère étouffante révélait la mélancolie. A plusieurs reprises, Rosalie avait entendu que Marthe Barthélemy ne s'était jamais habituée aux Restanques. Pourtant, quand elle avait quitté Marseille pour suivre celui qui avait su répondre à ses chimères, elle s'était imaginé que l'existence auprès de ce preux chevalier s'apparenterait à un conte de fées. Un premier hiver rigoureux puis deux grossesses rapprochées, qui la tinrent alitée, eurent raison de ses espérances. De plus, ne comprenant rien aux langueurs de sa femme, Robert se vouait corps et âme au domaine. Actif, entreprenant, il avait agrandi les oliveraies et s'était préoccupé des figuiers que son père avait, de son vivant, négligés. Pendant une douzaine d'années, les Restanques furent citées en exemple. Les olives étaient délicieuses, l'huile que l'on en tirait à la coopérative n'avait pas d'égale dans les environs et les figues ne décevaient pas les connaisseurs.

La propriété se composait d'une bastide que les ancêtres de Robert avaient élevée à la fin du XVIIIe siècle. Des communs datant de la même époque s'étiraient à l'arrière de la demeure, autour d'une cour rectangulaire. C'était là, dans de grandes remises, qu'étaient entreposés le foin et les récoltes. A côté se dressaient les bâtiments où vivait le personnel : quatre garçons de ferme, deux lavandières, un palefrenier, un jardinier et Rémy, le berger, quand celui-ci n'accompagnait pas les moutons pendant la transhumance. Au moment des moissons et des cueillettes s'ajoutaient les journaliers qui trouvaient gîte et couvert dans une grange attenante au pigeonnier. Barnabé, l'intendant, avait droit à un régime de faveur. Il bénéficiait, avec sa femme Fanny, d'un logement à part.

Si aujourd'hui rien ne semblait avoir changé dans les faits, les tâches s'accomplissaient au ralenti mais Marthe n'avait pas envie d'affronter la réalité. Toute énergie l'ayant désertée, elle s'abandonnait à la fatalité. Pour qui vivait-elle désormais ? Ses enfants avaient toujours été des étrangers. Laurent ne pensait qu'à parcourir le monde et Jeanne ne partageait pas son goût pour le romanesque. Quant à la compagnie de son frère et de sa belle-sœur, autant dire qu'elle lui apportait peu de réconfort. Restait la solitude qui, jour après jour, lui serrait la gorge. Comme elle avait été sotte de croire à la chance et à l'amour éternel ! Robert lui avait, il est vrai, prodigué une tendresse sans faille mais sa mort la laissait sans protection.

La vision de Rosalie qui s'approchait pour la saluer la fit sursauter.

– Ah oui, Apolline m'avait prévenue de ton arrivée, se contenta-t-elle de murmurer avant d'enrouler autour de son cou un sautoir de jais.

Tout ce noir ! Comme elle détestait les accessoires et les vêtements qui symbolisaient son veuvage ! En contemplant son reflet, elle s'appesantit une nouvelle fois sur l'injustice de la vie. A presque quarante ans, elle se jugeait encore attirante. Néanmoins, n'avait-elle pas rejoint le peloton des femmes que l'on ne regardait pas, ces vestales appelées à vénérer le souvenir de leur époux ? Mon Dieu, comment continuer de vivre à côté du bonheur ?

3

En soufflant depuis deux jours, le mistral avait chassé les nuages. Néanmoins Jeanne n'aimait pas ce vent qui lui mettait les nerfs à vif.

Elle partait pour Entrecasteaux, chez les Delestang, lorsque Rosalie l'avertit qu'un visiteur demandait à voir Marthe Barthélemy.

– Un monsieur Verdier.

Verdier ! Jeanne avait déjà entendu ce nom, toutefois il n'évoquait rien de précis.

– Où est-il ?

– Il attend dans le vestibule.

L'homme devait avoir une cinquantaine d'années. Ses vêtements soignés indiquaient qu'il ne s'agissait pas d'un colporteur. D'emblée Jeanne n'aima pas le regard qu'il lui adressa : celui d'un chasseur à l'affût d'une proie.

– Permettez-moi de me présenter, lui dit-il d'une voix doucereuse. René Verdier, votre voisin.

Elle se souvint alors de sa conversation au marché, avec la femme du notaire.

– Ainsi, vous allez vous installer à Bel Horizon, répondit-elle en l'invitant à la suivre dans le salon où elle ne put s'empêcher d'ajouter : Vous êtes courageux.

– J'ai toujours rêvé de posséder des vignes.

– Pardonnez-moi d'être franche mais les vôtres ne sont guère en bonne santé.

– Oh, rassurez-vous. J'ai l'intention de les arracher pour les remplacer par ces fameux plants américains dont personne ne semble se plaindre.

Il est vrai que, depuis le début du siècle, de nombreux viticulteurs ruinés par les attaques du phylloxéra s'étaient laissé séduire par ces plants venus d'outre-Atlantique.

– Après tout, répliqua la jeune fille, vous avez raison d'être confiant. Cotignac est réputé pour ses miracles.

– Ah bon.

– Ne vous a-t-on pas raconté que Louis XIV devait sa naissance à la Vierge? Elle serait apparue au frère Fiacre alors qu'il se recueillait à Paris dans la chapelle de son couvent et lui aurait appris qu'Anne d'Autriche, après treize années de stérilité, attendrait bientôt un enfant. Il devait annoncer cette nouvelle à la souveraine puis l'exhorter à faire trois neuvaines dont la première à Notre-Dame-de-Cotignac.

– Et vous croyez à tous ces boniments!

– Boniments ou pas, Louis XIV naquit dix mois après la révélation. Plus tard, la reine demanda au religieux de porter jusqu'ici un tableau où son fils, agenouillé devant la mère du Christ, lui offre son sceptre et sa couronne.

– L'histoire est jolie mais je demeure sceptique.

– Vous avez tort; pour obtenir des miracles, il faut y croire.

En même temps qu'elle parlait, Jeanne se demandait pourquoi elle évoquait un tel sujet avec son interlocuteur. Un visage plein, une légère couperose et un corps enrobé révélaient que les préoccupations célestes devaient être largement supplantées par les plaisirs de la vie.

– Et vous, aux Restanques, lui demandait-il, vous sentez-vous protégée?

– Bien entendu, mentit-elle.

– Pourtant, un domaine de cette importance, cela doit être lourd !

– Nous nous en tirons.

– J'aurais aimé connaître madame Barthélemy mais...

– Elle est souffrante.

– Rien de grave, j'espère ?

– Un simple refroidissement.

– Alors ce sera pour une autre fois, rétorqua René Verdier en se préparant à prendre congé.

– Quand prévoyez-vous de vous installer à Bel Horizon ?

– A l'automne mais, hélas, je ne vivrai pas dans un décor aussi raffiné que celui-ci, souligna-t-il en jaugeant les meubles et les objets qui l'entouraient.

Alors qu'elle le raccompagnait, il s'arrêta devant un pastel où Marthe, un bouquet de fleurs dans les mains, souriait pour la postérité.

– Votre mère, peut-être ?

– Oui.

– Vous ne lui ressemblez pas.

– On dit, en effet, que je suis le portrait de mon père.

Après une courte pause, elle demanda :

– Avez-vous des enfants ?

– Non, ma femme n'a jamais pu m'en donner. Elle aussi aurait eu besoin de Notre-Dame-de-Cotignac. Enfin, la pauvre, paix à son âme...

Ces dernières paroles prononcées sur un ton volontairement triste ne trompèrent pas Jeanne. Rien n'était authentique chez ce veuf mais dans quel but jouait-il la comédie ?

La vision des amandiers que le mistral avait en quelques heures privés de leur floraison balaya ses questions. Un fragile tapis blanc recouvrait la terre et elle devrait attendre une année pour retrouver la beauté qui, depuis plusieurs jours, la faisait frissonner.

Après avoir traversé la campagne malmenée par les rafales de vent, l'automobile, conduite par le métayer, entra dans le village d'Entrecasteaux dont les maisons se serraient en contrebas du château qui, autrefois, avait abrité pour des séjours madame de Sévigné. Dominant un jardin dessiné par Le Nôtre, sa belle façade, agrémentée de balustrades en fer forgé, se découpait sur le ciel. En même temps qu'elle la contemplait, Jeanne se remémorait les réticences de sa cousine quand, enfant, elle cherchait à l'entraîner dans des aventures rocambolesques.

– On doit pouvoir y entrer, lui disait-elle.

– Tu es folle, rétorquait invariablement Sylvie.

– Mais non, je suis certaine qu'il contient un trésor.

Au détour d'un rideau de bambous apparut la bastide des Delestang. On y accédait par une longue allée bordée de lauriers. De l'escalier à double révolution, menant au rez-de-chaussée surélevé, bondit un grand chien jaune. Dès qu'il eut reconnu la visiteuse, il cessa d'aboyer et quêta ses caresses.

Dans le salon, Sylvie et Nicole Guillaumin jouaient aux dames tandis que Michel lisait le journal.

– Ah, te voilà, lança-t-il à Jeanne en se levant pour l'embrasser.

– Vous êtes seuls?

– Les parents sont partis pour Draguignan chez des amis. Quant à Jérôme, il est à Aix.

– Ah... Je ne savais pas qu'il vous avait quittés, répliqua Jeanne.

Sans qu'elle pût s'en défendre, la déception l'envahissait.

– Quittés pour la journée, précisa Michel. Il avait des démarches à faire là-bas.

Jérôme revint avant le dîner. Laurent l'avait précédé de peu, après une journée passée sur les bancs du collège de Brignoles.

– Je ne supporte plus cette prison, clama-t-il à qui voulait l'entendre. Vivement la quille!

– Et la belle vie à Hyères ou sur la Canebière, poursuivit Michel sans remarquer que son cousin ne semblait guère enthousiasmé par ce genre de projet.

Il était difficile de trouver plus dissemblables que les deux garçons. Peu ambitieux, Michel se contentait d'exister dans l'ombre de son père. Pour avoir la paix, il faisait le strict minimum en faveur du domaine qui produisait un vin honnête et un miel réputé. Laurent, par contre, recherchait les défis. Il n'y avait qu'à observer son expression quand il proposa, plus tard, d'entamer une partie de poker.

Tous s'installèrent autour d'une table recouverte d'un tapis de feutrine verte puis se concentrèrent sur le jeu. Tous... hormis Jeanne qui, à plusieurs reprises, regarda Jérôme. Dans le halo de la lampe, elle discernait ses traits. Lui aussi semblait vouloir gagner et il fut exaucé. Elle aima son rire quand il rassembla les jetons des perdants.

– Jeanne, il va falloir que je vous apprenne à tricher. Prenez exemple sur moi. Je n'avais aucune carte intéressante mais j'ai su vous faire croire le contraire.

Le désir de ne pas le décevoir la poussa à suivre son conseil et la chance se laissa apprivoiser.

– Vous allez faire de moi un pilier de casino, s'exclama-t-elle.

Depuis combien de temps ne s'était-elle sentie aussi légère ? Forte de ses droits, sa jeunesse lui ordonnait de s'amuser.

Nicole Guillaumin s'était dirigée vers le piano. Avec Michel, ils avaient mis au point un duo. Unissant leurs voix, ils enchaînèrent des romances américaines dont les refrains furent repris par l'auditoire. Puis, des cerises à l'eau-de-vie leur donnant du cœur, ils abordèrent un répertoire de cabaret et les braises faiblissaient dans l'âtre quand Jeanne demanda à Michel de la raccompagner jusqu'aux Restanques.

– Je vous emmène, s'interposa Jérôme. Tu viens, Laurent ?

– Non, je reste dormir ici.

Depuis l'enfance, les cousins Barthélemy et Delestang avaient l'habitude de loger chez les uns ou les autres et, si Jeanne ne perpétuait plus ce rite, son frère y demeurait fidèle.

Dans la voiture, nul ne parla durant la première partie du trajet. Fatigue pour Jérôme ? Timidité pour Jeanne ?

– Le mistral n'a pas faibli, finit-il par remarquer. A Aix, cet après-midi, il s'engouffrait dans les ruelles et, chez nous, une cheminée a endommagé la toiture.

A la demande de sa passagère, Jérôme décrivit la demeure familiale dont les fenêtres ouvraient sur la montagne Sainte-Victoire. Des images oubliées revinrent à sa mémoire, la fraîcheur des grandes salles voûtées où flottait le parfum de la lavande, les interminables siestes sous les moustiquaires, la tonnelle recouverte de glycine et la chasse aux papillons qu'il relâchait aussitôt. Pour fêter ses douze ans, il avait voulu visiter les jardins botaniques de Montpellier. Ce fut une révélation. Pour servir la nature, il en connaîtrait les secrets ! Son bachot en poche, il retourna dans cette ville afin d'y entamer des études de sciences naturelles puis ce fut la guerre...

Parvenu à cette phase de son existence, il se tut et Jeanne n'insista pas. Ils approchaient des Restanques. Ebloui par la lumière des phares, un lapin bondit vers un talus.

– Il doit être très tard, remarqua Jeanne alors que le véhicule s'immobilisait devant le perron.

– Un peu plus de deux heures.

– Allez-vous rester longtemps à Entrecasteaux ?

– Jusqu'à la fin de la semaine.

– Laurent va souffrir de votre départ...

En prononçant ces paroles, Jeanne était loin d'imaginer la scène qui allait bientôt l'opposer à son frère.

– Je dois te parler, lui dit Laurent, le surlendemain, alors qu'elle s'apprêtait à rejoindre Barnabé, le métayer.

– Maintenant ?

– Oui, s'il te plaît.

Le sentant nerveux, elle craignit un renvoi temporaire du collège.

– Voilà, commença-t-il, je souhaite quitter les Restanques et il faut que tu m'aides.

– De quoi me parles-tu ? Je ne comprends rien !

– Enfin, voyons, tu sais bien que j'ai toujours voulu voyager.

– Je sais surtout que tu dois passer ton bachot.

– Nous sommes d'accord mais après...

– Il sera temps de voir.

– Je veux rejoindre Jérôme Guillaumin en Asie.

– Tu es fou !

– Pas du tout.

– Et lui, qu'en pense-t-il ?

– Il ne voit aucun inconvénient à ce que je l'accompagne dans son périple.

– Un périple coûteux...

– J'y ai songé, ne t'inquiète pas... Papa m'avait placé de l'argent sur un compte. Je pourrai en prélever une partie.

– Il n'en est pas question, l'interrompit Jeanne, les larmes aux yeux.

– Mais qu'ai-je fait de si grave ? murmura Laurent en s'approchant de sa sœur. Allons, ne pleure pas, ajouta-t-il gauchement. Je ne voulais pas te faire de peine.

– Eh bien, c'est raté ! Et moi, pendant ta promenade, à quoi devrai-je m'occuper ? A tenir les rênes d'une propriété dont tout le monde se moque ?

– Je ne partirai pas longtemps, une année, peut-être.

– Comment te croire ?

– Alors, tu ne me soutiendras pas ?

– Non.

– Jeanne, je t'en supplie, comprends-moi ! J'ai l'occasion d'accomplir le rêve de ma vie. Ce n'est pas un hasard si ma route a croisé celle de Jérôme. Regarde-moi et cesse de pleurer. Tu devrais être contente pour moi.

Incapable de prononcer une parole, elle sanglotait sur eux deux et sa solitude à venir.

– Tiens, prends mon mouchoir, proposa Laurent.

La conversation reprit mais, malgré l'insistance du garçon et la tendresse qui les liait depuis l'enfance, il ne parvint pas à obtenir l'assentiment de Jeanne.

– J'ai besoin de réfléchir, se défendit-elle quand elle se fut un peu calmée.

La mort de leur père l'avait rendue anxieuse. Comment supporterait-elle de savoir Laurent exposé à des risques ? Un accident pouvait survenir et, pourquoi pas, l'irréparable. Dans la nuit sans sommeil qui suivit leur discussion, elle imagina les pires catastrophes. Jérôme Guillaumin s'apparenta soudain au diable. Que n'aurait-elle donné pour qu'il n'eût jamais rendu visite aux Delestang !

Il représentait néanmoins son dernier recours, aussi lui demanda-t-elle un entretien dans les plus brefs délais.

Il l'attendait sur les hauteurs d'Entrecasteaux, près de la terrasse du château, en fumant une cigarette qu'il écrasa dès qu'il l'aperçut.

– Ma lettre a dû vous étonner, commença-t-elle.

– J'ai pensé qu'il devait s'agir de Laurent.

– Votre intuition était la bonne.

Puis d'un trait, essoufflée par sa colère, elle lui donna son point de vue.

– Mon frère est jeune. Il ne se rend pas compte des dangers et encore moins de notre situation financière. Il ne peut m'abandonner...

– Pourtant, en ce moment, vous vous passez de son aide.

– Bien entendu puisqu'il doit accomplir ses études.

– Et ce voyage, qu'il envisage... ne vous semble-t-il pas formateur ?

– Non.

– Vous vous trompez.

– Cela me regarde.

– Dans ce cas, qu'attendez-vous de moi ?

– Que vous le poussiez à changer d'avis.

– Il n'en est pas question.

– Vous rendez-vous compte du mal que vous allez lui faire ?

– Je pense le contraire et m'engage à veiller sur lui.

– Comment pourrais-je vous faire confiance ?

– Ma chère Jeanne, répliqua Jérôme sur un ton glacial, j'ai prouvé jusqu'à présent que je n'étais pas un irresponsable. On m'envoie en mission afin de rapporter certains spécimens de la flore himalayenne. Laurent est capable de me seconder et je suis capable de l'instruire.

D'une voix plus amène, il ajouta :

– C'est curieux mais, à travers lui, j'ai l'impression de me retrouver. Moi aussi, à son âge, je rêvais d'horizons lointains et de terres vierges...

– Arrêtez d'être subjectif ! Il ne s'agit pas de vous mais de mon frère.

– Comment pouvez-vous m'accuser d'être subjectif alors que vous ne pensez qu'à vous-même. Vous dites l'aimer et, pourtant, vous ne cherchez qu'à lui rogner les ailes.

Si les yeux de Jeanne avaient été des pistolets, Jérôme serait mort sur-le-champ.

– Peu de gens ont des passions, n'étouffez pas la sienne, poursuivit-il sans se démonter.

Jeanne demeura quelques instants silencieuse. Que pouvait-elle rétorquer ? A côté d'eux, sur un muret, un chat au pelage tigré s'offrait aux rayons du soleil. Une femme, courbée par l'âge, l'appela mais en vain. En contrebas, une cloche retentit annonçant que, bientôt, les élèves sortiraient en chahutant de l'école.

– Ne vous enfermez pas dans votre décision, lui disait Jérôme.

– Vos conseils ne m'intéressent pas et, quoi qu'il arrive, sachez que jamais je ne vous pardonnerai d'avoir mis en péril ma relation avec Laurent.

Sans écouter sa réponse, elle tourna les talons puis avec des gestes d'automate enfourcha sa bicyclette.

Midi approchant, les villageoises rentraient chez elles afin de préparer le déjeuner qui serait suivi d'une sieste et parfois, pour leurs époux, d'une partie de boules. Par les fenêtres ouvertes s'échappaient des bribes de chansons qu'entrecoupait le bruit des casseroles. Indifférente à ce qui l'entourait, Jeanne se souvenait du malaise qu'elle avait ressenti quand Jérôme Guillaumin s'était pour la première fois présenté aux Restanques. Il n'avait pas fallu longtemps pour qu'elle en connût la cause.

4

Telle une chape de plomb, la chaleur pesait sur la campagne varoise. Jeanne avait beau s'éventer, son visage restait moite. Allongée sur une méridienne, elle apercevait par la fente des volets la lumière crue des débuts d'après-midi, celle qui faisait fuir l'effort et le travail. Par contre, elle n'affaiblissait pas les cigales qui donnaient de la voix ! Elle aurait aimé dormir, voire somnoler, mais trop de soucis l'assaillaient. Dans moins d'une semaine, Laurent rejoindrait Marseille puis embarquerait pour Bombay. Et, pour emporter l'assentiment de leur mère, elle l'avait aidé. Comment en était-elle arrivée là ? L'affection, source de tous les maux, avait fini par étouffer son ressentiment. Mais qu'aurait-elle pu opposer à l'obtention du bachot avec une mention ? Même Apolline s'en était mêlée.

– Le pauvret. Il a la mine toute chamboulée.

La servante ignorait néanmoins que le désir de partir n'en était pas la seule raison. Et c'était mieux ainsi car, si elle avait deviné que Rosalie troublait le garçon, celle-ci serait retournée sans attendre chez ses parents, à Toulon.

Attiré par la jeune servante, Laurent trouvait chaque jour des prétextes pour revenir dans sa chambre quand elle y faisait le ménage. Savait-elle où se trouvait son coupe-papier... et ce timbre qu'il avait mis de côté pour sa collection? Il s'arrangeait aussi pour la croiser lorsqu'elle allait étendre le linge derrière la remise.

Le soir du 23 juin, alors que Cotignac s'apprêtait à fêter la Saint-Jean, il la reconnut dans la foule. Au son des fifres, des galoubets et des tambourins, le maire s'approchait du bûcher dressé sur la place et Laurent, accompagné de Michel et de Sylvie, se préparait comme tous les villageois à tourner autour du feu. Les cloches sonnaient à toute volée quand la farandole s'ébranla. Eclairés par les flammes, les visages surgissaient de la pénombre et, avec déplaisir, Laurent vit qu'un beau gaillard serrait Rosalie d'un peu trop près. Tirés par les enfants, des pétards éclataient tandis que les chiens affolés aboyaient en courant dans tous les sens. Jusqu'à ce que la flambée diminuât la ronde se poursuivit et Laurent en profita pour rejoindre Rosalie. Emprisonnant sa main dans la sienne et oubliant la soif qui asséchait sa gorge, il se laissa emporter par la liesse générale.

Le moment vint où les flammes s'amenuisèrent. On pouvait sauter au-dessus du foyer. Les jeunes s'y employèrent.

– Attention de ne pas mettre les pieds dans les cendres. Ça porte malheur, cria-t-on à plusieurs reprises.

– Allez, je vais voir si je me marie cette année, lança Rosalie en relevant ses jupons.

A son tour, Laurent l'imita puis ils se dirigèrent vers une buvette.

Le bal commençait et, sous les lampions, les couples se formèrent. Cette année, le solstice d'été revêtait une importance particulière car, durant les hostilités, personne n'avait songé à s'amuser. La vie reprenait ainsi que les élans du cœur. Hommes et femmes, jouvenceaux et jouvencelles éprouvaient le besoin de se séduire et certains ne tardèrent pas à rechercher l'isolement.

Sans qu'aucun mot n'eût été échangé, Laurent et Rosalie longèrent la rivière et, les illuminations du village leur permettant de se diriger, ils gagnèrent sans encombres un ancien lavoir.

Avec un reste de timidité, Laurent attira Rosalie contre lui. C'était la première fois qu'il tenait une fille entre ses bras et il avait peur de paraître maladroit. Que n'avait-il suivi Michel quand celui-ci avait voulu l'entraîner dans des maisons closes ! Ses doigts caressèrent la nuque de sa compagne puis ils suivirent la courbe de l'épaule. La sentant frissonner, il se pencha pour s'emparer de sa bouche. Alors, tout devint naturel, lui, elle, en cette nuit de juin...

– Laisse-moi faire, lui dit-il en déboutonnant le haut de sa robe.

Sa peau exhalait une senteur qui acheva de lui tourner la tête. La pénombre l'empêchait de discerner l'expression de son visage mais, à son souffle précipité, il perçut le désir qu'elle avait de lui. Bientôt elle fut nue et, lorsqu'il la pénétra, elle cria. Ce fut ainsi, sur cette terre de Provence, à la lueur des étoiles et des feux de Bengale qu'ils firent l'amour pour la première fois.

Jusqu'à l'aube, ils restèrent dans leur cachette. Au loin, les bruits de la fête s'affaiblissaient mais ils s'en moquaient, trop occupés par leur découverte d'un plaisir qu'ils apprivoisaient peu à peu. Le jour les surprit alors qu'ils s'endormaient.

– Mon Dieu... les herbes, s'exclama Laurent en cherchant ses vêtements.

La tradition exigeait, en effet, qu'au matin du 24 juin, on cueillît les « herbes de la Saint-Jean » ; l'ail, l'armoise ou encore le gaillet, le cataire, la menthe, le thym et bien d'autres variétés.

– Tu viens, proposa-t-il à Rosalie.

– Non, je vais rentrer, répondit-elle en s'étirant puis en remettant de l'ordre dans ses cheveux emmêlés. Ma tante doit me chercher partout et c'est mieux qu'on nous voie pas ensemble.

Les semaines suivantes, ils cherchèrent avec fébrilité le moyen de se retrouver. Depuis qu'il avait goûté aux baisers et aux caresses de Rosalie, Laurent était devenu insatiable et, non sans fierté, elle prenait conscience de son pouvoir sur ce garçon qui la surpassait dans presque tous les domaines.

L'installation des journaliers venus pour récolter les amandes les obligea à davantage de prudence. Ils parvenaient néanmoins à se rejoindre quotidiennement dans une grotte dont peu de gens connaissaient l'existence. Située au creux d'un promontoire rocheux, elle surplombait la campagne. Enfant, Laurent s'y réfugiait afin d'observer le vol des oiseaux.

– J'y restais des heures. J'avais avec moi des biscuits et des livres. C'était mon refuge. Je pouvais y rêver et bâtir des histoires dont j'étais le héros...

Ces incursions dans le passé ne plaisaient pas à Rosalie qui sentait alors que son amant lui échappait. Aux Restanques on évoquait souvent son engouement pour les voyages et elle craignait que bientôt il ne s'envolât. Son intuition s'avéra juste et, lorsqu'elle apprit par Apolline et Fanny que le jeune maître partirait pour l'Asie, elle eut du mal à retenir ses larmes. Que deviendrait-elle dans ces lieux qui n'auraient plus la même couleur, la même saveur ? Elle avait beau s'en défendre, Laurent était bien davantage qu'un amusement. Jusqu'à présent, Rosalie n'avait jamais éprouvé cet élan qui la jetait vers celui qu'elle n'aurait pas dû regarder, encore moins approcher. « Loin des yeux, loin du cœur. » Dans son désarroi, elle priait le ciel pour que ce dicton fût exact.

En attendant, elle dut laver, repasser le linge et les vêtements qui empliraient sa malle. Costumes de lin, tenues montagnardes, chapeaux tropicaux, lainages, il y en avait pour tous les climats et toutes les latitudes.

De son côté, Laurent préparait le matériel scientifique dont il aurait besoin. Les événements s'étaient enchaînés avec tant de rapidité que lui-même se sentait emporté comme un bouchon sur un fleuve. Dans moins d'un mois, il aurait quitté son pays et sa famille pour courir l'aventure. A l'euphorie avait succédé l'inquiétude. Avait-il eu raison d'insister pour s'éloigner des Restanques qui, sous le soleil de juillet, prenaient des allures de paradis ? Il lui arrivait presque d'en vouloir à sa mère de le laisser s'éloigner.

Marthe avait entamé la discussion alors qu'ils buvaient un verre de vin doux, sur la pelouse, en profitant de la douceur du crépuscule.

– Jeanne m'a parlé de tes projets. J'imagine que ce n'est pas sérieux...

Jusqu'au dîner, elle entreprit une sorte de chantage affectif qui eut pour résultat de ne pas troubler Laurent. L'avait-il jamais considérée comme sa mère ? Au plus loin que remontaient ses souvenirs, il revoyait une femme qui respirait des sels ou appelait les servantes afin que les enfants lui soient enlevés quand ils demeuraient trop longtemps dans sa chambre.

Auprès d'Apolline il trouvait tendresse et consolation. C'était elle qui l'avait initié aux secrets de la nature avec des contes qui stimulèrent son imagination puis avec les promenades où, ensemble, ils cueillaient des fleurs sauvages ou des herbes et ramassaient des champignons.

A Marthe il ne devait donc pas grand-chose hormis de l'avoir enfanté, aussi ce soir jugeait-il que ses lamentations frisaient l'impudeur.

– Personne ne me retiendra, lança-t-il à bout de patience. Personne !

– Enfin, Laurent, sois raisonnable et réfléchis à ce que pensera notre entourage.

– L'entourage, tu n'as que ce mot à la bouche. Eh bien, je m'en moque !

Ils ne se parlèrent pas pendant trois jours et, pour éviter tout face-à-face, Marthe déjeunait dans sa chambre et Laurent dînait chez les Delestang.

– Jeanne, il y a plus que vous pour arranger les choses, répétait Apolline.

En plaidant la cause de son frère, Jeanne découvrit l'amour, le vrai. Repoussant ses réserves et ses inquiétudes, elle trouva les arguments qui firent céder Marthe.

– Laurent est rancunier. La vie, ici, deviendra impossible. De plus, il se plaindra de ton attitude partout où il ira.

Face à ces prévisions, Marthe choisit de s'incliner et Laurent put commencer ses bagages.

La veille de son départ, il privilégia la solitude, sa façon à lui de tourner une page. Après avoir traversé les champs où des journaliers, une gaule à la main, s'affairaient autour des amandiers afin d'en récolter les fruits, il s'engagea dans un sentier qui le mena au sommet de la colline. Avec l'été, les moissons avaient commencé et le blé, rassemblé en bottes, attendait d'être ramassé.

Ecrasé de soleil, Cotignac se blottissait au pied de son rocher de tuf. Derrière les volets, on devait doucement sortir de la sieste. De son poste d'observation, Laurent imaginait le cours qui, au fil des heures, renouerait avec l'entrain des fins d'après-midi. Les enfants joueraient aux billes, les hommes aux boules et les femmes sortiraient des chaises qu'elles installeraient sur le seuil de leur maison. Alors, les bavardages commenceraient, interrompus par le passage de jeunes filles qui, bras dessus-dessous, se livreraient en riant à des confidences.

A mesure que son départ approchait, il prenait conscience des liens puissants qui l'attachaient à cette terre de contrastes, à la fois douce, secrète, sauvage et riante. Une prise de conscience qui s'accompagnait d'un vœu. Un jour, il créerait au sein de sa Provence un jardin, une sorte de paradis terrestre qui réunirait les plus subtiles variétés de la planète. Utopie ? Sans doute mais servir la beauté, l'harmonie et la paix supplantait tous ses autres désirs. Il s'allongea sur le dos puis, en s'étirant, contempla le ciel. La lumière l'éblouissait, l'éclaboussait. Il avait envie de crier et de chanter... mais avec qui partager sa joie? Jérôme l'attendait à des milliers de kilomètres et, ici, les préoccupations de chacun tournaient autour du quotidien...

En revenant, il rencontra Rosalie. Elle avait les cheveux mouillés.

– Je suis allée me baigner pendant mon temps de repos, lui dit-elle alors qu'il l'entraînait vers un bosquet.

Sa peau avait gardé la fraîcheur de la rivière.

– Non, se défendit-elle quand il chercha à l'attirer contre lui.

– Que se passe-t-il? Tu es fâchée?

Etonné par son silence, il insista.

– Réponds-moi.

– Apolline m'attend.

– Dans ce cas!

Vexé, il se détourna puis reprit le chemin des Restanques sans se douter qu'elle pleurait en le regardant s'éloigner. Comment lui aurait-elle avoué qu'il lui manquerait au point de vouloir en mourir puisqu'il n'y avait rien à espérer? Un fossé les séparait qui, avec les mois, les années, se creuserait davantage car, même si Laurent revenait, il épouserait une femme de sa condition. La détresse la submergeait. Pour qui, pour quoi vivait-elle? Mais avait-elle seulement le droit de se poser cette question?

5

Michel avait proposé d'accompagner Laurent jusqu'à Marseille. La matinée était avancée lorsque son automobile se rangea devant le perron où attendaient les bagages du voyageur.

Exceptionnellement Marthe avait quitté sa chambre pour embrasser son fils.

– N'oublie pas d'envoyer régulièrement de tes nouvelles, lui demanda-t-elle en retenant ses mains entre les siennes.

– Il l'a promis, s'interposa Apolline qui, dans son trouble, s'exprima en provençal.

Emu à son tour, Laurent choisit de brusquer les adieux. Une dernière fois, pourtant, il chercha du regard Rosalie mais ce fut peine perdue.

Durant le trajet, Jeanne, assise à côté du conducteur, joua la gaieté, jusqu'à ce qu'ils pénètrent dans la ville où l'agitation battait son plein.

Tous les trois aimaient cette atmosphère qui ne ressemblait à aucune autre. On était en France, néanmoins le monde entier défilait dans ces rues où résonnaient des langages inconnus. Se faufilant entre les charrettes tirées par des chevaux, les tramways bondés, les voitures brinquebalantes ou « dernier cri », des Marocains coiffés d'un fez, des femmes enturbannées, des militaires ou des négociants de tous les continents allaient et venaient entre la Canebière, la Bourse et le Vieux-Port où se dressait une forêt de mâts.

Sur le quai de Rive-Neuve, des femmes « en cheveux » emplissaient leurs paniers et leurs brouettes des poissons que l'on déchargeait des chalutiers et des pointus. Avec leur accent ensoleillé et un vocabulaire imagé, elles plaisantaient entre elles ou apostrophaient des pêcheurs qui, à quelques pas, remaillaient leurs filets. Rascasses, grondins, mulets allaient bientôt alimenter la fameuse criée avant de devenir soupe, bouillabaisse ou bourride dont le fumet embaumerait les logis.

Le véhicule de Michel s'engagea sur le quai opposé mais il lui fut difficile de dépasser l'hôtel de ville tant la circulation était dense. Courbés sous d'impressionnantes charges, des portefaix se frayaient un chemin au milieu de cycles, de voyageurs, d'enfants vendant des journaux ou tout simplement de badauds.

A mesure qu'ils se rapprochaient du fort Saint-Jean, Laurent découvrait les innombrables paquebots, cargos, goélettes, clippers qui croisaient au large. Leurs pavillons claquant au vent, ils se découpaient sur l'horizon. Certains partaient, d'autres arrivaient et quelques-uns, n'ayant pu trouver un emplacement au port, attendaient que leur soit amené leur lot de passagers.

Derrière la place de la Joliette, le long de bassins ouverts au milieu du XIXe siècle, s'alignaient des entrepôts construits en pierres et en briques afin d'éviter les incendies. Au pied des cales, les dockers qui avaient réussi à se faire engager pour la journée s'emparaient des sacs, des ballots que descendaient les palans puis charriaient le thé, l'indigo, le coton, le liège ou le riz. Le blé enfarinait certains tandis que d'autres avaient le visage noirci par le charbon. Mais gardait-on une identité dans ce lieu de passage, combien arrivaient ici avec l'espoir d'une vie meilleure pour rapidement repartir vers d'autres rivages ?

Respirant les odeurs mêlées du goudron, de la rouille et du poisson, Laurent regardait tournoyer les mouettes dont les cris répondaient aux mugissements des sirènes. Autour d'un navire, des manœuvres tiraient sur des câbles de chanvre. Un peu plus loin des calfats réparaient une coque tandis qu'une cage suspendue dans le vide contenait un grand singe qui, furieux, tapait contre ses barreaux.

Michel ayant trouvé un emplacement pour sa voiture, ils gagnèrent à pied le siège de la compagnie anglaise P&O où Laurent remplit des papiers avant de monter à bord du *Queen Victoria*.

A côté, des paquebots appartenant aux Messageries maritimes ou aux Chargeurs réunis embarquaient Chinois, Espagnols, Egyptiens, Annamites vers tous les Orients ou d'autres eldorados. Assourdie par le son des cloches auquel s'ajoutaient le tintamarre des marteaux sur les rivets, les injonctions des mousses, les dernières recommandations des familles qui, sur la terre ferme, agitaient leurs mouchoirs, Jeanne comprenait pour la première fois l'appel de l'ailleurs. Elle aussi se serait avec plaisir installée dans une cabine similaire à celle que Laurent se préparait à partager avec un jeune missionnaire, elle aussi aurait aimé rythmer son existence au gré d'escales exotiques.

– Je préférerais que vous ne vous attardiez pas, avoua Laurent à sa sœur et à son cousin alors que ceux-ci proposaient de rester sur le pont jusqu'à l'ultime moment.

– Tu as sans doute raison, murmura Jeanne.

Puis tout alla très vite : la joue de Laurent contre la sienne, Michel l'entraînant vers la passerelle et ce goût salé qui emplissait sa bouche. Brusquement elle fit demi-tour.

– Laurent, promets-moi que tu prendras soin de toi, balbutia-t-elle après l'avoir rejoint.

– Mais oui, sois tranquille, je serai sous la protection de Jérôme.

– Celui-là, j'aimerais ne jamais l'avoir rencontré !

– Allons, tout ira bien. Et puis je ne m'absenterai pas longtemps.

– Tu le crois, pour l'instant, mais tant de choses peuvent arriver !

– Pour toi aussi.

– Oh moi, ce sera la routine !

– Dans cette routine n'oublie surtout pas de veiller sur mes plantes.

– Combien de fois vas-tu me le répéter ?

A côté d'eux, un père et son fils se congratulaient avec émotion et Jeanne songea à toutes ces séparations mais aussi à toutes ces retrouvailles qui minute par minute, heure par heure, se déroulaient au pied de Notre-Dame-de-la-Garde. Dans son désarroi, elle songea qu'une visite à la basilique parviendrait peut-être à l'apaiser.

– Je n'en aurai pas pour longtemps, dit-elle à Michel.

– Encore tes bondieuseries ! Moi, j'aimerais mieux manger une glace sur la Canebière !

– Nous irons plus tard.

Arrivée en haut du promontoire où se dressait, depuis moins d'un siècle, l'imposant édifice de style romano-byzantin dédié à la « Bonne Mère », Jeanne s'attarda sur le parvis afin de contempler la cité, le port et la campagne environnante. A ses pieds, la vie grondait. Elle en sentait le pouls, en entendait la rumeur. Combien d'êtres naissaient, luttaient, s'enrichissaient, souffraient dans ces artères luxueuses ou ces venelles nauséabondes ? Négoce, exil, terre d'asile, ces mots se chevauchaient pour définir l'un des plus beaux fleurons du bassin méditerranéen. Des îles du Frioul au château d'If, les bateaux traçaient leur sillage d'écume alors que le soleil dardait encore sur la chaîne de l'Estaque. L'aventure était là, dans ce spectacle magnifique dont elle ne pouvait détourner le regard.

Le contraste entre la lumière extérieure et la pénombre qui l'accueillit dans l'église la surprit tout d'abord mais, peu à peu, elle discerna, serrés les uns contre les autres, les ex-voto dont chacun racontait l'histoire de celui ou celle que la Vierge avait sauvé d'un malheur. Convalescents, naufragés, rescapés d'un accident, tous avaient tenu à témoigner leur foi et leur gratitude ! Etait-ce la situation géographique, était-ce le culte voué à la mère de Dieu et, en retour, la protection de celle-ci, Jeanne ne pouvait demeurer insensible à la force qui émanait de ce lieu. A quelques pas, un homme priait, la tête dans ses mains. Pour ne pas le déranger, elle s'éloigna sur la pointe des pieds puis descendit dans la crypte déserte où, auprès d'une statue représentant une Mater Dolorosa, brûlaient d'innombrables cierges. Alors, Jeanne fit le silence en elle-même. Repoussant peur et griefs, elle décida de faire confiance au destin. La guerre et son cortège de culpabilité, de sacrifices et de tristesse étaient terminés. Rien ne l'empêchait plus d'écouter ses propres désirs. S'emparant d'un cierge, elle l'approcha d'une flamme puis l'ajouta aux autres en murmurant un vœu en faveur de Laurent.

La Canebière ! Si l'on voulait demeurer incognito à Marseille, il fallait à tout prix l'éviter. Soldats en permission, aventurières à la recherche d'un protecteur, intermédiaires en tout genre, marins au long cours, malfrats ou jeunes gens bien nés, tous, en effet, s'y côtoyaient dans une joyeuse cacophonie.

A peine Michel et Jeanne se furent-ils assis à la terrasse d'un glacier qu'un piano mécanique couvrit leur conversation. Fatiguée par les émotions de la journée, la jeune fille se sentait gagnée par la torpeur quand son cousin héla un homme vêtu d'un élégant costume de tussor gris et coiffé d'un canotier.

– Régis ! Je pensais bien te trouver par ici. Mais laisse-moi te présenter à ma cousine Jeanne Barthélemy.

Avec un regard de connaisseur, Régis s'attarda sur les yeux expressifs, les boucles s'échappant de la capeline, la petite croix en perles sur la robe de percale noire. Elle n'avait pas encore ôté ses gants qui semblaient habiller des mains de petite fille.

– Assieds-toi, lui proposa Michel avant d'ajouter à l'adresse de Jeanne : Régis Cuvelier m'a initié à la voile. Nous avons souvent navigué ensemble.

Son attention attirée par une scène qui se déroulait à la table voisine, elle se contenta de hocher la tête, ce qui agaça le nouveau venu. Quel intérêt trouvait-elle à ce couple, lui souteneur, elle prostituée, qui se disputait tandis qu'un loulou de Poméranie jappait à leurs pieds ?

– J'organise un pique-nique dimanche dans les calanques. Cela te dit ? demanda-t-il à Michel.

– Oui, bien sûr. Tu as invité beaucoup de monde ?

– La bande habituelle. Et vous, mademoiselle, aimeriez-vous venir ? poursuivit Régis en se penchant vers Jeanne.

– Peut-être, je ne sais pas.

– Alors, c'est oui.

Si ces derniers mots n'avaient été prononcés sur un ton enjoué, elle aurait sans hésiter remis Régis Cuvelier à sa place mais, pour finir de l'amadouer, il posait sa main sur son poignet.

– Cela me ferait tellement plaisir de vous compter parmi nous.

Qui jusqu'à présent l'avait considérée de la sorte ? Se sentant soudain précieuse, elle l'observa.

Il ne devait pas avoir plus de vingt-cinq ans mais son comportement était celui d'un homme habitué à donner des ordres et à être obéi. On ne pouvait, à première vue, le considérer comme beau néanmoins il possédait un charme qui gommait un visage trop carré, des yeux légèrement tombants et une silhouette trapue. Son sourire était irrésistible, chaleureux avec une pointe d'insolence.

Sur le chemin du retour, elle questionna Michel. Qui était Régis ? Le connaissait-il depuis longtemps ?

– Sa famille possède une importante fabrique de savon dans le quartier de la Corderie. Il la dirige depuis que son père est tombé malade. La tuberculose.

– En tous les cas, il semble prendre du bon temps.

Une lumière dorée s'étendait sur la campagne où frissonnait le feuillage des chênes-lièges et des bambous. Au fil de la route, des villages perchés se dessinaient sur le ciel qui rosissait. Un troupeau de chèvres les obligea à s'arrêter. Après le rythme trépidant de Marseille, Jeanne appréciait ce retour à la terre, la pureté de l'air, l'harmonie des tons.

En arrivant aux Restanques, quelle ne fut sa surprise de découvrir sa mère en compagnie de René Verdier.

Assis sous un cèdre, ils devisaient en buvant du champagne.

– Monsieur s'est installé à Bel Horizon, expliqua Marthe à sa fille après qu'elle eut salué le visiteur.

– Tu oublies, maman, que je t'ai moi-même annoncé cette nouvelle !

– Oui, peut-être. En tous les cas je suis ravie que ce beau domaine reprenne vie.

Marthe avait-elle bu plus que de coutume ? Jeanne ne lui avait encore jamais vu ces yeux brillants et cette expression enjôleuse. Oubliés le départ de son fils à l'autre bout du monde, sa rancœur contre les Restanques et les soucis financiers ! Se pouvait-il que monsieur Verdier, même s'il ne s'apparentait pas au prince charmant, eût éveillé la Belle au bois dormant ?

– Je souhaiterais avoir votre avis sur certains travaux, disait-il. Accepteriez-vous de me rendre visite ?

– Avec grand plaisir, répliqua sans hésiter Marthe.

Prétextant sa lassitude, Jeanne s'échappa. Dans sa chambre, tout était en ordre, la moustiquaire de tulle blanc entourant son lit de fer forgé, les polissoirs et les brosses en écaille bien alignés sur la coiffeuse. Avec soulagement, elle se débarrassa de ses souliers poussiéreux et de sa robe froissée puis elle s'allongea sur la courtepointe en piqué. Tant d'événements s'étaient déroulés aujourd'hui, tant de sensations ! Plusieurs coups frappés à la porte la sortirent de sa réflexion. Rosalie apportait du linge fraîchement repassé.

– Alors, monsieur Laurent était pas trop triste ?

– Triste ! Tu plaisantes !

Un bris de verre interrompit Jeanne.

– Oui, je suis désolée, s'excusait Rosalie en ramassant les morceaux d'un flacon contenant de l'eau de toilette. Et quelle bête je suis ! Je viens de me couper, ajouta-t-elle alors qu'une goutte de sang, suivie d'une autre, maculait son tablier.

6

Pour Rosalie, les journées avaient perdu leur couleur ; elle accomplissait son travail avec conscience mais restait insensible à ce qui se déroulait autour d'elle. Son désarroi était d'autant plus grand qu'elle n'avait personne à qui se confier. Il lui arrivait parfois de se glisser dans la bibliothèque pour y trouver une carte géographique où elle suivrait le périple de Laurent mais, ne sachant pas lire, l'atlas lui demeurait hermétique.

Refusant de s'enfermer à l'heure de la sieste, elle avait pris l'habitude de se baigner dans la Cassole. Chaque après-midi, elle se rendait au bord de la rivière et barbotait à un endroit où elle avait pied. Pour se sécher, elle s'étendait à l'ombre des aulnes dont le feuillage laissait passer les rayons du soleil. Son corps, alors, se détendait et elle finissait par s'assoupir.

Sur le chemin du retour, il lui arrivait de croiser des journaliers qui se dirigeaient vers les champs d'amandiers. Dès qu'ils la voyaient, les hommes baissaient le ton pour échanger des propos dont elle devinait la teneur.

L'un d'entre eux, Joseph, ne la quittait pas des yeux quand elle apportait, le soir, la soupe dans la remise où ils prenaient leur repas. Ce manège n'avait pas échappé à sa femme Augustine dont Rosalie percevait le ressentiment.

Coiffée d'un grand chapeau de paille, Augustine gaulait auprès de Joseph les amandes vertes que produisaient les Restanques. Jusqu'au mois d'octobre, elle se consacrerait à cette récolte puis, avec la venue de l'hiver, se tournerait vers les olives. Privée de leurs deux enfants dont s'occupaient ses beaux-parents, elle répétait inlassablement les mêmes gestes afin de survivre. Heureusement, chez les Barthélemy, il n'y avait pas à se plaindre du logement et de la nourriture. Quant à l'ambiance, elle n'aurait pas été mauvaise s'il n'y avait eu cette servante.

Elle avait, en effet, vite capté les regards de son mari ! Mais que faire contre une attirance que la promiscuité ne pouvait qu'exacerber ?

François, le frère d'Augustine, détestait la certitude que Joseph affichait de bientôt posséder Rosalie. Combien de fois aurait-il voulu lui faire avaler ses sous-entendus ? Mais s'opposer à ce colosse vaniteux ne servirait qu'à prendre une trempe avant d'être renvoyé près de Briançon où il faucherait les prés et nourrirait les animaux de la ferme. Si seulement il n'avait pas à dépendre de son beau-frère ! Mais jusqu'à présent rien dans son existence ne s'était déroulé selon ses vœux. Après la mort de leurs parents, neuf et sept ans auparavant, Augustine, jeune mariée, l'avait recueilli au sein de sa belle-famille, des paysans pauvres et frustes. Le temps s'était écoulé sans lui apporter la moindre joie jusqu'au jour où Joseph, revenu du front, avait décidé de travailler chez les autres. La Provence avait besoin de bras ; ils s'y rendirent tous les trois et, après un arrêt à Saint-Maximin, se dirigèrent vers Cotignac puis proposèrent leurs services aux Barthélemy.

François n'était guère plus âgé que Laurent, le jeune maître. Il le regardait partir pour le collège de Brignoles, admirait sa prestance et ses vêtements tout en sachant que ces privilèges lui demeureraient à jamais inaccessibles. Avec la venue de Rosalie, il avait découvert la jalousie.

Dès qu'il l'avait aperçue, il en était tombé amoureux. Ayant pris l'habitude de l'épier, il n'avait pas tardé à connaître sa relation avec Laurent Barthélemy. Éclaboussé de lumière, le corps de Rosalie lui était apparu alors que, tapi derrière un buisson, il les voyait s'embrasser. Une peau laiteuse, des seins ronds comme des pommes et le reste... quand il y songeait ses sens s'embrasaient. Réfugié dans ses chimères il songeait à l'impossible, lui, elle, s'enfuyant en des lieux où nul ne les empêcherait de vivre leur passion. Mais, dès qu'il la rencontrait, il baissait les yeux et ne connaissait plus que deux mots : bonjour et bonsoir.

Depuis le départ de son amant, Rosalie avait choisi de se rendre, après le souper, au local où l'on cassait les amandes, une façon comme une autre de pallier sa solitude.

Assise sur un haut tabouret, un banaston [1] posé par terre, entre ses jambes, un gros galet sur les genoux, elle prenait entre deux doigts de sa main gauche la coquille qu'elle posait sur son arête et, avec un morceau de bois, la cassait d'un coup sec avant de la laisser tomber dans le seau qui, une fois plein, était déversé sur une longue table. Autour d'elle des jeunes filles venues des environs libéraient elles aussi les fruits de leurs coques. Les amandes étaient ensuite enfermées dans des sacs qui partiraient chez un courtier.

Alors qu'elle pesait ces sacs, Jeanne se plaignit, un jour, à Barnabé, le vieux métayer, de se priver de bénéfices appréciables en ne fabriquant pas du nougat.

– C'est vraiment dommage...

– Bien sûr, mademoiselle Jeanne... mais comment faire ?

1. Seau.

– Mon père affirmait qu'à tout problème il existe une solution.

En même temps qu'elle prononçait ces paroles, Jeanne se souvint de Régis Cuvelier. Michel admirait son sens des affaires... Peut-être pourrait-il la conseiller? Ce fut dans cette disposition d'esprit qu'elle se rendit au pique-nique.

Régis, en costume de bain, préparait un feu quand Michel et Jeanne parvinrent au pied de la calanque de Sormiou. A côté de lui, dans un seau, des poissons fraîchement pêchés tournaient en rond.

Égaillés sur la plage de galets, des garçons et des filles s'activaient autour de malles en osier, certains en sortant des victuailles qu'ils disposaient sur de grandes nappes à carreaux bleus et blancs tandis que d'autres mettaient des bouteilles à rafraîchir dans les flaques qui s'étaient formées entre les rochers.

– En voici d'autres, s'écria Michel en leur tendant un panier contenant l'avant-dernière cuvée familiale.

Jeanne salua leur hôte puis, en serrant des mains, entendit des prénoms et des noms qu'elle ne retint pas. La mer l'attirait et elle ne songeait plus qu'à s'y tremper.

Contrastant avec la chaleur de midi, l'eau transparente lui sembla glacée mais, peu à peu, elle s'y habitua. Au-dessus d'elle s'élevait la falaise, prisée des martinets et des merles bleus. Elle aurait pu se croire à l'origine des temps; rien n'altérait la beauté d'un paysage où l'homme n'avait pu apposer son empreinte. Le visage offert aux rayons du soleil, elle ferma les yeux puis, sur ses lèvres salées, passa la langue. Qu'existait-il de plus agréable que cette sensation d'arrêter la vie et de profiter de l'instant présent? Elle aurait fini par oublier ses compagnons de villégiature si Régis, du rivage, ne l'avait appelée.

– Vous n'avez pas faim?

Il l'attendait avec une serviette éponge dont il

l'enveloppa. Au travers du tissu, elle sentit la caresse de ses mains sur ses épaules, un geste fugitif qui, néanmoins, la mit mal à l'aise. Mais, déjà, il l'entraînait vers les autres qui, réfugiés sous les pins, grignotaient olives et anchois pendant que grillaient les poissons. Intimidée, Jeanne les écouta évoquer les spectacles ou les réceptions dont ils étaient friands et, à côté de ces jeunes filles qui s'extasiaient sur les dernières floralies, elle se sentait l'âme paysanne.

Contrairement à ses invités qui s'abandonnaient au farniente, Régis débordait d'activité, allant, venant, se préoccupant de la cuisson des aliments, de la fraîcheur du vin. Jeanne n'avait encore jamais vu une telle énergie. Il finit par s'asseoir à côté d'elle, un privilège qui lui attira le regard ombrageux d'une certaine Henriette.

– Je ne sais rien de vous, dit-il à Jeanne.

– Renseignez-vous auprès de Michel. C'est une gazette.

– Rien ne vaut les informations prises à leur source !

– Eh bien, j'habite à Cotignac.

Le vin de Cassis grisait Jeanne. Aux oursins dont le goût emplissait encore sa bouche avaient succédé les poulpes et elle respirait l'odeur du fenouil qui accompagnait les loups. Cette sensation de bien-être perdura pendant la sieste où, bercée par le chant des cigales, elle glissa doucement vers le sommeil.

Quand elle ouvrit les yeux, elle se rendit compte que Régis avait disparu. Après avoir remis de l'ordre dans ses cheveux, elle s'approcha de Michel qui jouait aux charades avec ses amis.

– Du café ? lui proposa l'un d'entre eux.

– Non, merci, répondit Jeanne avant de s'éloigner pour explorer la calanque.

Les pieds meurtris par les galets, elle s'engagea dans un sentier escarpé. Elle continuait son escalade quand des murmures entrecoupés attirèrent son attention. A quelques pas, dans un creux de la falaise, un couple s'étreignait. Nue, Henriette avait noué ses jambes autour de Régis qui allait et venait en elle. Ni l'un ni l'autre ne perçurent la présence de Jeanne qui, le rouge aux joues et le cœur battant la chamade, s'empressa de tourner les talons. La journée avait soudain perdu sa magie et la jeune fille ne songeait plus qu'à rentrer chez elle.

Les heures s'écoulèrent, occupées par de nouvelles baignades auxquelles participa Régis qui s'était mis en tête d'apprendre à Jeanne la brasse.

– Il n'en est pas question, se défendit-elle.

– Vous avez peur?

– Certainement pas!

– Alors...

Le sourire de défi qu'il lui adressa la fit changer d'avis. Réprimant son exaspération, elle le suivit jusqu'à ce que l'eau lui arrive à la taille.

– Maintenant, écoutez-moi.

Après lui avoir répété les mouvements, il l'obligea à s'allonger.

– Je vous tiens. Pensez seulement que vous êtes une sirène...

– C'est facile à dire!

Les muscles contractés par l'appréhension, elle tentait de synchroniser ses bras et ses jambes mais tout se conjuguait pour la troubler : Régis devant lequel elle ne voulait pas être ridicule, Henriette qui, du rivage, suivait la scène.

– C'est mieux. Continuez!

Une main sous le menton de son élève, l'autre sous son ventre, Régis scandait la cadence.

– Allons vers ce ballon que vient de lancer Michel.

– Il est beaucoup trop loin!

Au silence de Régis, elle comprit qu'elle ne pourrait se dérober. Faisant appel à toute sa volonté, elle avança tant bien que mal dans la direction choisie jusqu'au moment où elle coula.

– Ce n'est rien, la rassura-t-il en l'aidant à reprendre pied.

Dès qu'elle eut terminé de tousser et de cracher, ils éclatèrent de rire. La connivence s'installait avec la découverte pour Jeanne que cet intermède aquatique cachait un enseignement de la vie. Auprès de Régis, elle retrouvait la force que lui avait autrefois instillée son père. A l'écouter, tout devenait réalisable. Il suffisait de vouloir.

Le jour déclinait quand le signal du départ fut donné. Chacun s'évertua à ôter la plus infime trace de leur passage. Puis Jeanne enfila sa robe sur sa peau salée et noua les brides de ses chaussures de toile. Un voilier se découpait sur l'horizon où le ciel rosissait. Incapable de s'arracher à cette image de sérénité, elle fut la dernière à grimper jusqu'au sommet de la falaise où attendaient les automobiles.

Pour bien montrer ses prérogatives, Henriette s'était installée dans celle de Régis. Sous sa capeline de paille ivoire, elle était jolie, un visage de madone qu'abîmait toutefois une moue prétentieuse.

– Régis, disait-elle, dépêche-toi... sinon nous serons en retard chez les Cabriès.

Ce « nous » suivi d'un emploi du temps commun agaça Jeanne. Où commençait et se terminait la relation de Régis avec Henriette ? La jeune fille n'était-elle qu'une récréation ou davantage ?

Un premier véhicule démarra, suivi d'un autre. Michel se glissait derrière le volant tandis que Régis lui fixait un rendez-vous pour le surlendemain.

– A quelle heure ?

– Passe me chercher à la fermeture de l'usine. Ensuite, on ira...

Il avait volontairement baissé la voix.

7

A l'heure prévue, Michel, après avoir longé une ruelle du quartier de la Corderie, entra dans la Savonnerie Cuvelier.

On allait bientôt fermer et des femmes en blouse foncée s'activaient à estampiller les morceaux de savon qui venaient d'être découpés après avoir séché dans des bassines en ciment.

– Vous trouverez monsieur Régis à l'emballage, l'informa le contremaître.

Michel traversa des salles où se déroulaient les différentes phases de fabrication. Pendant l'empâtage, les matières grasses d'origine végétale étaient mélangées à de la soude puis versées dans des chaudrons chauffés à la vapeur afin de séparer les huiles en acides gras et en glycérine. Suivait l'épinage où, avant la cuisson, des ouvriers enlevaient les eaux glycérineuses, puis venait le relargage. La pâte obtenue était lavée à l'eau salée pour neutraliser la soude puis à l'eau douce pour éliminer le surplus de sel. Après décantation et malaxage, le savon devenu plus fluide pouvait être versé dans des bacs où il durcissait. Une odeur de propreté emplissait les lieux, une odeur persistante, tenace, semblable à celle qui flottait au-dessus des lavoirs.

Aidé par deux manutentionnaires, Régis vérifiait le contenu des expéditions.

– Je n'en ai plus pour longtemps, rassura-t-il son ami. Attends-moi dans mon bureau.

La pièce où Michel s'installa ressemblait à un caravansérail. Dossiers, échantillons, réclames s'empilaient sur les meubles tandis que les portes des armoires vitrées s'ouvraient sur un fouillis d'objets hétéroclites. Dans leurs cadres poussiéreux, les photographies accrochées aux murs racontaient l'histoire de l'entreprise. On y voyait le grand-père de Régis entouré de ses ouvriers et brandissant à bout de bras le premier savon fabriqué. A côté voisinaient les diplômes garantissant la qualité des produits.

Une cloche annonça l'arrêt du travail. Il y eut un brouhaha de voix, le raclement des souliers. Une femme s'attarda à laver une cuve. Sa silhouette courbée révélait une vie de labeur. Sans doute n'avait-elle personne à retrouver, se disait Michel en détaillant le corps frêle et résigné, les mains rougies par l'eau.

– J'ai fini ! On peut partir, l'avertit Régis qui l'avait rejoint.

Se tournant vers un miroir terni, il passa la main dans ses cheveux noirs, rajusta son nœud de cravate puis enfila sa veste.

Ils gagnèrent à pied l'autre rive du Vieux-Port puis s'enfoncèrent dans les ruelles qui, derrière la mairie, montaient vers la Vieille-Charité. Fuyant la touffeur des logis, des docks ou des officines, une population hétéroclite s'était donné rendez-vous dans ce quartier réputé pour ses plaisirs illicites. Se découpant sur la lumière du jour, des enseignes annonçaient cafés, bars, hôtels ou tatoueurs. Au son d'un orgue de Barbarie, des clients s'arrêtaient devant ces établissements tandis que d'autres poursuivaient leur quête de sensations fortes.

Au détour d'un escalier, Régis et Michel s'écartèrent de la chaussée afin d'éviter deux matelots qui, ivres morts, braillaient des couplets obscènes. Un peu plus loin, une fille à l'odeur de musc et de sueur leur proposa ses services.

– La prochaine fois, répliqua Régis qui, avec un évident plaisir, naviguait dans ces eaux troubles.

Combien de fois n'avait-il posé des questions quand, adolescent, il avait appris l'existence de ce quartier que sa famille évitait pourtant d'évoquer? Dès qu'il en avait eu l'opportunité, il y était allé avec des camarades et, dans le secret d'une maison aux volets clos, avait dilapidé ses économies afin de devenir un homme. Depuis, il n'avait cessé d'y revenir, trouvant dans la fréquentation de ces lieux une réponse à son besoin de vivre en dehors des préceptes bourgeois. Ce soir, encore, à côtoyer des hommes de toutes races et de toutes confessions, il s'imaginait loin de sa ville et de ses attaches.

Par les fenêtres ouvertes s'échappaient des relents de friture et d'intimité. Accoudée à un balcon, une femme en corset invectivait un passant qui lui répondit dans une langue inconnue. Michel leva la tête. Du linge séchait, formant des taches multicolores sur les façades lézardées. Du revers de la main, il s'essuya le front.

– J'ai une soif de tous les diables.

– Ne t'inquiète pas, le rassura Régis, on va vite y remédier.

Alors qu'ils débouchaient sur une place qui, avec sa fontaine et ses maisons de guingois, rappelait un décor d'opérette, une bande d'enfants les croisa en courant. Excités par leurs cris, des chiens aboyèrent avec fureur mais, indifférents à ce brouhaha, les deux hommes se dirigèrent vers une impasse puis s'arrêtèrent devant une lourde porte. Un judas s'ouvrit bientôt, laissant apparaître des yeux charbonneux.

– Ça alors... Des revenants!

– Des revenants bien vivants, se défendit Régis en enlaçant leur hôtesse dès qu'elle les eut laissé pénétrer dans le vestibule aux murs tendus de peluche violette.

Puis il ajouta :

– Mmm, tu sens bon le muguet...

– Allons, se plaignit Miquette, n'en fais pas trop. C'est pas ton genre.

Passant son bras sous celui de Michel, la jeune femme ajouta :

– Et toi, mon tout beau, tu es rentré dans les ordres ? Madame a même cru que tu nous en voulais.

– De quoi, grand Dieu !

– Ben justement, on savait pas.

Ils entrèrent dans un salon éclairé par un lustre clinquant. Des filles de tous âges et de tous genres y attendaient le client en conversant. Régis, qui en connaissait la majorité, espérait dénicher de nouvelles recrues quand son regard fut attiré par des jumelles qu'un homme ventripotent maintenait assises sur chacun de ses genoux. Les cheveux tressés et vêtues du costume marin, elles devaient avoir à peine vingt ans.

– Madame en est très fière, susurra Miquette qui avait capté son intérêt.

– Elle a raison.

– Seulement, c'est plus cher. Normal, elles veulent pas se séparer.

Régis se tourna vers Michel.

– Qu'en dis-tu ?

– Pourquoi pas, répondit celui-ci sans enthousiasme.

Ce n'était pas la première fois que leurs goûts différaient. Si Régis recherchait, en effet, de jeunes partenaires, Michel, quant à lui, était attiré par les femmes d'expérience.

Avec le crépuscule s'organisait le va-et-vient propre aux maisons closes. Marins en bordée, militaires en permission, bourgeois honteux, vieillards égrillards ou notables en quête de sensations fortes, ils venaient les uns après les autres se rassurer sur leur virilité. Au son d'un gramophone, ils buvaient du mauvais champagne en lutinant les compagnes qui, le peignoir ouvert sur une camisole ou un corset, se prêtaient à leurs fantaisies. Blondes, brunes, rousses, efflanquées ou potelées, l'échantillonnage était large mais comment en aurait-il été autrement dans ce port ouvert à tous les continents? Chez Madame Lea, chacun pouvait trouver le bonheur... elle en faisait son affaire. De la gracile Annamite à la Polonaise exaltée en n'oubliant pas la Mexicaine dont la voix chaude ravivait les ardeurs, elles offraient leur fausse ingénuité ou leur rouerie à ceux qui savaient payer sans rechigner.

En même temps qu'il répondait au sourire d'une femme aux pommettes fiévreuses, Michel se dirigea vers celle qui remplaçait Madame lorsque celle-ci s'absentait.

– Alors, Lilou, tu m'ignores?

– Tiens donc, tu te souviens encore de mon petit nom.

– Très drôle!

Du doigt, il suivait la bretelle de sa combinaison qui bâillait sur une poitrine dont l'opulence l'avait toujours ému. C'était Lilou qui l'avait déniaisé et, depuis, aucune nouvelle expérience ne l'avait empêché de revenir vers celle qui connaissait et satisfaisait tous ses penchants. Quel âge avait-elle maintenant? Quarante ans? Peut-être davantage. Des cernes soulignaient ses yeux gris et de petites rides griffaient ses tempes mais l'éclat qui l'avait autrefois séduit ne s'était pas terni. En fait Lilou aimait son métier qu'elle accomplissait comme une mission. Avec elle, on en avait pour son argent.

– Tu es libre?

– Dès que j'en aurai fini avec celui-là, chuchota-t-elle en désignant du menton un gaillard qui, accoudé au bar, fumait un cigare.

Michel s'y dirigea à son tour et, après avoir commandé un cocktail, observa les couples et les trios qui montaient à l'étage.

Avec un rire de gorge, Madame sortit bientôt d'un

boudoir attenant où, par la porte entrebâillée, Michel reconnut un commissaire de police, grand habitué du lieu. Sanglée dans une robe pistache, la patronne en imposait. On racontait qu'elle avait débuté sur les trottoirs de Toulon puis, après avoir amassé de l'argent en Afrique du Nord, s'était installée à Marseille où elle tenait ses filles avec une poigne de fer.

– Chez moi, on n'attrape pas de saloperies, aimait-elle à se vanter.

Pour se fournir, elle recourait à des souteneurs qui savaient trouver la domestique congédiée ou l'exilée abandonnée par son mari ou son amant. La guerre avait aussi fourni son contingent de veuves qui, privées de ressources, faisaient leurs premiers pas dans le métier.

Apercevant Régis, Madame se jeta dans ses bras.

– On m'a dit que tu allais te marier... C'est vrai ? lui demanda-t-elle après l'avoir embrassé.

– Moi ? Me marier ! Première nouvelle ! Avec qui ?

– Je comptais sur toi pour me l'apprendre.

– Rassure-toi, mon trésor. Tu seras la première informée quand je sauterai le pas. Mais, pour l'instant, ce sont tes jumelles qui m'intéressent. Un beau petit lot.

– N'est-ce pas !

Juché sur son perchoir, un perroquet cria dans l'indifférence générale. La nuit tombant, certains se préparaient à rentrer chez eux en songeant déjà au nouvel alibi qu'ils fourniraient à une épouse soupçonneuse. Combien, cependant, demeuraient ignorantes de leur double vie ?

– Les malheureuses... si elles savaient ce qu'ils nous demandent, elles en auraient des syncopes, s'amusait Lilou. Seulement, elles ont qu'à pas fermer les yeux dès qu'ils les touchent ! Remarque, il faut remercier les curés qui leur ont mis dans la tête que faire l'amour, c'était un péché. Sans eux on serait restées pauvresses...

En vingt ans de carrière, elle en avait vu défiler des types qui, dans ses bras, fuyaient un mariage où plaisir rimait avec devoir, pire, corvée ! Déçus, vexés, ils venaient, entre ces murs, se libérer de leur culpabilité ou de leur frustration. Alors, les masques tombaient et, auprès de celles qu'ils payaient pour leur compréhension, ils osaient enfin se montrer dans leur nudité et leur vérité. Heureusement, il y avait les jeunes, ceux qu'elle avait formés... Michel en faisait partie et, tandis que, dans sa chambre tapissée de gravures licencieuses, elle écoutait son client précédent lui radoter des rêves à dormir debout, elle pensait que tout à l'heure elle n'aurait plus besoin de simuler.

La nuit était avancée lorsque Régis et Michel rebroussèrent chemin. Fatigués l'un et l'autre, ils parlaient peu. A travers les vitres des cafés, ils discernaient ceux qui attendaient, avec la venue de l'aube, le moment où la solitude deviendrait moins insupportable. Des bouteilles vides jonchaient les trottoirs où traînaient encore des fêtards. Alors qu'ils approchaient du rivage, une dispute éclata. La femme déversait dans un langage ordurier les reproches qu'elle nourrissait à l'égard de son compagnon. Au-dessus d'eux, des lampions allumés donnaient à la scène un aspect théâtral mais Régis y demeura indifférent. Jamais il ne se lasserait de regarder le port balayé par la lueur de son phare et, plus loin, le pont transbordeur, passerelle au-dessus de cette mer loin de laquelle il ne pouvait vivre. Respirant l'air salé, il regardait les bateaux dont les noms se noyaient dans la pénombre. Avec le clapot, les quilles balançaient et les bois grinçaient. Son fanal perçant l'obscurité, un pointu se préparait à prendre le large. Dans peu de temps, marins et pêcheurs, le visage fripé de sommeil, envahiraient les quais qui résonneraient de leurs interpellations. Enfant de cette très ancienne cité, Régis la portait dans son sang et elle le nourrissait de sa grandeur, de sa poésie. A l'instant même – était-ce l'abus d'alcool, la lassitude ou, tout simplement, la tendresse – il sentait ses yeux s'embuer à la contempler dans sa robe de mystère. Après avoir allumé une cigarette, il s'assit sur un muret. Il se sentait sale, moralement, physiquement, mais son malaise revêtait-il de l'importance face à cette vision d'éternité qui lui apprenait l'humilité ?

A quelques pas, Michel se tenait lui aussi immobile. S'ils se connaissaient depuis longtemps, leur relation n'avait jamais atteint le stade d'une amitié profonde. En fait, ils ne partageaient que les distractions plus ou moins avouables. Régis étouffa un bâillement. Après avoir écrasé son mégot, il se leva. L'usine ouvrirait dans moins de trois heures. Dormir n'étant pas envisageable, il décida de rentrer chez lui et de boire quantité de café.

Michel le déposa devant les grilles de la demeure familiale qui, bâtie sur la Corniche, ouvrait sur la haute mer. Enlevant ses chaussures, il traversa sur la pointe des pieds le vestibule dont le parquet grinçait au moindre effleurement. Dans sa chambre, au second étage, le lit avait été préparé mais il préféra l'ignorer.

Avec des gestes d'automate, il se déshabilla puis passa dans le cabinet de toilette. L'eau glacée lui fit l'effet d'une gifle. Relevant la tête, il découvrit dans le miroir des traits défaits, des paupières bouffies. Il continua ses ablutions en prenant garde de ne pas réveiller ses parents dont il connaissait le sommeil fragile. Depuis qu'il avait contracté la tuberculose, Bernard Cuvelier, son père, avait de la difficulté à demeurer allongé sans fréquemment tousser. Quant à sa mère, elle connaissait la torture des nuits blanches depuis la mort, trois ans plus tôt, de Colette, la sœur aînée de Régis, qui avait succombé à une péritonite. Ainsi, cette maison que le jeune homme avait connue bruissante d'activité, de projets et de rires était devenue un sarcophage qu'il fuyait dès qu'il en avait l'occasion.

En s'essuyant les cheveux, il revint vers la chambre où, sur une longue table en chêne, des coupes remportées au tennis voisinaient avec un jeu d'échecs et une maquette de clipper. Dans un cadre, Colette souriait en lui tendant un cerceau. Etait-il obligatoire de vivre avec les absents ? Il fut tenté de retourner le cliché. A côté, des billets de tombola et des tickets d'entrée pour l'hippodrome s'échappaient d'un videpoche. Il y avait aussi le courrier du jour qu'il passa en revue sans l'ouvrir, même s'il reconnut sur une enveloppe la grande écriture bouclée d'Henriette. Le prenant au dépourvu, un visage s'imposa soudain... Jeanne, la cousine de Michel.

8

Jeanne et Régis se revirent à Hyères à l'occasion de régates. Il l'avait invitée à déjeuner dans la villa héritée de sa famille maternelle. Michel l'accompagnait mais personne d'autre ne partagea leur repas. Henriette était-elle rangée dans le tiroir des oubliettes ? Jeanne l'espéra.

La maison avait été bâtie, une cinquantaine d'années plus tôt, dans le style mauresque cher à l'époque et, au milieu des céramiques, des fontaines ou des bassins, la présence de Régis semblait incongrue. Autour de lui, Jeanne aurait, en effet, davantage imaginé des meubles simples, voire campagnards : rien dans le comportement de son hôte n'obéissait à l'artifice. Tel il était, tel il s'offrait au regard des autres et cette liberté représentait l'un des atouts majeurs de sa séduction. S'y ajoutaient une rare vitalité, la sensation que rien ne pouvait lui résister et l'intensité avec laquelle il paraissait jouir du moment présent. Auprès de lui, les soucis s'envolaient. On ne songeait plus qu'à rire et se distraire !

Sur la terrasse qui dominait la presqu'île de Giens, elle buvait un café en regardant les voiliers. Une brise agitait sa capeline, amenant dans son sillage une odeur de pins et de roses. Allongé dans un hamac, Michel fumait une cigarette en se sentant importun. Il profita de la proposition que faisait son ami de gagner le port pour s'esquiver en prétextant une course.

Tandis que Régis conduisait la voiture à travers les rues de la « capitale des palmiers », Jeanne garda le silence. La foule massée sur les quais les poussa à continuer leur chemin le long des étangs des Pesquiers.

– Dans un mois, les flamants roses arriveront de Camargue avec leurs petits, lui expliqua Régis. Des milliers d'oiseaux migrateurs se rejoignent ou se croisent dans cette lagune : canards, foulques, cormorans et, au printemps, des chevaliers, des bécasseaux, des avocettes ou encore des échasses.

En même temps qu'elle l'écoutait, le souvenir de Jérôme Guillaumin évoquant les fous de Bassan surgit à la mémoire de Jeanne. Les hommes avaient-ils tous décidé de lui donner un cours d'ornithologie ?

Régis avait ralenti l'allure. La peau chauffée par le soleil, Jeanne se grisait du spectacle qui l'environnait, le ciel où s'effilochaient de légers nuages, les voiles se découpant sur la grande lumière. Ils poursuivirent leur promenade jusqu'au village de Giens encore assoupi, puis se dirigèrent vers la plage de Darboussière où Régis arrêta son véhicule.

– Etes-vous bien chaussée ? demanda-t-il à sa passagère qui le rassura en lui montrant des souliers à talons plats.

Un sentier longeait le littoral. Régis s'y engagea le premier. Il avait enlevé sa veste et roulé les manches de sa chemise.

– Tout va bien ? s'inquiétait-il en se retournant.

Le souffle court et essayant d'oublier son vertige, elle escaladait à sa suite une falaise bordée de chênes verts et de pins d'Alep.

– Regardez comme c'est beau, lui disait-il.

– Oui, murmurait-elle en se gardant d'obéir.

Proche du sommet, elle se réfugia dans un repli de la roche. L'odeur de lentisque et de myrte se mêlait à l'eau de toilette de Régis qui l'avait rejointe. Alors, tout fut naturel, leurs bouches et leurs corps se cherchant, s'apprivoisant, se confondant...

– N'aie pas peur, lui disait-il en même temps qu'il commençait à repousser ses vêtements.

Le jugeant trop audacieux, elle cherchait à échapper à son étreinte mais, conscient de son trouble, il poursuivait son initiation.

– On pourrait nous voir, répétait-elle entre deux baisers.

Il déboutonna sa robe et, ses lèvres sur la naissance de ses seins, chuchota des mots qu'elle n'entendit pas.

– Laisse-toi faire, lui ordonna-t-il en saisissant ses poignets.

Livrée à son regard, elle détourna la tête avec gêne. Pas un instant, elle ne songea que sa timidité plaisait plus à Régis que des serments d'amour.

De longues minutes s'écoulèrent mais elle avait perdu la notion du temps. Seul comptait ce plaisir dont elle avait honte et qui l'entraînait hors des limites qu'elle s'était fixées. Contre elle, sur elle, elle sentait le corps de Régis mais, affolée par la précision de ses caresses, elle le repoussa avec une violence dont elle se serait crue incapable.

– Arrête de jouer les sottes, lui dit-il d'une voix dure.

Déjà, elle s'était relevée et rajustait avec maladresse ses vêtements.

– Voyons, c'est stupide, poursuivit-il en s'approchant d'elle.

Sur un ton radouci, il ajouta :

– Je ne te plais pas ?

– Ce n'est pas cela.

– Alors ?

– Je ne sais pas.

Elle disait la vérité. Tout était allé si vite, trop vite, et, maintenant qu'elle avait repris ses esprits, elle ressentait comme un étranger cet homme auquel elle venait pourtant d'accorder ce que l'éducation qu'elle avait reçue réprouvait.

Dans le silence, ils revinrent sur leurs pas. Pour Jeanne, la journée avait soudain perdu toute couleur. Indifférente aux cris des mouettes, à la grâce des fleurs sauvages qui ondulaient sous le vent marin, elle s'en voulait d'avoir agi comme une oie blanche et l'attitude glaciale de son compagnon augmentait son malaise.

Michel les attendait à la villa. Prétextant une migraine, Jeanne avança leur départ pour Cotignac. Non seulement Régis n'insista pas pour la retenir mais il la salua avec indifférence.

Les semaines suivantes, elle tenta sans résultat de chasser ses regrets. Comment rattraper sa stupidité? Cette question l'empêchait de se préoccuper convenablement des Restanques. La récolte des amandes battait son plein et, au cassoir, les femmes auxquelles s'était jointe Rosalie ne connaissaient pas l'oisiveté.

Chaque matin, la jeune servante guettait le facteur et, après avoir regardé les timbres, montait le courrier chez madame Barthélemy ou chez Jeanne.

– Des nouvelles de votre frère? demandait-elle à la jeune fille sur un ton détaché.

– La traversée s'est bien passée. Il est aux Indes.

Les Indes! Rosalie n'avait jamais entendu ce nom mais, à voix basse, elle le répétait. Les Indes... Pour en savoir davantage, elle prêtait une oreille indiscrète aux propos de Marthe et de sa fille... Des terres brûlées par le soleil, des foules en haillons, les Britanniques tentant d'y conserver leur empire. Marthe évoqua des épidémies, des famines, et Rosalie se sentit oppressée. A quoi ressemblerait sa vie si Laurent ne revenait pas?

Le dimanche, assise au fond de l'église, près du bénitier, elle priait pour qu'il ne lui arrivât rien. Avec quelques sous d'économie, elle allumait parfois un cierge, petite lueur d'espérance dans son tourment. Puis s'étirait sa journée de congé. Qu'existait-il de pire que ces heures vouées au repos et à la solitude car, depuis sa venue à Cotignac, elle n'avait pas cherché à se faire des amies? Sans but, elle arpentait la campagne et ce fut au cours d'une promenade qu'elle revit le voisin qui, à deux reprises, s'était présenté aux Restanques.

Il inspectait l'arrachage de ses vignes quand, au bruit de ses pas, il se retourna. Le visage et les bras brunis par le soleil, Rosalie éclatait de jeunesse, de santé et de naturel.

– On se connaît... non?

– Je suis domestique aux Restanques.

– Ah, je ne me trompais pas. Mais, poursuivit-il en redressant sa petite taille, explique-moi pourquoi une belle fille comme toi traîne toute seule.

– Vous êtes bien curieux!

En continuant de dévisager Rosalie avec insistance, René Verdier ajouta sur un ton narquois:

– Toi, tu vas à un rendez-vous galant ou tu en reviens.

– Vous vous trompez!

– Tiens donc, tu n'as pas d'amoureux?

La chaleur allumait son teint, mouillait son front et Rosalie avait du mal à supporter son haleine qui sentait le vin mais elle n'en montra rien.

– Tu es contente chez madame Barthélemy?

– Oui.

– Si jamais tu changeais d'avis, je pourrais t'engager. Tu serais bien payée, mieux sûrement. Mais, au fait, quel est ton petit nom?

– Rosalie.

En même temps qu'elle prenait congé, elle sentit son regard la jauger, peser sur ses seins, sa taille. Encore un qui évaluait ses chances de la mettre dans son lit! Arrachant une herbe, elle la mâchonna jusqu'à ce qu'elle parvienne dans la cour de la bastide où régnait une ambiance inhabituelle.

– C'est Barnabé, lui dit François, le jeune journalier. Il est tombé en se relevant de la sieste. Raide...

– Raide ? Tu veux dire que...

– Il est mort d'un coup.

– Barnabé, répétait Rosalie... C'est pas possible ! Ce matin, je l'ai vu partir pour le bourg.

Désemparée, elle regarda autour d'elle. La voiture du médecin était rangée devant les communs. Autour s'était rassemblé le personnel. Certains parmi les hommes avaient ôté leur casquette et la tenaient entre les mains, à la hauteur de la poitrine. Une femme pleurait sur l'épaule de sa voisine. C'était Apolline qui avait toujours considéré Fanny et Barnabé comme des membres de sa famille. Rosalie s'approcha. Par la fenêtre de la chambre où avait vécu le métayer, elle apercevait Jeanne qui dispensait des paroles de réconfort à sa cuisinière. Rosalie frissonna. Ainsi, on s'attachait à un être, on vivait auprès de lui, dans son ombre, dans sa chaleur, et soudain des années de connivence disparaissaient à jamais.

A quelques pas, Jeanne remuait les mêmes pensées mais s'y ajoutait l'étrange sensation de se trouver face à la mort de son père, cette mort qui ne lui avait jamais semblé réelle.

Un matin, deux inconnus s'étaient présentés aux Restanques pour annoncer à Marthe qu'elle était veuve. Jusqu'au soir, Jeanne n'avait pas versé une larme. Ce fut seulement dans le silence de la nuit qu'elle eut la vision de champs dévastés par le fer et le feu, de tranchées où les soldats pataugeaient dans la boue au milieu d'agonisants dont faisait partie Robert Barthélemy. Quelqu'un l'avait-il soutenu ?

Ce froid qui peu à peu s'était infiltré dans ses veines et ses membres était, jusqu'à ce dimanche, demeuré abstrait. Il avait, en effet, fallu que Barnabé les quittât à son tour pour que les interrogations qui entouraient le décès du maître des Restanques trouvent une réponse. Allongé sur son lit, celui qu'elle avait toujours connu au côté de son père reposait. Un chapelet de buis autour des mains, il avait le visage fermé des défunts, des traits qui tenaient déjà l'entourage à distance.

– Je comprends pas, répétait Fanny. Il se portait bien.

Le regard égaré, elle accepta de passer dans la pièce voisine avec le médecin.

– Madame Barthélemy n'est pas là? s'enquérait celui-ci.

– On l'a prévenue. Elle ne devrait plus tarder, répliqua Jeanne en essayant de cacher sa contrariété.

Il y avait plus d'une heure qu'elle attendait sa mère qui, telle une enfant, repoussait une situation qu'elle redoutait d'affronter. Face à tant d'irresponsabilité, Jeanne était désemparée. Sur qui pourrait-elle à l'avenir compter?

Dehors, on l'attendait. A côté des anciens, les journaliers se taisaient. Elle croisa le regard de Rosalie et s'y accrocha comme à une bouée de sauvetage. Au loin, les oiseaux rassemblés dans un sous-bois pépiaient. C'était une journée semblable à toutes celles de cet été finissant.

– Barnabé vivra dans nos cœurs, s'entendit-elle prononcer. Il aimait les Restanques et jamais il n'a failli à sa tâche. En souvenir de lui, prenez soin de Fanny. Elle aura besoin de votre amitié.

Marthe apparut alors que sa fille rejoignait le médecin qui se préparait à partir.

– Mon Dieu, qu'allons-nous devenir? se lamenta-t-elle.

– Nous y penserons plus tard.

9

Les semaines suivantes, Jeanne se leva avec l'aube et veilla à la bonne marche de la propriété. Après l'inspection de la ferme et des étables, elle se préoccupait du programme des journaliers. Refusant de vendre à des courtiers, elle avait conservé la totalité des amandes récoltées depuis le début de la saison. Le temps des hésitations était révolu. Elle acheta à ses cousins Delestang le miel dont elle aurait besoin et commanda des pistaches. Nougat blanc, nougat noir, elle améliora des recettes que des générations de Barthélemy s'étaient transmises puis se promit qu'avant la Noël elle aurait gagné l'argent qui faisait cruellement défaut dans les caisses du domaine. Elle aurait aussi remboursé une grande partie de l'emprunt contracté auprès d'une banque de Draguignan. Sans en parler à quiconque, elle avait demandé à voir le directeur, un homme froid et courtois auquel elle exposa la situation. La somme était raisonnable et les garanties correctes.

Septembre était bien entamé quand elle termina d'installer son atelier de fabrication.

– Fanny, tu as promis que tu m'aiderais...

La cuisinière hochait invariablement la tête mais son habituel enthousiasme avait disparu. Les voix masculines qui avaient résonné aux Restanques s'étaient évanouies. Il en restait l'écho nostalgique. Elle l'entendait quand, le regard perdu dans ses souvenirs, elle errait dans un passé qui la ramenait vers sa jeunesse lorsqu'elle était tombée amoureuse de Barnabé venu faire les foins. Pour les beaux yeux de la servante, il était resté. Quarante-trois ans de bons et loyaux services, quarante-trois ans de labeur côte à côte. Mon Dieu, pourquoi n'était-elle pas partie la première? Cela lui aurait ôté tant de misère...

– Fanny, j'ai besoin de toi, répétait Jeanne. Seule, je n'y arriverai pas.

Elles commencèrent par le nougat noir, le vrai selon les Provençaux. Dans un grand chaudron de cuivre, elles versèrent dix kilos de miel toutes fleurs qu'elles amenèrent à ébullition. Elles y ajoutèrent dix kilos d'amandes débarrassées de la poussière de leur peau. Malgré la douleur ressentie dans son bras, Jeanne tournait sans relâche avec une cuillère en bois la préparation.

– Le voilà qui devient acajou, remarqua Fanny. Il faut le retirer du feu sinon il sera amer.

Elle prit la relève et remua encore cinq minutes tandis que Jeanne approchait les caissettes en bois au fond et sur les bords desquelles elle avait disposé du papier hostie.

– Tu es certaine de la cuisson? s'inquiéta-t-elle.

– Avez-vous mangé du mauvais nougat depuis que je travaille chez vous?

L'une après l'autre, les boîtes furent emplies. Fanny posa une dernière feuille sur le mélange puis une planchette qu'elle recouvrit d'un gros poids. Le nougat pouvait refroidir.

Le lendemain matin, Jeanne bouda son petit déjeuner tant son impatience était grande. A l'aide d'un couteau, elle préleva un morceau de nougat puis se concentra sur la saveur qui emplissait sa bouche. La cuisinière ne s'était pas trompée. C'était délicieux!

Plusieurs jours furent nécessaires pour confectionner les sachets ornés de l'étiquette Barthélemy. Après avoir regardé le premier paquet sous toutes ses formes, elle le jugea non seulement beau mais attirant. Plût au ciel que les confiseurs auxquels elle allait proposer son ouvrage partagent cet avis...

Avec une certaine appréhension, elle poussa la porte d'un magasin réputé à Brignoles pour la qualité de ses friandises. Elle en connaissait la propriétaire pour lui avoir souvent acheté les bonbons à la violette dont elle raffolait.

– Je ne viens pas en tant que cliente, déclara-t-elle avant d'expliquer le but de sa visite.

– Mon mari n'est pas là, répliqua madame Vespucci. C'est lui qui décide.

– Alors, je reviendrai demain.

En même temps qu'elle gagnait la sortie, Jeanne sentit qu'on ne lui prêtait pas la même considération. D'acheteuse, elle était devenue solliciteuse. Qu'importait ! Elle se dirigea vers une boutique plus modeste qui tentait tant bien que mal de se faire une renommée.

Avec ses murs rechampis, ses miroirs ternis, ses nombreux bocaux de verre emplis de berlingots et de pastilles multicolores, l'endroit possédait un charme suranné qui plut à la visiteuse. Un couple l'accueillit, lui la quarantaine, elle plus jeune et tenant sur ses genoux un garçonnet qui mangeait du Zan.

Après avoir admiré l'emballage, goûté le nougat, monsieur Bénard proposa de prendre en dépôt une vingtaine de sachets.

– Les temps sont difficiles.

Lors de ses supputations, Jeanne n'avait pas imaginé cette situation. Devait-elle courir le risque de se retrouver après la Noël avec des invendus ? Obéissant à son intuition et à la sympathie que lui inspiraient ses interlocuteurs, elle se décida cependant à jouer la confiance et, une fois les prix arrêtés, s'engagea à livrer la marchandise.

– Pouvons-nous envisager des conditions similaires pour le nougat blanc si celui-ci vous convenait ?

– Bien entendu.

A Draguignan, elle eut plus de chance. On lui acheta ferme une quinzaine de sachets. Mais tout restait à faire, en particulier le nougat blanc pour lequel elle avait commandé un coûteux appareil à malaxer qui arriverait la semaine suivante.

Malgré sa fatigue, elle s'arrêta chez les Delestang et, devant un chocolat chaud, donna à ses oncle et tante les nouvelles de cette journée riche en événements. A qui d'autre aurait-elle pu se confier sinon à ces êtres qui demeuraient son seul lien avec l'insouciance de ses jeunes années ? Dans le halo mordoré des lampes, elle revivait les veillées enfantines quand, en croquant des châtaignes, elle écoutait le conteur qui, chaque automne, passait par Entrecasteaux. Grâce à lui, elle s'était familiarisée avec cette Provence où elle avait poussé son premier cri. Fille des torrents, des genêts éclaboussant le printemps et de la lavande, elle en portait l'empreinte et rien ne parviendrait à effacer les liens privilégiés qui l'attachaient à cette terre aimée des dieux et de ses habitants.

– Comment faites-vous sans Barnabé ? s'enquit son oncle.

– Ce n'est pas facile mais nous n'avons pas les moyens d'engager un remplaçant.

– Peut-être devriez-vous songer à vendre.

– Vendre ! Il n'en est pas question.

Surprise par la violence de ses propos, Jeanne en chercha la signification. Pourquoi ne pas se libérer d'une trop lourde responsabilité ?

– Je dois sauvegarder le domaine pour Laurent, se justifia-t-elle.

– Es-tu sûre qu'il voudra abandonner ses voyages ?

– Il me l'a promis.

– Tout le monde a le droit de changer d'avis, s'interposa Michel qui, depuis quelques instants, se tenait sur le seuil du salon.

Des pantalons de golf indiquaient l'activité à laquelle il venait de s'adonner.

– Devine qui je viens de quitter, demanda-t-il à sa cousine.

– Je ne sais pas.

– Régis Cuvelier. Il m'a demandé de tes nouvelles.

– Ah oui, répliqua-t-elle en rougissant.

Régis ! Depuis quelque temps, elle pensait moins à lui. Pourtant, à la seule évocation de son nom, son pouls s'était accéléré.

– Il doit venir samedi prochain pour commander du vin. Nous pourrions te rendre visite.

Ils arrivèrent au pire moment. Le corps disparaissant sous un grand tablier, Jeanne fabriquait son nougat blanc. Cela faisait trois jours qu'elle s'accoutumait au malaxeur, un vaste récipient en cuivre, à double cloison, qui permettait le mélange de divers ingrédients et leur cuisson au bain-marie. Tout d'abord elle y versait le miel de lavande auquel elle ajoutait des blancs d'œufs battus en neige et le sirop qu'elle avait préparé en faisant fondre du sucre jusqu'à ce qu'il vienne « au cassé ». Pendant ce temps, Fanny faisait griller les amandes à feu doux. Elle les incorporait dans la préparation quand Michel et Régis entrèrent dans le local où flottait un fort parfum de confiserie.

– On tombe bien, s'exclama Michel en s'approchant du fourneau.

– Attention de pas vous brûler, s'interposa Fanny alors qu'il approchait son doigt de la pâte.

Jeanne, pour sa part, ne songeait qu'à son visage transpirant sous la chaleur. Evitant de croiser le regard de Régis, elle se concentra sur sa tâche avec l'insupportable sensation qu'il s'amusait de son trouble.

– Excusez-moi, murmura-t-elle, mais je ne peux m'occuper de vous. Il nous faut maintenant remplir toutes ces boîtes.

– Nous allons vous aider, déclara Régis.

– Mais non, voyons!

– Assez discuté! A plusieurs, le travail sera plus vite accompli et, ensuite, nous pourrons vous enlever.

Joignant le geste à la parole, il s'empara d'une cuillère et l'ouvrage s'organisa sous les ordres de Fanny qui, pour la première fois depuis son deuil, retrouvait le sourire. Elle se risqua même à raconter comment sa mère, fin cordon-bleu, l'avait dès son adolescence initiée aux recettes dont la table des Barthélemy pouvait s'enorgueillir.

En découvrant Régis hors de son cadre habituel, Jeanne était une nouvelle fois conquise par son entrain. Elle se surprit même à rire et à chantonner alors qu'ils terminaient leur tâche.

– Où pourrions-nous aller? lui demanda-t-il pendant qu'ils se lavaient les mains.

– Connaissez-vous Seillans-la-Cascade? C'est un joli village.

Caressée par le soleil de l'arrière-saison, la campagne flamboyait. Jeanne en aimait les teintes qui hésitaient encore entre l'or et le roux. A la vue d'un sous-bois, des senteurs de mousse et de champignons emplirent ses narines.

Michel ne les ayant pas accompagnés, elle était une nouvelle fois seule avec Régis qui, tout en conduisant, avait posé sa main sur la sienne.

– Tu es contente de me voir? lui demanda-t-il sur un ton caressant.

– Oui.

A Seillans, ils entrèrent dans une auberge où la patronne leur proposa une tarte aux mirabelles qu'ils accompagnèrent d'un sirop d'orgeat.

– Rassure-toi, il m'arrive d'être sobre, déclara Régis

en surprenant le regard inquiet de sa compagne. Et, poursuivit-il après avoir détaillé les boiseries sombres, la cheminée où rougeoyaient les braises et les nappes de damas jaune, j'apprécie aussi ce genre d'endroit.

– Ah bon, soupira-t-elle. Je craignais que...

– Quand cesseras-tu d'avoir peur ?

– Et vous ? Quand cesserez-vous de me critiquer ?

– Je ferai peut-être un effort si tu me tutoies.

– J'essaierai.

Jusqu'à présent personne n'était parvenu à décontenancer Jeanne. Quel pouvoir possédait cet homme pour la faire basculer en quelques secondes du plaisir à l'énervement ?

– Mange cette tarte pendant qu'elle est tiède, lui disait-il, et raconte-moi ce que va devenir ce nougat que nous avons préparé avec tant de cœur. Est-il destiné au Noël d'un orphelinat ?

– J'aurais bien aimé...

Spontanément, elle lui raconta les difficultés que traversait le domaine, sa lutte contre l'inertie de Marthe et sa tristesse de savoir que, quoi qu'il en dise, Laurent garderait une âme de nomade.

– Ma marraine possède une confiserie à Marseille. Je vais lui parler de toi.

Déjà, il échafaudait un plan de bataille. Hyères, Toulon... A l'entendre, rien n'était impossible et sûrement pas de s'y faire une place. Sans cacher sa fascination, Jeanne l'écoutait. Enfin, quelqu'un prononçait ce qu'elle n'avait jamais osé exprimer et l'énergie qui l'avait toujours habitée trouvait une flamme à laquelle se ranimer.

Le jour avait baissé lorsque Régis consulta sa montre.

– Six heures, s'écria-t-il. Je te raccompagne.

Pendant qu'il la ramenait, il continua de la questionner sur ses occupations et elle lui en voulut de ne pas donner un caractère plus intime à leur conversation. Ne lui plaisait-elle plus ? Dans ce cas, pourquoi lui aurait-il consacré du temps ? Jusqu'au moment où il la quitta devant le portail des Restanques, elle espéra un geste, une avance. En vain.

– Au revoir, lui dit-il, et, surtout, n'oublie pas de te présenter à cette adresse.

Sur un morceau de papier, il griffonna quelques mots avant d'ajouter :

– Dès demain, je t'ouvrirai le cénacle.

« Il ne m'a fixé aucun rendez-vous personnel », se répétait-elle tandis qu'elle remontait l'allée qui menait à la bastide. « En réalité, il se moque de moi. » La déception serrait sa gorge. Quelle idée avait-elle eue de s'amouracher d'un type qui n'avait que l'embarras du choix en matière de distractions ! Et, comble de l'ironie, il n'était pas son genre d'homme. Avec acharnement, elle cherchait ses défauts qui s'évanouissaient devant le souvenir d'un regard enjôleur, du timbre de la voix qui savait devenir velours, du rire communicatif...

– Madame dînera pas là, lui apprit Rosalie alors qu'elle s'engageait dans l'escalier.

– Elle est sortie ?

– Il y a une heure. Avec monsieur Verdier. Ils partaient pour Brignoles.

– Ma mère et monsieur Verdier !

A minuit, Marthe n'était toujours pas rentrée et Jeanne commençait de s'inquiéter quand le ronronnement d'un moteur l'attira vers la fenêtre de sa chambre pour voir, sous la lumière du perron, René Verdier qui baisait la main de sa passagère, après l'avoir aidée à sortir du véhicule.

– Tu ne m'avais pas avertie de cette récréation, déclara Jeanne alors que sa mère débouchait dans le corridor du premier étage.

– Tu ne dors pas, sursauta Marthe avant d'ajouter : J'avais oublié de t'en parler.

– Oublié !

– Eh bien oui, cela peut arriver !

– Où êtes-vous allés ?

– Souper au restaurant. Est-ce un crime ?

– Cet homme me déplaît.

– Pourquoi ? Il est attentif, prévenant.

Jeanne avait-elle jamais connu à sa mère ce visage enjoué ? Sous la voilette, les pommettes étaient roses et elle souriait. Se pouvait-il qu'elle fût tombée sous le charme de ce veuf aux allures de maquignon...

Les jours suivants, le manège continua. Il y eut d'autres rendez-vous... et de nombreuses visites chez la couturière de Carcès.

– Rien de bien ne pourra sortir de toutes ces manigances, se récria Raymond Delestang lorsque Jeanne lui eut confié ses inquiétudes. Dès que l'occasion se présentera, je parlerai à ta mère.

Soulagée, la jeune fille ne se préoccupa plus que de la fabrication de son nougat. Régis ayant tenu parole, elle livra une centaine de sachets chez madame Pascale qui, convaincue par la qualité, s'était engagée à les payer comptant.

Néanmoins les factures continuaient d'arriver aux Restanques. Impôts, réparations du matériel agricole, fuites importantes dans la toiture, remplacements de gouttières... Jeanne comptait sur la cueillette des olives qui allait commencer avec la Sainte-Catherine pour redresser une situation précaire. Sans oublier les soucis causés par le personnel. Blessé par un clou rouillé, un garçon d'étable avait échappé de justesse à la gangrène. S'y était ajoutée la fausse couche d'Augustine, la journalière.

Elle gaulait les amandes quand le sang commença de couler le long de ses jambes. Courbée sur la douleur qui labourait son ventre et ses reins, elle se dirigea vers un bosquet et, à l'abri des regards, s'essuya avec des poignées d'herbe.

– Augustine, l'appela au bout d'un moment une jeune femme qui avait travaillé auprès d'elle pendant la saison. Augustine !

Ne la voyant pas revenir, elle la rejoignit.

– Mon Dieu ! tu es malade !

– Tais-toi, personne doit le savoir et surtout pas Joseph !

Dans une crise de sanglots, Augustine pleura sa souffrance, son désarroi et sa peur des représailles. Toutefois, comment obéir à un mari qui ne voulait plus d'enfant en lui imposant cependant des étreintes brutales et parfois humiliantes ?

– Tu peux pas rester ici. Il faut rentrer. On dira que c'est la colique...

La fièvre ne tarda pas à monter et, face à la situation, Annie, l'amie d'Augustine, prévint Apolline qui monta chez Jeanne.

– Fais-la transporter dans la chambre à côté de la tienne. J'arrive.

Jusqu'à la venue du médecin, Jeanne demeura au chevet de la malade qui ne voulut répondre à aucune de ses questions.

– Que crains-tu, Augustine... Je ne te veux pas de mal.

Une nouvelle fois, Jeanne ressentit son impuissance face au fossé qui la séparait de ceux et celles dont elle louait les services. Malgré des mois de cohabitation, la méfiance demeurait. Elle avait beau se démener pour transformer cet état d'esprit, des siècles de croyances et de préjugés empêchaient le dialogue de s'instaurer.

– Augustine... Tu dois m'expliquer.

– C'est Joseph, finit par répondre la malheureuse. Il m'a juré que si, par malheur, j'étais grosse, il me quitterait. Comprenez, Mademoiselle, on a déjà deux petits...

– Dis-moi la vérité... Tu as pris quelque chose ?

– Des plantes.

– Qui te les a données ?

Un silence s'étira que Jeanne interrompit en murmurant :

– Je vais parler à ta place. Tu es allée chez la faiseuse d'anges, celle qui vit au bord de la Cassole ?

Augustine resta deux jours entre la vie et la mort.

– Hélas, elle recommencera, murmura le médecin quand il la jugea hors de danger.

Si Jeanne ne connaissait pas grand-chose à l'amour, ce qu'elle en découvrait n'était pas de nature à la rassurer. Pouvait-on avec tant de facilité perdre la tête pour quelqu'un ou, pire, vivre dans la crainte de l'autre ? Marthe, Augustine... et toutes les héroïnes des romans dont elle avait suivi les péripéties ne plaidaient décidément pas en faveur du sentiment auquel aspirait l'humanité !

– Et si vous saviez comment se comporte le Joseph, lui déclara, un matin, Apolline.

– C'est vrai qu'on ne le voit guère au chevet de sa femme.

– Et pour cause ! Il regarde que Rosalie !

– Rosalie ?

– Dès qu'il l'aperçoit, il vire à la tomate. J'en ai la main qui me démange tant j'ai envie de lui mettre une claque. Remarquez, la petite, elle manque pas de défense. J'ai cru, l'autre jour que je les épiais, qu'elle allait lui arracher les yeux. Et, pendant ce temps, Augustine, elle cherche à pas le contrarier. Seigneur, j'ai eu raison de jamais me marier.

10

Pour la Saint-Martin, Augustine, malgré sa faiblesse, entama avec les autres journaliers la cueillette des olives.

L'air était piquant en cette matinée de novembre et elle appréciait la chaleur prodiguée par le brasero qu'elle traînait d'arbre en arbre. Dans une corbelette [1] retenue à son cou par une courroie de cuir, elle jetait, aussitôt prélevés, les fameux « pruneaux de Cotignac ». Rondes comme des billes et vertes, elles étaient destinées à la conserve.

– Ça creuse, lui cria Annie qui, à quelques pas, travaillait à une cadence vertigineuse.

– Heureusement, c'est bientôt l'heure du casse-croûte.

Chaque journée ressemblait à la précédente mais, pour Augustine, elles avaient l'avantage de lui offrir la sensation d'être utile. Quand arrivait la paye, elle oubliait momentanément la souffrance provoquée par un geste répété à satiété. S'y ajoutait la joie de procurer à ses enfants des vêtements neufs...

– Ils me manquent, avouait-elle à Joseph qui répondait invariablement par un haussement d'épaules.

S'il avait pu choisir, aurait-il aimé rentrer chez eux

1. Panier.

dans les Basses-Alpes, se demandait-elle en connaissant la réponse. Souvent elle rêvait d'une vie de famille dans une ferme qui lui aurait appartenu. Un mirage dont elle ne démordait pas, tout comme elle n'avait jamais capitulé quand il s'était agi de séduire Joseph puis de l'épouser. Regrettait-elle aujourd'hui cet amour qui lui faisait tout accepter de l'homme auquel elle avait lié son destin ? Si, à tort ou à raison, certains le jugeaient égoïste, hâbleur, volage, elle continuait de croire qu'en se montrant tendre et patiente, elle viendrait à bout de ses démons.

Augustine vidait le contenu de son panier dans un grand sac quand Jeanne, en tournée d'inspection, s'approcha. Cette année la récolte promettait d'être bonne une nouvelle fois mais Cotignac n'était-il pas le deuxième village oléicole de Provence ? L'olive, emblème du monde méditerranéen, y avait acquis ses lettres de noblesse au milieu du XVe siècle et, jusqu'au terrible hiver de 1709 où le gel l'avait anéantie, elle avait enrichi la population. Renaissant à la vie, l'olivier, dont la vigueur était légendaire et les besoins en eau minimes, se multiplia suffisamment pour qu'à la fin du XVIIIe siècle on évoquât des forêts. Il fallut alors construire davantage de moulins afin d'extraire des fruits l'huile satinée et parfumée dont raffolaient les connaisseurs qui la célébraient avec autant d'enthousiasme que s'il s'était agi d'un grand vin. En 1900, quatorze de ces moulins trituraient nuit et jour des olives dont la récolte atteignit six millions deux cent cinquante mille kilos. C'était trop ! Une mévente s'ensuivit qui poussa les propriétaires d'oliveraies à se regrouper en deux coopératives. La première, baptisée « La Défense », fut créée en janvier 1905. La seconde vit le jour six mois plus tard et, située politiquement à gauche, se dénomma « La Travailleuse ». Contrairement à son aînée, son moulin ne fut jamais équipé d'une ressence.

Dès ses débuts, Robert Barthélemy avait fait presser

son huile à « La Défense ». Petite fille, Jeanne l'y avait souvent accompagné et, aujourd'hui, rien n'avait changé en ces lieux où les olives étaient lavées à l'eau froide et foulées aux pieds afin que leur masse compacte s'échauffât. Une meule de granit achevait de les broyer avec leur noyau puis la pâte était étalée sur des tapis de fibres naturelles appelés « scourtins ». Empilés les uns sur les autres et placés sous le pressoir, ceux-ci laissaient s'écouler dans les cuves un jus. A l'aide d'une cuillère plate, *lou culieri d'oli* cueillait l'huile à la surface de l'eau afin d'en emplir des jarres en terre vernissée et fermées par un couvercle en bois. Pendant qu'il travaillait, Jeanne ne se lassait pas de contempler la couleur du précieux liquide qui pouvait aller du jaune d'or au vert émeraude et, lorsqu'elle en imbibait une large tranche de pain frais, toute la Provence était contenue en ces quelques gouttes.

A la nuit tombée, elle se délassait devant un feu dont la chaleur ne tardait pas à l'engourdir. Au travers des vitres, elle sentait le froid s'installer. Il faudrait bientôt préparer la Noël puis le mois de janvier aiguiserait sa solitude.

Marthe n'envisageait pas l'hiver sous le même angle. Au milieu de l'après-midi, elle quittait sa chambre pour invariablement se rendre à Bel Horizon où René Verdier avait emménagé. A plusieurs reprises, il avait convié Jeanne à partager leur souper, invitation qu'elle déclina jusqu'à ce que sa mère insistât pour qu'elle y répondît favorablement.

– Il est important d'entretenir des relations de bon voisinage. Tes refus deviennent blessants.

– Que dire de son insistance !

– Elle est entretenue par ta résistance.

– Mais enfin... pourquoi ne peut-il me laisser en paix ? Je ne lui ai rien demandé et surtout pas d'aller chez lui.

Dans l'espoir de retrouver sa tranquillité, Jeanne

finit par accompagner sa mère chez le veuf dont le comportement onctueux ne parvint pas à l'amadouer.

– Entrez, entrez, répétait-il en lui montrant le chemin du salon où voisinaient des trophées de chasse avec des personnages en biscuit, des fleurs séchées sous des globes de verre et des tableaux de mauvaise facture.

En l'observant pendant qu'il offrait à Marthe un verre de porto, la jeune fille trouva qu'il avait encore grossi. Le bouton de son gilet tirait sur le tissu et le col de sa chemise semblait l'étrangler.

– Une grenadine ? proposa-t-il.

– Je boirai, moi aussi, du porto.

Au fil de la conversation, Jeanne se rendit compte que leur hôte et Marthe Barthélemy partageaient déjà de nombreux souvenirs. S'y ajoutaient des projets : le prochain carnaval de Nice, Menton et, pourquoi pas, la côte italienne jusqu'à Gênes. Une sensation de malaise l'envahissait, celui d'être une voyeuse, mais elle tenta de faire bonne figure ; la découverte de son trouble n'aurait pu que satisfaire René Verdier.

Au cours du repas, les propos continuèrent de tourner autour des agréments qu'offrait la région. A croire qu'il n'y avait pas eu de guerre, de deuil, de malheur ! Mais, peu à peu, l'intérêt se porta sur les Restanques.

– Votre mère m'a avoué que vous connaissiez bien des difficultés.

– Cela s'arrangera.

– S'arrangera ! Croyez-vous que l'époque pousse à l'optimisme ?

– Je ne m'intéresse pas aux généralités, seulement à ce qui me concerne...

– Justement ! Pour une jolie fille comme vous, il existe autre chose que de s'enterrer dans un coin perdu.

En même temps qu'elle l'écoutait, Jeanne croisa le regard de la servante qui, avec maladresse, présentait à Marthe un plat contenant un aïoli. Elle ne devait pas avoir plus de seize ans. Sous la coiffe mal repassée, des cheveux raides et noirs encadraient des traits qui révélaient une fausse soumission.

– Vous seriez beaucoup plus heureuse à Toulon ou Marseille... et, pourquoi pas, à Paris, poursuivait René Verdier.

– Tant que mon frère voyagera, je ne bougerai pas d'ici.

– Mais cela pourrait durer ! Ne m'avez-vous pas dit, ma chère Marthe, que votre fils avait l'âme d'un nomade ?

Retenant son désir de sortir de table et de quitter cette maison où tout suintait la vulgarité et l'imposture, Jeanne choisit de ne pas s'engouffrer dans le piège qui lui était tendu.

– Je lui ai même fait des compliments sur son chien, un horrible bâtard à l'oreille cassée, confia-t-elle le lendemain à son oncle Delestang.

Sur un ton inquiet, elle ajouta :

– Il a des vues sur les Restanques. J'en suis certaine.

– N'exagères-tu pas la situation ? Il vient de vider ses poches pour acquérir Bel Horizon.

– Cela ne lui suffit pas.

– Pour qu'il s'agrandisse, il faudrait que Laurent et toi soyez vendeurs.

– Oncle Raymond, vous oubliez que si maman n'a que l'usufruit de la bastide et des dépendances, certaines terres lui appartiennent.

– Penses-tu qu'elle pourrait s'en débarrasser ?

– Qui sait !

Ni l'un ni l'autre ne voulurent s'aventurer plus loin dans les suppositions, encore moins Jeanne qui supportait avec difficulté l'engouement de sa mère pour un homme, qu'il s'agisse de René Verdier ou d'un autre. Avait-elle jamais aimé son mari pour l'oublier aussi facilement ? Des images revenaient à sa mémoire : ses parents l'emmenant à bord d'un bateau vers les îles de Port-Cros et Porquerolles, les déjeuners champêtres au bord du lac de Besse, leurs bavardages et leurs rires quand tout semblait leur être clément, Robert ôtant une écharde du doigt de Marthe puis le portant à ses lèvres pour calmer le mal, et tant d'autres détails en apparence infimes mais porteurs d'une si pudique tendresse.

Malmenée par le présent, elle n'osait imaginer le futur. Ne se trompait-elle pas en voulant coûte que coûte sauver un patrimoine familial dont se détachaient les principaux intéressés ? Et sa jeunesse ? Qu'en faisait-elle ? Pourquoi n'imitait-elle pas Sylvie qui ne boudait jamais les distractions que lui offraient les environs ?

Au milieu du mois de décembre, elle décida d'accompagner sa cousine à Marseille.

– J'en profiterai pour livrer du nougat.

Elle avait reçu trois commandes ces quinze derniers jours, une situation qui dépassait ses plus optimistes prévisions. Il fallait reconnaître que, fondant dans la bouche, son nougat ne pouvait que combler les gourmands. Blanc ou noir, il était présenté dans de jolis sachets auxquels des rubans d'or donnaient un air de fête.

Avant de pénétrer dans le magasin où se bousculait la clientèle, elle les contempla dans les vitrines où ils voisinaient avec des chocolats, des calissons, des marrons glacés et des pâtes de fruits. Une odeur de vanille l'accueillit alors qu'elle se dirigeait vers la caisse derrière laquelle trônait madame Pascale, la directrice de l'établissement, qui lui demanda de déposer ses colis dans l'arrière-boutique.

– Il faudra encore m'approvisionner la semaine prochaine, lui dit-elle après l'avoir rejointe. En noir, surtout...

Face à ce début de succès, Jeanne sentit sa lassitude

se dissiper. La vie prenait des teintes plus gaies et ce fut avec entrain qu'elle suivit Sylvie le long des allées de Meilhan où se tenait, chaque année, la foire aux santons.

Dans une atmosphère bon enfant, une foule de badauds se pressait devant les étals afin d'y choisir les figurines en argile rehaussée de gouache qui manquaient à leur crèche.

On devait cette invention à un certain Jean-Louis Lagnier qui, à la fin du XVIIIe siècle, avait modelé un personnage pour le reproduire à l'infini à l'aide d'un moule. Sans tarder, il fut imité et des santonniers se firent connaître non seulement à Marseille mais à Toulon, Aix ou Aubagne. Réalistes et pourtant poétiques, leurs créatures étaient entrées dans les traditions et, de foyer en foyer, on retrouvait bastidans, meuniers, poissonnières ainsi que les représentants d'autres métiers dont s'enorgueillissait la Provence.

– Maman m'a demandé d'acheter le curé. Le chat l'a cassé avant-hier, disait Sylvie en se penchant au-dessus d'un garçonnet pour mieux regarder les petits personnages.

Captivée par cette vie en miniature, Jeanne hésita avant de se prononcer pour un couple agenouillé et une fileuse dont la ceinture du tablier maintenait une quenouille. Elle y ajouta une bugadière chargée de sa corbeille à linge ainsi que le garde-champêtre. Alors qu'elle se préparait à payer, une silhouette masculine attira son attention. Régis ! Son cœur battit plus vite. L'homme se retourna et le mirage disparut face aux traits d'un inconnu.

– Votre monnaie, mademoiselle, répéta le marchand en lui tendant quelques pièces.

– Ah oui, pardon.

L'esprit ailleurs, elle se tourna vers Sylvie mais l'amusement s'était envolé pour céder la place à l'idée de courir jusqu'à la rue de la Corderie.

– J'ai oublié un paquet chez madame Pascale qui

n'était pas destiné à la confiserie. Je vais vite le rechercher. Retrouvons-nous devant la Bourse à cinq heures.

Sans réfléchir davantage, elle se hâta de trouver un tramway qui la laissa à une centaine de mètres de la Savonnerie Cuvelier.

– Monsieur Régis, lui répondit une ouvrière en essuyant ses mains à son tablier, il vient tout juste de partir chez un client. Mais essayez quand même le bureau de tabac. Il s'y arrête souvent.

Au coin de la rue, elle reconnut la voiture de Régis.

– Jeanne ! Quelle surprise ! Que fais-tu là ? s'exclama-t-il alors qu'il sortait de la boutique.

– Je tenais à vous remercier.

– De quoi ?

– De m'avoir porté chance. Grâce à votre intervention, je commence à gagner de l'argent.

– Ce chapeau te va bien, se contenta-t-il de répondre en observant la jeune fille avec insistance.

– Ah oui...

– Veux-tu que je te dépose quelque part ?

– Près du Vieux-Port.

Durant le trajet, ils évoquèrent des sujets qui ne les mettaient en cause ni l'un ni l'autre et Jeanne commençait de se maudire d'avoir une nouvelle fois espéré l'impossible quand Régis murmura alors qu'elle s'apprêtait à prendre congé :

– Je ne sais pas si tu as eu raison de passer mais...

– Cela vous a déplu ? l'interrompit-elle, sur la défensive.

– Bien au contraire.

– Alors pourquoi m'avoir laissée si longtemps sans nouvelles ?

– Tu poses trop de questions.

Si jusque-là Jeanne s'était laissé dominer par Régis, leur relation prit soudain un autre tour. Pourquoi demeurerait-elle une petite fille face à cet homme qui s'amusait à la troubler ? Que craignait-elle qui l'empêchâtd'avouer ce manque qu'elle avait connu ? Alors, tout devint évident et, surtout, son propre désir. S'approchant de lui, elle demanda :

– Embrasse-moi.

Puis, cherchant sa bouche, elle ajouta :

– On dirait que tu n'en as pas envie.

– Idiote !

L'étreinte de Régis était dénuée de tendresse mais elle s'en moquait. Attentive à ses propres sensations, elle mêlait son souffle au sien, sa langue à la sienne. Combien de temps demeurèrent-ils ainsi, isolés dans un véhicule qu'évitaient les passants ?

– Reste, lui demanda Régis alors qu'elle s'écartait, reste...

– C'est impossible. On m'attend... mais retrouvons-nous vite... où tu voudras...

– Alors, rejoins-moi à Hyères, demain après-midi.

Avec l'hiver, la villa avait perdu de sa végétation, en particulier les fleurs, mais Jeanne s'en moquait tout comme elle se moquait du froid qui régnait dans le salon où elle trouva Régis agenouillé devant la cheminée pour allumer un feu.

– Excuse-moi, il fait glacial. Je viens juste d'arriver.

Sans répondre, elle s'approcha, se baissa pour s'appuyer contre son dos et l'entourer de ses bras puis elle posa ses lèvres sur sa nuque. Il se fit plus lourd contre elle et, bientôt, ils roulèrent sur le sol pour repousser leurs vêtements.

Etouffant ses ultimes craintes, Jeanne se tendait vers celui dont elle ne savait rien sinon qu'elle avait soif de ses caresses. Frissonnant au contact des doigts qui s'attardaient sur ses seins, elle découvrait le plaisir d'être touchée et de toucher car Régis ne tarda pas à lui faire connaître ses souhaits. Nue contre lui, elle apprenait le langage des peaux et la plénitude qu'apportait l'entente charnelle. Cela lui parut enivrant jusqu'au moment où la douleur la submergea.

Labourant son ventre et ses reins, Régis s'était transformé en prédateur qui dans une étreinte brutale imposait sa loi. Puis il roula sur le côté et, semblant oublier sa présence, retrouva peu à peu son souffle.

D'un geste machinal, Jeanne ramena vers elle son manteau tombé à quelques pas puis, le regard fixé sur les flammes, prit la mesure d'une réalité bien différente de l'histoire qu'elle avait, depuis des semaines, privilégiée. Avec précaution, elle tourna la tête vers Régis qui s'était endormi. Alors, elle eut envie de se lever pour se nettoyer d'un acte qui avait perdu toute signification. Grelottant, elle monta à l'étage où elle trouva une salle d'eau. Face au miroir qui lui renvoyait son visage défait, elle s'en voulut de sa naïveté. Comment avait-elle été assez stupide pour attendre des serments d'amour d'un homme qui se souciait d'elle comme d'une guigne ! En redescendant elle fut surprise de le voir éveillé et fumant une cigarette.

– Pourquoi m'as-tu laissé ? se plaignit-il en tendant un bras vers Jeanne. Viens. Plus près.

Blottie contre son torse, elle changea d'humeur.

– Es-tu si pressée de me quitter ? Réponds-moi, insista-t-il, la bouche sur sa tempe.

Alors, indifférente au temps qui s'écoulait, Jeanne se laissa apprivoiser par le plaisir. Seules comptaient ces minutes qui prenaient valeur d'éternité, lui, elle, loin de tout et de tous, dans cette maison devenue leur secrète retraite.

11

Les jours suivants, le moral de Jeanne oscilla entre l'euphorie et le doute : euphorie entre deux rencontres avec Régis, doute dès qu'ils se rejoignaient. Qu'éprouvait-il à son égard ? A plusieurs reprises, elle voulut le lui demander mais l'orgueil, la timidité, sans doute les deux, l'en empêchèrent.

– Toi, tu caches quelque chose, remarqua Sylvie.

– Mais non, voyons.

– Ne te fatigue pas à mentir.

Jeanne hésitait à parler. Non qu'elle manquât de confiance en sa cousine mais elle avait envie de garder secrète son aventure. Toutefois, la complicité qui unissait les deux jeunes filles eut raison de sa réserve et elle conta la partie avouable de sa relation avec Régis.

– Quelle chance tu as d'être tombée amoureuse, s'exclama Sylvie. Si cela pouvait m'arriver !

– Chance ! Est-ce le mot juste ?

Sans écouter la réponse de Jeanne, Sylvie projeta ses aspirations en évoquant de prochaines fiançailles, la préparation du trousseau et, à mots couverts, la nuit de noces.

– Bien sûr, vous vous êtes déjà embrassés.

– Oui, mais...

– Est-ce que cela ressemble à ce que l'on décrit dans les romans ?

Combien de fois, depuis leur adolescence, avaient-elles imaginé le premier baiser ? Des interrogations sans fin qui allumaient dans les yeux de Sylvie une lueur de curiosité et d'inquiétude. Ce soir, allongée sur le lit de Jeanne, elle frissonnait par procuration.

– Comme j'aimerais rencontrer un homme qui me tourne la tête ! Il y avait bien le botaniste qu'a suivi Laurent...

– Ah, ne me parle pas de celui-là !

Malgré les lettres où son frère vantait les qualités de Jérôme Guillaumin, Jeanne ne lui pardonnerait jamais d'avoir été l'instigateur d'un périple qu'elle jugeait dangereux. Une opinion que confortèrent, hélas, les nouvelles en provenance de Darjeeling où Laurent avait contracté la malaria.

« *Après une phase critique pendant laquelle je n'ai pas voulu vous affoler, je peux vous promettre que votre fils est sur la voie de la guérison* », écrivit Jérôme Guillaumin à Marthe.

– Il faut obliger Laurent à rentrer dès qu'il sera rétabli, déclara Jeanne dont la culpabilité grandissait en apprenant que son frère avait lutté contre la mort tandis qu'elle se distrayait dans les bras de Régis.

– De quelle façon ? Il n'écoute rien, rétorqua Marthe sur un ton vindicatif.

Puis elle ajouta :

– Personne ne m'a soutenue quand je m'opposais à ses projets de globe-trotter et, maintenant, il est trop tard.

Présente dans le boudoir où se déroulait la conversation, Rosalie se retint pour ne pas crier son inquiétude car si, au fil du temps, l'absence de son amant avait perdu un peu de son acuité, ce qu'elle venait d'entendre ravivait la blessure.

– Tu traînes, ma fille, lui reprocha plus tard sa tante.

La révolte envahit Rosalie. Devrait-elle sa vie

durant refouler ses émotions et continuer de servir les autres ? La vision d'Apolline dont la silhouette cassée et les mains noueuses révélaient des heures consacrées au service de ses maîtres résumait tout ce qu'elle ne voulait pas devenir. Mais comment sortir de cet engrenage qui la destinait à subir le poids des privilèges ? S'il n'y avait pas de place pour elle auprès du jeune Barthélemy, devrait-elle se contenter d'un journalier qui serait incapable de lui offrir un foyer? Augustine, Annie, elles aussi incarnaient ce que Rosalie refusait avec violence.

Levées avant l'aube, les deux femmes trempaient leur pain dans la chicorée puis, vêtues chaudement, la tête enveloppée dans un fichu, se dirigeaient vers les oliveraies qui, peu à peu, surgissaient de l'obscurité. L'époque des olives vertes étant terminée, les fruits avaient mûri et, pour les cueillir, les hommes grimpaient sur des échelles en bois. Avec un petit râteau, ils peignaient les branches afin de faire tomber les olives violettes dans les filets ou les grands draps déployés sur le sol. François, le frère d'Augustine, travaillait avec une rapidité que bon nombre lui enviaient. Agile, il escaladait les arbres et ramenait un butin qui approchait les deux cents kilogrammes par jour.

– Il aura de la chance s'il se rompt pas les os, remarqua Annie en réchauffant ses mains au brasero. D'ailleurs, on se demande bien pourquoi il se donne toute cette peine. La paye est la même quoi qu'on ramasse. Et, en plus, pour ce qu'il fait de ses sous ! Jamais un tour au village. A son âge, quand même, c'est pas courant !

Ni l'une ni l'autre ne savaient que François souhaitait offrir à Rosalie un cadeau pour la Noël.

Dans le plus grand secret, il se rendit à Brignoles où il hésita entre une boîte à couture et un miroir au manche rehaussé de nacre. L'agrément l'emporta sur l'utile. Il opta pour l'indispensable compagnon des femmes, celui qui leur permettait de mesurer leur séduction.

Néanmoins, au fur et à mesure qu'approchait la Nativité, l'inquiétude l'envahissait. Rosalie allait-elle se moquer de lui ? Ne devrait-il pas offrir le présent à Augustine ? Les circonstances l'aidèrent à se décider.

Il revenait du local où l'on entreposait les olives avant de les envoyer à la coopérative quand des jurons et un bruit de verre cassé l'attirèrent vers un cellier où il découvrit son beau-frère qui tentait d'attraper la bouteille dont le menaçait Rosalie. Le corsage ouvert, la jupe déchirée ne laissaient subsister aucun doute sur le mobile du conflit.

– Cette fois-ci, tu me glisseras pas entre les doigts, menaçait Joseph d'une voix pâteuse.

– Approche-toi et je te tue !

– Penses-tu qu'un moucheron comme toi va me faire peur !

En même temps qu'il parlait, Joseph s'approchait de sa proie mais, avant qu'il ne l'atteignît, François se jeta sur lui pour le labourer de coups dont la moitié n'atteignaient pas leur cible. Les deux hommes roulèrent par terre en continuant de se battre et si Rosalie n'avait, de sa bouteille, frappé la tête de son agresseur, celui-ci aurait probablement étranglé François.

– Il saigne, s'écria-t-elle en se précipitant vers Joseph, écroulé sur le ventre, les jambes écartées.

Du regard, elle chercha un secours auprès de François qui reprenait son souffle.

– J'ai peur qu'il soit mort.

– Sois tranquille, un bûcheron n'aurait pas sa peau. Tu l'as juste assommé.

– Tu crois ?

En même temps qu'elle parlait, Rosalie tentait de rajuster ses vêtements.

– Qu'allons-nous faire maintenant ?

François réfléchissait. Il aimait trop sa sœur Augustine pour lui révéler la vérité. Mais comment expliquer les contusions provoquées par la bagarre?

– Reste pas ici, dit-il à la jeune fille, et surtout oublie pas que tu as rien vu!

Les genoux flageolants, il alla vers le puits voisin afin d'y emplir un seau qu'il jeta sur la tête de Joseph. Avec quelques grognements, l'homme commença de remuer et ouvrit les yeux. L'espace d'un instant, il sembla perdu puis, sa mémoire s'éclaircissant, il tenta de se relever. Sa tête pesait une tonne.

– Petit salopard, maugréa-t-il en découvrant François.

D'un geste lourd et maladroit, il essaya de l'attraper.

– Tu perds rien pour attendre!

– Tu te trompes, Joseph. Ou tu me laisses tranquille, ou je raconte tout à Augustine...

– Essaie et tu verras!

A mesure que ses idées se clarifiaient, Joseph se demandait s'il se trouvait bien en présence du François qu'il connaissait : un garçon placide et discret.

– Quelle maudite bête t'a piqué?

– Touche plus jamais à Rosalie.

– Ah, te voilà donc pris!

Incapable de cacher sa jalousie et son amertume, Joseph cracha :

– Que ferait-elle d'un vagabond comme toi, d'un orphelin qui héritera même pas d'une masure, d'un va-nu-pieds!

Pour cacher son désarroi, François s'éloigna. L'obscurité était tombée, il faisait froid, pourtant il ne pouvait se décider à rejoindre les autres. Adossé à un mur, les poings serrés dans ses poches, il regardait les étoiles. Rien depuis sa naissance n'avait été facile, mais il continuerait néanmoins de croire qu'un jour ses efforts trouveraient leur récompense. Et, ce soir, il s'accrochait à cet espoir...

Dans la remise, les journaliers s'étaient assis autour de la table où la soupe allait être servie. En attendant le repas, Augustine tricotait. Demain, elle partirait pour trois jours dans les Alpes de Haute-Provence et l'idée de retrouver ses enfants adoucissait le chagrin que lui causait Joseph en la rabrouant sans cesse. Elle avait même l'impression qu'il l'évitait. Mais l'avait-il jamais aimée? Un immense sentiment de gâchis l'envahissait face à l'impossibilité de mener une vie de famille normale. Combien de temps lui faudrait-il encore demeurer chez les autres? Cet après-midi, mademoiselle Barthélemy lui avait offert, à l'occasion de la Noël, une barre de nougat, une galette, un fromage de brebis, du céleri, quelques figues et une bouteille de vin cuit, le tout enveloppé dans une serviette blanche. A l'arrivée de François, elle leva les yeux de son ouvrage. Il semblait triste et une ecchymose marquait sa joue.

– Tu t'es fait mal?

– J'ai pris une porte qui s'ouvrait au moment où je passais.

Durant la soirée, les deux beaux-frères ne s'adressèrent pas la parole, toutefois personne ne soupçonna leur inimitié. Selon l'habitude, Rosalie apporta les mets. A plusieurs reprises, François tenta de croiser son regard.

– Rosalie, appela-t-il alors que la jeune fille traversait la cour pour regagner son logement.

– Oui, qu'y a-t-il?

– Voilà, je voudrais...

La lampe à huile, qu'elle tenait, éclairait suffisamment ses traits pour qu'il y lût de l'agacement.

– J'ai un cadeau pour toi.

– Un cadeau!

– J'espère qu'il te plaira mais viens par là, on pourrait nous voir...

Il l'entraîna vers la buanderie puis lui tendit le paquet qu'entourait une faveur rose.

– Pourquoi me gâtes-tu? On se connaît à peine!

En retrait, il la regarda poser la lampe sur un meuble, déchirer le papier d'emballage, s'énerver contre la boîte pour en sortir le fameux miroir.

– C'est joli, murmura-t-elle en l'élevant vers son visage.

Sans oser s'approcher, il s'imprégnait de sa présence et des détails d'une scène qu'il avait maintes fois imaginée. Lui, elle, seuls. Hélas, un bruit de pas, à l'extérieur, rompit le charme.

– Eteins la lampe, ordonna-t-il.

Dans l'obscurité, il respirait son odeur, un mélange de savon et d'herbe fraîche.

– Rosalie, je...

– Ouf! Le danger est passé!

L'avait-elle volontairement interrompu? Il chercha son briquet et, bientôt, la lumière les enveloppa.

– C'est très gentil, François, il fallait pas...

Spontanément, elle s'approcha et posa sur sa joue le baiser que l'on destine à un bon camarade.

– Vraiment, je m'y attendais pas. Merci et, aussi, merci pour tout à l'heure. Sans ton aide, je m'en serais pas sortie!

Dès qu'elle l'eut laissé, François se sentit plus seul, plus démuni qu'il ne l'avait jamais été. Si tout s'était en apparence déroulé dans la gentillesse, celle-ci n'obéissait qu'à une bienveillante neutralité.

Des ronflements l'accueillirent dans la salle qu'il partageait avec d'autres ouvriers agricoles. Sans se déshabiller, il se jeta sur sa paillasse puis, le visage enfoui dans l'oreiller, pleura comme un enfant sur ses rêves évanouis et un amour qui, toujours, lui échapperait.

Jeanne n'aborda pas la Noël dans un meilleur état d'esprit. La santé de Laurent la souciait et la bastide où autrefois se dressait un grand sapin restait vide de préparatifs. Seule la crèche rappelait l'approche d'une fête que les Provençaux honoraient en famille.

Respectant la tradition, Raymond Delestang avait invité sa sœur et sa nièce à souper à Entrecasteaux avant de se rendre à la messe de minuit.

Avec Michel, ils avaient déposé au pied de la cheminée la grosse bûche d'amandier qu'ils allumeraient au début de la soirée. A côté, dans des assiettes de belle faïence, des grains de blé et des lentilles, germées depuis la Sainte-Barbe, formaient des bouquets de verdure que Sylvie avait entourés de rubans rouges.

La crèche était la fierté d'Angélique Delestang. Au fil des années, elle s'était enrichie d'un village où les santons accomplissaient leur tâche. Au bord d'une rivière miniature, des moutons paissaient tandis que des chiens partaient à l'assaut de collines en carton recouvertes de mousse. Un savant éclairage illuminait maisons, étables et appentis. Chacun, devant cette œuvre d'art, retrouvait une âme d'enfant et Jeanne, gagnée à son tour par la magie de cette célébration, déposa ses présents au pied de l'arbre puis s'approcha de la table recouverte d'une nappe immaculée où allait se dérouler le gros souper qui précédait la visite à l'église.

Trois bougies brûlaient dans des chandeliers en argent et treize petits pains ornés de myrte avaient été déposés entre les plats et les carafes où les meilleurs vins de la cave attendaient d'être bus.

Marthe, vêtue d'une robe en crêpe de Chine dont les manches s'ornaient de nœuds en velours du même ton, s'assit à la droite de son frère tandis que Jeanne prenait place à la gauche de celui-ci. Michel leur faisait face, entouré d'Angélique et de Sylvie. Au bout, un couvert avait été dressé pour le pauvre qui, peut-être, frapperait à la porte car Noël était aussi la fête de la charité. Dans une atmosphère conviviale se succédèrent les plats propres à cette occasion, en particulier l'omelette d'épinards où se mêlaient ail et persil, la capiotade, le chou en gratin, les artichauts à la pebrado et les poireaux blanchis dans le sable. A ces légumes s'ajoutèrent des poissons grillés puis vinrent les treize desserts : noix, amandes, noisettes, figues sèches que l'on appelait les mendiants. Lors des vendanges, les Delestang avaient gardé de belles grappes de raisins qui, dans des fruitiers, voisinaient avec des dattes tandis que les oranges et les mandarines formaient au centre de la table des pyramides dont les sommets étaient agrémentés de fleurs. Jeanne avait apporté le nougat qui recueillit l'approbation générale. Même Marthe, qui, jusqu'à présent, n'avait pas complimenté sa fille sur son ouvrage, en reconnut la succulence.

– Tu peux être fière de cette petite, souligna Raymond avant d'ajouter avec une certaine perfidie : Son père lui a légué ses qualités.

– Et les miennes ? Qu'en fais-tu ? s'insurgea Marthe.

– Les tiennes ?

– Ah, vous n'allez pas vous disputer ce soir, les interrompit Angélique.

– Tante Marthe, un morceau de galette, proposa Sylvie en adressant un clin d'œil à Jeanne qui, l'esprit vagabond, prêtait peu d'attention à la conversation générale.

Que faisait Laurent ? Elle l'imaginait isolé, affaibli, triste sans doute d'être loin des siens. A sa mémoire affluaient les souvenirs de Noëls partagés, lui, elle, emmitouflés dans leurs grandes pèlerines et luttant contre le sommeil pour ne pas perdre une miette d'une magie qu'ils avaient attendue avec une impatience grandissante.

A l'église, la liturgie l'aida à retrouver la paix. Aux paroles du curé répondait le murmure des fidèles qui, eux aussi, avaient abandonné leurs libations pour prier. Dans l'assistance, elle reconnut l'institutrice qui lui avait appris à lire, les serviteurs des Delestang, leur métayer et, sur les traits de chacun, se lisaient la joie et la fierté de se coudoyer sur des bancs où s'étaient assis leurs aïeux. En se retournant, elle découvrit, deux rangs plus loin, René Verdier qui, pour la circonstance, arborait une mine compassée. A la sortie, il s'arrangea pour rejoindre Marthe et lui adressa quelques mots auxquels elle répondit par un sourire de jeune fille. Maîtrisant mal sa gêne, Jeanne se coula dans la foule. A droite, à gauche, on la saluait mais, malgré ces manifestations de bienveillance, la solitude l'envahit à nouveau. Ne pouvant plus tricher, elle dut admettre que Régis lui manquait. Cela faisait plusieurs jours qu'ils ne s'étaient pas rencontrés et ce silence, ce vide lui ôtaient tout espoir. Comment en aurait-il été autrement alors qu'elle n'était jamais certaine de le revoir lorsqu'ils se quittaient ? Habituée à atteindre les buts qu'elle se fixait, Jeanne découvrait son impuissance face à l'échange amoureux. Mais, dans leur cas, s'agissait-il réellement d'un échange ?

1920

12

Jeanne aimait ces journées d'hiver où le soleil réchauffait la terre. Elle les aimait encore plus quand Régis l'emmenait le long de la côte dans des auberges où ils déjeunaient avant de monter dans la chambre qu'il avait retenue. De ces siestes clandestines, elle gardait un souvenir brûlant jusqu'à leur prochaine rencontre qui, toujours fixée au dernier moment, lui demandait d'accomplir des prouesses pour se rendre libre. Rien, néanmoins, ne l'aurait empêchée de rejoindre son amant ! Auprès de lui, les plus infimes détails devenaient fête : le cri des mouettes, l'odeur du feu dans les hautes cheminées où les viandes cuisaient sur la braise, la brise marine, le goût fruité du vin de Cassis. S'y ajoutait le rire de Régis et le ton de sa voix qui se faisait persuasif quand elle éprouvait, au creux du lit où ils faisaient l'amour, d'ultimes sursauts de timidité. Pourtant la sensation de n'être qu'une récréation perdurait ; s'il s'intéressait au travail qu'elle accomplissait, il ne lui posait aucune question d'ordre intime. Elle attendit plusieurs semaines avant de lui en parler.

– Sais-tu seulement qui je suis ou ce qui me tient à cœur ? murmura-t-elle alors qu'ils buvaient un café sur une terrasse du Lavandou.

– Quelle mouche te pique ? répliqua Régis surpris.

Sondant son regard, il ajouta :

– Tu as des soucis ?

– Je me pose des questions...

– Mais pourquoi ne pas profiter de ces instants ? Ne sommes-nous pas bien ici, ensemble ?

– Pas vraiment.

– Dans ce cas, rien ne nous oblige à rester.

Il cherchait de la monnaie dans sa poche quand elle déclara d'une voix blanche :

– C'est trop facile, Régis, et je m'en veux de ne jamais m'être révoltée contre la relation que tu as si bien su instaurer. Pendant des jours, tu ne donnes pas signe de vie puis tu daignes m'appeler et, alors, je dois accourir.

– Personne ne t'y oblige.

Suffoquée par la réplique, elle se retint pour ne pas le gifler.

– Tu as raison.

– Enfin, Jeanne, cette scène est ridicule. Calme-toi et montre-moi que je ne me suis pas trompé en pensant que tu étais différente des autres.

– Pourquoi ? Elles ne répondent pas quand tu les siffles !

Dans un geste de conciliation, il chercha la main de Jeanne mais en vain.

– Que suis-je pour toi ? jeta-t-elle en s'en voulant de ne pas montrer plus d'indifférence.

– Il me semble t'avoir montré que tu ne me déplaisais pas.

– C'est tout ?

– Que veux-tu de plus ?

– Rien. Tu as raison !

Il s'était levé et, avec un calme qu'elle lui envia, régla leurs consommations.

– Je te raccompagne.

Arrivée devant la voiture, elle se sentit désemparée devant cette journée tant attendue et gâchée.

– Régis, essaie de me comprendre.

– Tu es trop compliquée.

– Peut-être.

Radouci par son attitude, il s'approcha puis, enlaçant sa taille, l'attira contre lui.

– La tempête est passée?

Serait-ce toujours ainsi, se demanda-t-elle alors qu'ils s'embrassaient. Devrait-elle toujours éprouver ce sentiment d'insécurité, d'inachèvement?

Selon l'habitude instaurée depuis le début de leur liaison, il la déposa à Brignoles où elle prendrait un car jusqu'à Cotignac et, en la regardant s'éloigner, il hésita entre le soulagement et les regrets. Jeanne réclamait ce qu'il ne pouvait lui accorder puisqu'il ne croyait pas à l'amour... seulement au plaisir... Quant au mariage, celui-ci ne représentait rien d'autre qu'un contrat liant deux parties dont les intérêts donnaient lieu à une association. En y instillant sentiment et émotion, la culture judéo-chrétienne en avait dénaturé la signification et les femmes qu'il approchait espéraient le miracle. Rien ne lui donnait plus l'envie de s'enfuir qu'un regard embué ou des mots trop caressants. Mais il n'y avait rien à faire, aucune mise en garde n'avait empêché, jusqu'à présent, ses partenaires successives de se lancer à sa conquête. Sa famille ne désarmait pas, elle non plus.

– Il est temps pour toi de fonder un foyer, lui répétait sa mère.

Et il lui arrivait d'ajouter:

– Accorde à ton père, qui n'en a plus pour longtemps à vivre, la joie d'avoir des petits-enfants.

La descendance! Depuis la mort de sa sœur Colette, il était le seul à pouvoir exaucer ce vœu qui frisait l'obsession. Mais comment les satisfaire alors qu'il n'aspirait qu'au célibat et à la liberté, une attitude qui passait pour de l'égoïsme...

– Elle m'empêche de souffrir, répétait-il.

Quand, au retour de la clinique où sa sœur avait été

transportée en urgence, ses parents lui avaient annoncé son décès, le monde s'était écroulé. Ravagé par le chagrin, il avait vécu dans le souvenir des années où Colette, son aînée, représentait par son entrain et sa fantaisie tout son univers. Depuis sa disparition, il s'était promis de repousser les attachements et, jusqu'à sa rencontre avec Jeanne, il y était parvenu. Pourquoi avait-il fallu que la jeune fille ressemblât à la défunte? Face à la gravité de son regard et à son tendre sourire, il lui arrivait de se sentir malmené.

Le jour avait faibli alors qu'il arrivait à Aubagne. Henriette devait l'attendre pour se rendre au cinéma. Ensuite ils rejoindraient des amis et peut-être iraient-ils danser. Leur relation lui demandait peu d'efforts sinon d'être affable car leurs familles se connaissaient depuis plusieurs générations. Le grand-père d'Henriette avait fait fortune dans le transport maritime et aidé le père de Régis au moment où la savonnerie connaissait une passe difficile. Celui-ci lui avait alors cédé des parts du capital.

– Leur fille est un bon parti, disait-il à Régis qui, invariablement, répondait par un haussement d'épaules.

Si Henriette avait nourri le moindre espoir d'union, il l'aurait évitée, mais, comme lui, elle ne songeait qu'à s'amuser.

– Nous allons rater le début de la séance, s'écria-t-elle en saisissant son sac et ses gants.

Fatigué, il aurait voulu boire tranquillement un verre mais, dans un sillage de parfum, elle le pressait de reprendre le volant.

– Tiens, un poudrier, remarqua-t-elle en se baissant pour ramasser l'objet sur le tapis de la voiture.

Et, avant qu'il eût réagi, elle lut à la lueur des phares :

– JB... Ce ne sont pas les initiales de ta mère!

– Non...
– Alors... quelqu'un l'a oublié.
– Sans doute.
– Il faudra le rendre à sa propriétaire.

Loin de songer à la perte de son poudrier, Jeanne affrontait au même moment sa mère qui, assise dans le salon, l'avait accueillie avec un enthousiasme inhabituel.

– Je t'attendais pour boire un thé. Où étais-tu?

Sans répondre, Jeanne s'assit dans un fauteuil pendant que Marthe approchait la théière du samovar afin d'y verser de l'eau bouillante.

– J'ai une grande nouvelle à t'annoncer, murmura-t-elle, le regard fixé sur sa tâche. J'espère qu'elle ne te déplaira pas trop...

Le silence de Jeanne n'était guère encourageant, néanmoins elle poursuivit :

– Tu sais combien la solitude me pèse.
– Il m'a semblé, en effet...
– J'ai la possibilité de me remarier... avec monsieur Verdier.
– Verdier? s'exclama Jeanne. Tu as perdu la tête!
– Pas du tout! Il tient à moi et j'apprécie sa compagnie.
– Mais l'as-tu regardé? Il suinte la vulgarité par tous les pores de sa peau!
– Tu exagères.
– J'exagère! Demande leur avis à d'autres personnes. A oncle Raymond, par exemple.
– Certainement pas. Il ne pense qu'à me contrarier!
– Et Laurent? As-tu songé à sa réaction?
– Pourquoi y attacherais-je de l'importance quand il ne s'intéresse qu'à lui-même?

Dans un geste machinal, Jeanne s'empara de la tasse que lui présentait Marthe. Elle avait soudain très froid. Ainsi, sa mère envoyait son veuvage aux orties pour suivre un homme dont on ne savait rien sinon qu'il avait jeté son dévolu sur les Restanques. Par la fenêtre, elle voyait les oliviers se découper en ombre argentée sur la lumière qui faiblissait et le présent résonna d'échos lointains. La voix de son père emplissait sa mémoire en même temps qu'elle discernait sa haute silhouette. Se pouvait-il que Marthe eût oublié le maître du domaine, son élégance de cœur et d'esprit, sa bonté et ses compétences pour se lancer dans une aventure de pacotille?

– Lui as-tu donné ta réponse?

– Oui.

– Il ne nous reste donc qu'à nous incliner.

Le silence de Marthe étant un assentiment, Jeanne poursuivit :

– Où habiterez-vous?

– A Bel Horizon.

– Je croyais que tu détestais la campagne.

– Nous voyagerons souvent. Il m'a promis de m'emmener bientôt à Paris.

– Est-il si fortuné?

– Il a hérité de sa femme.

– Voilà une bonne façon de contenter la suivante...

– Jeanne, ce ton est inadmissible!

– Si mon ton est inadmissible, que dire de ton attitude! As-tu seulement imaginé la honte que nous ressentirons à avoir monsieur Verdier comme beau-père! Quant au reste, je n'ose l'évoquer!

– Explique-toi.

– Sous quel contrat allez-vous vous marier?

– Cela ne te regarde pas!

– Tout ce qui touche aux Restanques me regarde puisque j'en ai l'entière responsabilité.

– Si cela peut te soulager, tu n'auras bientôt plus à t'occuper des oliveraies qui m'appartiennent.

Ainsi, ce que Jeanne redoutait était arrivé. René Verdier s'emparait des Restanques et, ironie du sort, sans débourser un sou. Il lui avait suffi de jouer les amoureux transis auprès d'une femme qui affectionnait les romances. Les oliveraies que possédait Marthe comptaient parmi les plus fructueuses du domaine. Composées d'arbres centenaires, elles ne décevaient jamais quand arrivait, tous les deux ans, la récolte.

– Il sera impossible de garder le domaine si nous ne pouvons plus encaisser ces revenus.

– Eh bien, vous vendrez, ton frère et toi.

– Et le travail de papa? s'exclama Jeanne en essuyant du revers de la main la larme qui coulait le long de sa joue.

– D'autres en profiteront et l'embelliront en investissant un argent que nous n'avons pas.

Face à cette femme qui l'avait enfantée et pour laquelle elle éprouvait un mépris grandissant, Jeanne sentait ses convictions s'écrouler. A quoi rimait le respect du passé et des traditions, où menaient ses efforts?

Alors qu'elle montait dans sa chambre, elle imagina René Verdier s'installant dans cette maison où s'étaient succédé plusieurs générations de Barthélemy. Passant devant la lingerie qui abritait les trousseaux de ses aïeules, elle poussa la porte. A l'intérieur de grandes armoires tapissées de cretonne, des draps, des nappes et des courtepointes contaient à leur façon l'histoire d'une famille qui, au gré des alliances, n'avait jamais trahi la Provence. Des fuseaux de lavande tressés de rubans bleus embaumaient les couvertures piquées dans des toiles jaunes ou rouges ainsi que les jupons et les caracos qui avaient appartenu à Eglantine, sa grand-mère maternelle. Jeanne l'avait côtoyée jusqu'à l'âge de neuf ans et, ce soir, elle se souvenait de cette Varoise qui, sans jamais élever la voix, dirigeait avec une poigne de fer la bastide. Une résille de velours retenait ses beaux cheveux blancs sur sa nuque tandis qu'une croix en or rehaussé de perles ornait invariablement son corsage. Sans cacher sa préférence pour Jeanne, elle lui avait insufflé son amour pour un domaine qu'elle avait, au fil des ans et avec son époux, servi et embelli. Combien de fois, pendant les vacances, s'étaient-elles toutes deux promenées, la main de Jeanne dans celle d'Eglantine ? A l'instant même, elle sentait contre sa paume celle de cette femme menue qui l'avait initiée aux vents et aux oiseaux, à la gourmandise, aux plaisirs, au geste précis et à la parole juste. Sans doute lui avait-elle inoculé sa force et cet amour de la vie qui l'empêchaient de capituler même si elle éprouvait le sentiment d'être seule au monde. En effet, sur qui pourrait-elle désormais compter ? Amant et frère, les hommes qui l'entouraient privilégiaient la fuite morale ou physique et sa mère avait perdu tout bon sens. Fallait-il qu'elle trouvât un réconfort dans le culte des défunts ? Sa grand-mère, son père et Barnabé, le métayer ? Elle avait parfois la curieuse impression qu'ils la protégeaient.

Un léger bruit la fit se retourner. Une pile de serviettes sur les bras, Rosalie la regardait avec étonnement.

– Mademoiselle Jeanne ! Vous avez besoin de quelque chose ? Mais vous pleurez ?

– Ne t'inquiète pas... Ce n'est rien.

Après avoir déposé son linge sur une table, Rosalie s'approcha. Alors, en sanglotant, Jeanne se réfugia contre son épaule, retrouvant ainsi la complicité de leurs jeunes années quand elles régnaient sur un monde de poupées et de chimères.

Pour la servante, ce fut comme si une digue se rompait. A son tour, elle se sentit incapable de résister au chagrin qu'elle dissimulait depuis le départ de Laurent.

– Mon Dieu, que nous arrive-t-il ? murmura Jeanne quand elle commença de se calmer.

– Nous voilà jolies, répliqua Rosalie en se mouchant.

Prenant l'ascendant sur les larmes, le rire s'installa

puis enfla pour les libérer de la tension qui les étouffait et quiconque serait entré dans la pièce les aurait trouvées privées de souffle.

– Il n'y a pourtant rien de drôle, remarqua Jeanne en s'esclaffant de plus belle.

– Oh, ça fait du bien, hoqueta Rosalie.

A quand remontait leur dernier fou rire ? Ni l'une ni l'autre n'aurait su le dire.

– Après tout, rien n'est dramatique, déclara Jeanne lorsqu'elles se furent calmées. La vie donne, reprend, donne à nouveau. En un clin d'œil, le paysage change. On pleure puis on s'amuse et l'oubli ou le pardon viennent. Alors, les choses reprennent leur vraie place et on se demande pourquoi on a tant souffert.

13

Raymond Delestang tenta de raisonner sa sœur. Où la mènerait une union avec un homme qui n'avait pas reçu la même éducation et dont on pouvait craindre une certaine avidité financière ?

– C'est Jeanne qui t'a monté la tête, s'insurgea Marthe. Elle est jalouse que je me remarie alors qu'elle n'a trouvé personne !

La mère et la fille s'arrangeaient pour se voir le moins possible. Leurs horaires ayant toujours été différents, il ne leur était pas difficile de s'éviter.

– Jamais j'aurais cru ça de Madame, disait Apolline à Fanny. Comment elle a pu si vite oublier son pauvre mari ! J'en reviens pas ! Et qu'est-ce qu'on va devenir ! Mademoiselle Jeanne pourra pas continuer, ici, toute seule...

Refusant de jouer les Cassandre, Jeanne accomplissait ses tâches sans augurer de l'avenir. On avait procédé à la taille des oliviers et, bientôt, la terre s'éveillerait, amenant son cortège de moissons et de cueillettes. La vente du nougat ayant été fructueuse, elle avait l'intention de réitérer l'expérience. Mais comment pallier la suppression des oliveraies ? Elle avait écrit à Laurent pour le prévenir de la situation et espérait que sa lettre lui parviendrait avant qu'il parte pour les temples d'Angkor.

– Il faut absolument qu'il rentre, disait-elle à Rosalie ravie d'approuver ces paroles.

Jeanne aurait aimé se confier à Régis mais, ironie du sort, il n'avait jamais été aussi indisponible.

« *Tu me dois la vérité*, lui écrivit-elle alors qu'il avait, pour la troisième fois, décommandé leur rendez-vous. *Si tu n'as plus envie de me voir, je préfère le savoir.* »

N'obtenant pas de réponse, elle questionna Michel.

– Régis, je ne l'ai pas vu depuis plus d'un mois, répliqua-t-il sur un ton gêné avant d'ajouter : Mais j'ai entendu qu'il devait aller à Paris pour son travail.

– Longtemps ?

– Je ne sais pas.

– Que me caches-tu ? insista Jeanne.

– Je n'aime pas me mêler des affaires des autres, finit-il par dire, mais ne t'attache pas à lui. Ce n'est pas un homme pour toi.

– Tu as sans doute raison, toutefois je n'arrive pas à m'en convaincre.

– Ecoute, Jeanne, il vaut mieux que tu sois au courant. Il n'est pas libre. Tu te souviens d'Henriette ?

– Oui.

– Il va l'épouser.

– L'épouser ! Depuis quand le sais-tu ?

– Une quinzaine de jours. Il ne me l'a pas dit lui-même mais la nouvelle s'est répandue.

Jeanne était obligée de croire à la loi des cycles. Il y avait, en effet, deux ans que le sort s'acharnait contre elle et, aucun domaine n'étant épargné, elle vivait avec la sensation de marcher sur des sables mouvants. Découvrir que sa relation avec Régis avait, dès le début, reposé sur une trahison l'anéantissait mais, rapidement, la colère remplaça la tristesse. Comme elle s'en voulait de sa naïveté ou plutôt de sa stupidité ! Des souvenirs revinrent à sa mémoire, des détails auxquels elle n'avait pas prêté attention et, soudain, tout devint clair. Depuis le début, elle avait joué les doublures ! Un instant, elle fut tentée d'aller tout casser chez Régis puis se ravisa. Ce serait lui attacher trop d'importance.

– Tu ne m'en veux pas de t'avoir ouvert les yeux? murmurait Michel.

– Non... Il valait mieux.

Un grand vide s'installa pourtant dans sa vie et, elle avait beau se raisonner, l'épine était là, fichée dans son cœur et dans son corps.

– Il faut te distraire, insista Sylvie. Accompagne-moi à Aix chez les Guillaumin. Ils donnent un bal pour les dix-huit ans de leur fille Nicole.

– Je la connais à peine!

– Ne t'inquiète pas! Je vais leur demander de t'inviter. Après tout, ton frère est en voyage avec leur fils...

En compagnie de sa cousine, Jeanne choisit la dentelle ivoire dans laquelle la couturière de Carcès couperait sa robe. Rien ne lui plaisait davantage que ces essayages au cours desquels elle devenait une créature de magazine.

– Il faut remonter un peu les emmanchures, murmurait mademoiselle Lucie en prenant des épingles sur la pelote accrochée à son bras.

Elle habillait Jeanne depuis l'enfance et celle-ci se souvenait des tissus soyeux ou des lainages qui se transformaient en vêtements qu'elle exhibait avec fierté. Chaque visite se terminait par une orange pressée et des berlingots qui poissaient les doigts. Dans cette maison de poupée où le temps s'était arrêté, Jeanne se sentait apaisée. Elle aimait l'odeur d'encaustique mêlée à celle de la vanille, les bouquets de mimosa et les mannequins en osier sur lesquels travaillait la vieille demoiselle.

– Je verrais bien un ruban sous la poitrine. Qu'en pensez-vous? demanda-t-elle à Jeanne.

Avec des gestes précis, elle ajusta, rectifia et, peu à peu, l'étoffe épousa le corps de sa cliente qui, dans la psyché, contemplait son reflet. Une lueur d'inquiétude habitait son regard et son visage s'était creusé. Le tourment, la fatigue ?

– Un premier bal, c'est une date, disait mademoiselle Lucie. Vous verrez, on n'en oublie aucun détail !

La famille Guillaumin habitait, à Aix, une demeure dont les balcons et les fenêtres s'étaient ornés, pour l'occasion, de multiples bougies.

Dans le parc, jongleurs et mimes accueillaient les invités et Jeanne, amusée par leur numéro, se départit peu à peu de sa timidité.

Leurs hôtes les attendaient dans le vestibule, Suzanne Guillaumin, souriante et mondaine, son époux, Bernard, plus réservé, mais ses yeux sombres révélaient une forte sensibilité. Nicole se tenait à leurs côtés et sa transformation étonna Jeanne. Auréolée de broderies et de perles, elle aurait aisément trouvé sa place dans un conte de fées.

– Nous avons reçu des nouvelles de Jérôme, hier matin, déclara-t-elle à Jeanne. Ils attendaient la floraison des rhododendrons en Himalaya puis ils se rendront à Angkor.

Dans le salon, une foule se pressait. Sous la lumière des lustres et des girandoles, la jeunesse d'Aix et des environs se retrouvait en ce début de printemps pour se jauger et s'amuser. Débutantes, jeunes militaires ou futurs notables, ils avaient tous répondu présent et, dans leurs plus beaux atours, cherchaient plus ou moins l'âme sœur. C'était, en effet, dans l'intimité d'une valse que naissaient les émois et se nouaient les alliances.

« Une foire aux bestiaux », se disait Jeanne en découvrant le manège de certaines qui, l'éventail en action, cherchaient le bon parti. Un peu plus loin, les mères échafaudaient des plans et comptaient sur leur progéniture pour vivre par procuration le romanesque qu'elles ne trouvaient plus dans leur couple.

Abandonnant Sylvie et Angélique Delestang à leurs rencontres, Jeanne préféra déambuler de pièce en pièce et, bientôt, se trouva dans la bibliothèque. Sur le bureau, à côté d'un encrier en vermeil, une photographie de Jérôme attira son attention. Contre son gré, elle se sentait troublée face à celui qu'elle avait décidé de détester. Il avait posé devant la mer et l'expression de ses traits révélait un équilibre qu'elle lui envia. Une scène surgit à sa mémoire, lui, elle, aux Restanques, entourés de livres. Il avait évoqué des oiseaux, l'attachement à la terre natale, mais aussi l'ailleurs vers lequel le menait son insatiable curiosité. Alors, pour la première fois, elle admit que Laurent ne pourrait que s'épanouir auprès de cet être singulier, déroutant, qui avait grandi dans cette maison dont elle subissait le charme.

– Oh, excusez-moi, déclara une voix masculine alors qu'elle se penchait vers le cadre.

En se retournant, elle découvrit un homme d'une trentaine d'années qui la regardait avec un sourire amusé.

– Antoine Laferrière, se présenta-t-il. Je suis un ami de Jérôme.

– Ah oui, balbutia Jeanne.

– Nous appartenions à la même escadrille. Avoir tous les deux des racines méridionales nous a tout de suite rapprochés. Je vis à Aix. Et vous ?

– A Cotignac.

– On y récolte de belles figues.

– Et de belles olives, et de belles amandes, s'insurgea Jeanne.

– Je n'en doute pas !

Dans le couloir, il y eut des éclats de rire puis une jeune fille poussa la porte tandis que son cavalier lui disait :

– Ici, nous serons tranquilles.

– Ce lieu est décidément très recherché, souligna Antoine, mais nous vous l'abandonnons, ajouta-t-il en voyant Jeanne amorcer une retraite.

Tout au long de la soirée, il s'arrangea pour s'asseoir à sa table car, sans qu'il pût l'expliquer, il subissait une attirance qui, le prenant au dépourvu, annulait ses convictions. Ainsi, le fameux coup de foudre dont il avait toujours douté n'était pas une invention des romanciers ! Retenus par des boutons de roses, les cheveux châtains de la jeune fille auréolaient un visage volontaire où brillaient de grands yeux rêveurs. Le discours de son voisin, un dadais à lunettes, semblait l'amuser et, quand Antoine la vit rire en lui tapotant le poignet avec son éventail, il en conçut de la jalousie.

Bruit et chaleur s'étaient accrus pendant le repas où se succédèrent, dans une parfaite organisation, des mets qui honoraient la Provence. Satisfaite par le bon déroulement de la soirée, Nicole allait pouvoir souffler ses dix-huit bougies en toute sérénité. Depuis l'adolescence, elle attendait son premier bal et, s'il s'était teinté d'une ombre, elle en aurait éprouvé un véritable chagrin. Dans le halo des bougies, elle voyait, réunis en son honneur, ceux et celles qui, pour des raisons différentes, entretenaient une relation avec sa famille. Des amies d'enfance ou de pensionnat étaient là, parées comme des déesses pour oublier la guerre, s'amuser et affermir leur pouvoir de séduction. A l'écart, des veuves ou des demoiselles qui avaient passé l'âge de songer au mariage tentaient de se consoler dans l'abus des sucreries. Le brouhaha leur faisait du bien et, même si le cotillon allait bientôt les laisser sur leurs chaises, elles oubliaient une solitude qui, jour après jour, deviendrait leur plus fidèle compagne.

Dès les premières mesures de musique, cavaliers et partenaires se dirigèrent vers le grand salon où les miroirs réfléchissaient à l'infini des bouquets de lys, de roses et de tulipes blanches. Entraînée par son voisin de table, Jeanne, dans un étourdissement de sons et de mouvement, connut son premier cotillon.

Le souffle court, elle découvrait le plaisir de l'instant où, obéissant au rythme imposé, elle se libérait de tous les carcans pour exécuter des figures amusantes et compliquées. Puis il y eut des valses, des fox-trot, encore des valses, et le temps s'écoula sans que personne dans l'assistance n'y prît garde, hormis Antoine Laferrière qui, en buvant du champagne, attendait une accalmie pour s'approcher de la jeune fille.

Il la rejoignit dans la serre où elle s'était réfugiée pour reprendre des forces. Assise sur un banc de fer forgé, elle s'éventait quand il lui murmura :

– J'ai essayé de vous inviter à danser mais vous étiez très demandée.

– Quel endroit merveilleux ! se contenta-t-elle de répondre en regardant les plantes qui les entouraient.

– C'est l'œuvre de Jérôme.

Dans le murmure d'une fontaine et autour de bassins où se prélassaient des carpes dorées, des essences lointaines et tropicales se côtoyaient pour former un univers poétique et stimulant pour l'imagination.

– Il a demandé à ses parents l'autorisation de construire cette serre, poursuivit Antoine, puis, de ses voyages, il a rapporté les essences les plus rares.

– Cela ressemble à un poème, murmura Jeanne.

Par tous les pores de la peau, elle ressentait l'intensité de cette déclaration d'amour à la nature. Rien ne semblait soumis à la volonté de l'homme dans l'exubérance des arbres, des palmes, des cactées ou des lianes qui s'enchevêtraient, se mêlaient pour former une œuvre personnelle et envoûtante.

Alors qu'Antoine Laferrière approchait un fauteuil du siège où elle s'était installée, elle remarqua la beauté de ses mains. Elégantes sans être efféminées, elles contrastaient avec son physique terrien. De taille et de corpulence moyennes, il s'apparentait aux hommes du Sud : cheveux drus et sombres, teint mat, yeux bruns. En dépit d'une apparence plus policée, il lui rappelait Régis.

– Vous semblez songeuse, remarqua-t-il.

– Non, non.

– Comme vous mentez mal !

Sans transition, il ajouta :

– J'aimerais vous revoir ! Ne pourrais-je vous rendre visite à Cotignac ?

– Oui, peut-être.

– Je vous en prie, ne demeurez pas évasive. Donnez-moi une date.

Un instant, Jeanne fut tentée de se dérober mais l'exigence et la douceur contenues dans le regard de son interlocuteur l'en empêchèrent.

– Après Pâques, j'aurai davantage de temps.

En revenant vers le salon, elle se heurta à Sylvie qui la cherchait.

– Où étais-tu ? Maman voudrait rentrer.

A l'hôtel où elles partageaient une chambre, les deux cousines devisèrent jusqu'à l'aube. Il y avait tant à dire sur ce qu'elles avaient observé, ressenti, apprécié ou regretté...

– As-tu entendu parler d'un certain monsieur Laferrière ? finit par demander Jeanne.

– Bien sûr ! Par Nicole quand elle est venue, l'an passé, à la maison. Il m'a même semblé qu'elle avait un faible pour lui. Mais pourquoi me poses-tu cette question ? Il t'a fait la cour ?

– Si l'on veut.

– Raconte...

– Oh, rien de passionnant.

– Il te plaît ?

– Non.

– Dommage ! C'est un bon parti.

– Ah oui ?

– Son père possédait l'une des plus importantes études notariales de la région. Après son décès, il lui a succédé.

Sylvie dut ajouter quelques détails mais Jeanne ne

les entendit pas. Le visage de Régis s'était superposé à celui du jeune notaire. Que n'avait-il été, cette nuit, à ses côtés ! Tout, alors, aurait été simple et elle n'aurait pas eu à envier les autres, ceux et celles qui vivaient un amour partagé.

14

Depuis sept semaines, Jeanne redoutait d'être enceinte. Chaque matin, au réveil, elle scrutait ses draps, sans y découvrir les taches de sang qui l'auraient rassurée. Ne pouvant confier ses craintes à quiconque, elle réfléchissait pendant ses nuits blanches à la manière dont elle allait affronter cette épreuve. Garder l'enfant n'étant pas envisageable, elle songea aux tisanes que préparait Rémy, le berger. Il y avait aussi la faiseuse d'anges vers laquelle s'était tournée Augustine mais Jeanne craignait pour sa vie. De son amant, elle n'avait, bien sûr, aucune nouvelle et, même s'il en avait été autrement, jamais elle ne lui aurait avoué ses inquiétudes. On ne retenait pas un homme par un chantage à la paternité. En tous les cas, ce procédé n'entrait pas dans sa conception de l'amour.

D'autres, dont Henriette, non seulement n'éprouvaient pas ce genre de scrupules mais ne reculaient devant aucun procédé pour se faire épouser. En se gardant de ne pas trahir ses espérances, elle avait depuis longtemps décidé qu'un jour Régis lui donnerait son nom. Dans ce but, elle s'était efforcée d'étouffer sa méfiance et il avait fini par la croire différente de toutes celles qui rêvaient de fonder une famille.

– Un rêve de petite bourgeoise, répliquait-elle dès qu'il se plaignait du penchant qu'avaient les femmes pour le mariage.

La découverte du poudrier l'obligea à changer de discours et de comportement. JB ! Ses soupçons n'étaient pas vains. Régis voyait Jeanne Barthélemy et celle-ci comptait parmi les rivales dangereuses. Prête à prendre tous les risques, Henriette multiplia les ébats amoureux. Très vite, elle fut enceinte et, très vite, elle en avertit sa mère qui, entre les cris, les pleurs, les reproches et les sermons, prit en main la situation. Si Régis Cuvelier voulait éviter un scandale et l'opprobre général, il devrait accomplir son devoir et elle se faisait fort de l'y obliger. Cachant son contentement, Henriette savourait sa victoire mais son assurance s'amenuisa quand elle affronta son amant.

– Un gosse ! Tu en es sûre ? demanda-t-il abasourdi.

– Certaine.

– J'espère que tu n'en as parlé à personne.

Devant le silence d'Henriette, il insista :

– Réponds-moi.

– Ma mère est au courant.

– Mais enfin, pourquoi ne m'as-tu pas averti le premier ?

– J'étais perdue et j'avais peur de te parler.

– Ecoute, Henriette, cet enfant, nous ne le voulons ni l'un ni l'autre, et le laisser naître serait la pire des folies !

– Tu sais combien mes parents sont pratiquants. Jamais ils n'accepteront !

Le visage défait, Régis arpentait son bureau. Rien de pire n'aurait pu lui arriver. Henriette, enceinte !

– Tu m'avais pourtant certifié que nous ne risquions rien.

Conscient que son destin s'était joué à son insu, il songea à son avenir. Nanti d'une femme qu'il n'aimait pas, il allait bientôt vivre le cauchemar de la paternité.

Aucune autre issue n'était, hélas, envisageable sinon de rompre les liens avec sa famille qui ne lui pardonnerait pas sa dérobade.

– Je suis désolée, répétait Henriette, désolée.

Avec un regard de somnambule, il fixa sa future épouse. Qu'allait-il en faire ? Il l'imagina alourdie par le poids de la grossesse puis allaitant le nouveau-né. Henriette qui ne pensait qu'à s'amuser et à flirter ! Cela tenait de la farce ! Si seulement il n'avait pas eu l'idée de l'approcher !

– Régis, murmurait-elle, je te promets que rien ne changera. Tu auras la même liberté.

– Comment peux-tu employer ce mot alors que tu m'obliges à accomplir tout ce que je déteste !

Les jours suivants, des rencontres eurent lieu entre les deux familles. Le mariage devant être conclu rapidement, une date fut arrêtée. A la dot de leur fille, les parents d'Henriette ajoutèrent une maison au Prado. Pas une seule fois l'avis de Régis ne fut requis. On usait de lui comme d'un objet. Un instant, il fut tenté de partir en claquant la porte mais la vue de son père, luttant contre une maladie qui le rongeait, l'en empêcha. Il se calma. Après tout, ne s'agissait-il pas de traiter une affaire comme une autre ! A cette idée se mêla peu à peu la conviction que ce mariage obligatoire le protégerait de toute union dictée par l'amour. Fugitivement, l'image de Jeanne s'imprima dans sa mémoire. Devait-il répondre à sa lettre reçue la veille ? Aux explications, il préféra le silence et la fuite.

A Cotignac, les cloches sonnèrent à toute volée pour annoncer les noces de deux veufs. Un œillet à la boutonnière, René Verdier attendait devant l'autel Marthe Barthélemy qui, au bras de son frère, remontait la nef.

Assise au premier rang, Jeanne regardait s'approcher sa mère qui, dans une robe de satin crème, allait lier sa vie à un homme dont personne ne savait rien ou si peu. A partir d'aujourd'hui, elle vivrait seule aux Restanques, ce qui la soulageait car l'atmosphère y était devenue irrespirable. Incapable de se recueillir, elle ne songeait qu'à surnager tandis que la harcelaient deux mots : grossesse et argent.

La messe terminée, les villageois massés devant le parvis assistèrent à la sortie du couple. Lui, bombant le torse, elle, souriant bravement à ceux qui, déconcertés par ce second mariage, la félicitaient avec un enthousiasme feint.

Il y eut un déjeuner à Bel Horizon où Jeanne découvrit, au milieu du décor qu'elle avait toujours jugé ordinaire, les meubles que Marthe avait apportés et qui privaient les Restanques de leur charme.

Au moment de passer à table, René Verdier s'approcha de sa belle-fille et, avant qu'elle pût s'en défendre, plaqua sur sa joue un baiser qui lui fit l'effet d'une brûlure.

– Considérez que vous êtes ici chez vous, lui dit-il sur un ton doucereux.

Le repas n'en finissait pas. Sous le regard désapprobateur de Raymond Delestang, le maître des lieux posa à plusieurs reprises ses doigts boudinés sur la main de Marthe où brillait une nouvelle alliance. De haute lutte, il avait obtenu que sa sœur se marie sous le régime de la séparation de biens. Il n'empêche que, du vivant de celle-ci, son époux bénéficierait de tous ses biens. Son regard se posa sur Jeanne qui n'avait pas touché le contenu de son assiette. Devait-il la pousser à ne pas s'attarder dans un domaine qu'elle ne pourrait conserver ? C'était, en tous les cas, l'avis d'Angélique qui souhaitait que leur nièce s'installât chez eux.

– A son âge, il n'est pas convenable qu'elle vive seule, répétait-elle.

Convenable ou non, Jeanne n'en était plus là ! Afin d'éviter les indiscrétions, elle prit rendez-vous chez un médecin de Toulon et se préparait à affronter la confirmation de ses doutes quand, trois jours avant la consultation, elle fut rassurée. Avait-elle été enceinte ? La nature était-elle venue à son secours ? Qu'importait ! Le ciel se colora et sa vie s'allégea.

Pâques approchant, la campagne, caressée par le soleil, prit des allures de fête. Aux Restanques, Apolline ouvrit les fenêtres, aéra les rideaux et les coussins. Jeanne, la voyant à l'ouvrage, eut l'idée de monter au grenier pour passer en revue les meubles et les objets que Marthe y avait relégués au début de son premier mariage. Dans un nuage de poussière, elle découvrit de hautes armoires, des vaisseliers, un secrétaire, un blutoir et un meuble à pain ainsi que des chaises Régence. Il y avait aussi de la vaisselle d'Apt et de Marseille, des poteries d'Anduze et de grandes corbeilles contenant des indiennes qui, une fois nettoyées et repassées, auraient fière allure. Aidée des servantes et de journaliers, elle les fit installer au rez-de-chaussée et, bientôt, la maison retrouva son atmosphère d'antan. Dans une bonne odeur de cire et d'élixir de lavande, salons et salle à manger furent prêts à accueillir des hôtes dont l'un des premiers fut Antoine Laferrière qui se présenta au début du mois d'avril.

Jeanne avait demandé à Sylvie et à Michel d'être présents et cette réunion qu'elle avait, jusqu'au dernier moment, considérée comme une corvée la surprit agréablement. Le notaire avait une curiosité et un humour qui, peu à peu, vinrent à bout de ses réticences. Néanmoins, elle aurait souhaité qu'il la regardât avec moins d'intérêt car, depuis sa rupture avec Régis, les hommages masculins l'indisposaient. En buvant un citron pressé, elle l'écoutait avouer à Michel sa passion pour les avions et son regret de ne pas avoir, à la fin de la guerre, poursuivi une carrière de pilote dans une compagnie commerciale.

– Je suis frustré de ne plus voler. C'était une telle exaltation quand nous décollions.

– Vous alliez pourtant au-devant du danger, souligna Sylvie.

– C'est vrai mais les paysages givrés, le vrombissement des moteurs puis cet élan vers un horizon sans limites... jamais je ne pourrai en oublier l'intensité.

– On vous nommait les « chevaliers du ciel »...

Sans la guerre, il n'y aurait pas eu un développement aussi rapide de l'aviation et l'opportunité pour de jeunes appelés de suivre une formation accélérée de pilotes. Il revoyait la campagne champenoise qui entourait le château où logeait son escadrille. La rigueur de l'hiver 17 leur avait permis de patiner sur l'étang gelé, et, dans son portefeuille, il conservait la photographie des deux petits chiens mascottes. Nulle part ailleurs, il n'avait connu cette fraternité, cette communion dans l'accomplissement d'une mission...

– A deux reprises Jérôme m'a sauvé la vie, raconta-t-il.

Non sans agacement, Jeanne remarqua qu'il suffisait de prononcer ce prénom pour que celui qu'il désignait emplît la pièce de sa présence. Héros de la guerre, botaniste d'avenir, ami loyal, rien ne manquait à cet homme pour qu'elle l'admirât.

– Sans son intervention, je ne serais pas ici à vous parler. Il a risqué sa vie pour descendre les avions allemands qui me pourchassaient.

– Jamais il ne nous en a parlé, s'étonna Sylvie.

– Ne comptez pas sur lui pour se vanter ! Je ne connais pas un être plus discret.

Avant que déclinât le soleil, Jeanne proposa de visiter le parc qui, dans l'exubérance, renouait avec ses plus jolies parures. Contournant une tonnelle recouverte d'une glycine de Chine mauve pâle, ils se dirigèrent vers un bassin que bordaient des iris dont les fragiles pétales hésitaient entre le bleu et le violet. Jeanne aimait ces tons subtils qui, mêlés au rose de l'arbre de Judée ou du lilas, saluaient le printemps. Paupières mi-closes, elle respirait les parfums, savourait la douceur de l'air, et Antoine, tout en marchant à son côté, la contemplait.

S'il avait été séduit chez les Guillaumin, il était, cet après-midi, conquis par l'alliance de force, de féminité et de liberté qui émanait de la jeune fille. Une robe de percale jaune, dont la ligne droite et le corsage débarrassé d'ornements obéissaient à la mode du moment, donnaient à sa silhouette une allure moderne. Jeanne correspondait à ce nouveau type de femmes qui avaient tenu les rênes du pays pendant que les hommes combattaient. Si certains se plaignaient de cette évolution, lui s'en félicitait ; l'inégalité dans une relation ne l'intéressait pas. Elle s'était approchée d'un chèvrefeuille afin de le sentir puis, se retournant, lui sourit et il dut se retenir pour ne pas s'emparer de sa main et la porter à ses lèvres.

– Je dois filer, déclara Michel alors qu'ils s'engageaient dans la roseraie.

Jeanne se demanda s'il allait rejoindre Régis et la bande. Son costume de ville le laissait présager. Elle les imagina, réunis à Hyères, dans la villa dont elle avait découvert les charmes secrets, en train de jouer aux cartes ou d'écouter le gramophone. Régis préparerait pour eux son cocktail favori. Sans doute danseraient-ils, après le dîner. A l'annulaire d'Henriette brillerait sa bague de fiançailles et, devant leurs amis, elle évoquerait certains détails concernant leur mariage dont la date approchait. Peut-être révélerait-elle le lieu choisi pour leur voyage de noces. Venise ? Naples ? Sentant ses yeux s'embuer de larmes, elle se détourna brusquement et accrocha son vêtement à un rosier.

– Laissez-moi faire, lui dit Antoine en s'approchant.

Avec calme et précision, il dégagea les épines du tissu.

– Voilà... rien n'est déchiré.

« Si, mon cœur », se retint de répondre Jeanne.

15

Des fenêtres de la bastide, Jeanne apercevait les oliviers, symboles de la paix, qui pourtant l'éloignaient de sa mère. Jamais elle ne pardonnerait à Marthe d'avoir ôté au domaine une possibilité de survie et, malgré les invitations du couple, elle ne se rendait pas à Bel Horizon.

– Maman n'a aucune envie de me voir, confia-t-elle à Apolline. C'est uniquement pour qu'on ne dise pas qu'elle m'abandonne.

Le départ de Rosalie fut un coup supplémentaire auquel elle ne s'attendait pas.

– Je ne peux t'augmenter, lui dit Jeanne quand elle connut la nouvelle, et tu serais stupide de refuser le salaire que te propose ma mère.

Quelques jours plus tard, la servante rassembla ses effets, enveloppa le miroir offert par François dans son plus beau jupon puis franchit les deux kilomètres qui la séparaient de Bel Horizon.

Elle commença par mettre de l'ordre dans la maison dont semblait peu s'occuper la petite domestique à l'allure de souillon qui l'avait accueillie. Mado, c'était son nom, avait en effet contracté l'habitude d'en faire le minimum.

– Madame Verdier n'est pas contente de mon repassage. C'est pour ça qu'elle t'a appelée.

Marthe n'avait guère changé ses habitudes. Enfermée dans sa chambre où flottait son parfum trop fleuri, elle attendait en lisant des revues de mode et des feuilletons que son époux eût terminé un travail qu'il disait harassant. Commençait alors la récréation : Draguignan, Brignoles et la côte.

– Et Paris, tu me l'avais promis !

– Nous irons en juin, je te l'ai déjà dit !

Toutefois juin ne présida à aucun préparatif.

– Je ne peux abandonner le domaine.

– Ah non, René, pendant des années j'ai connu ce discours !

– Voyons, ne t'énerve pas. Tu sais bien que je ne songe qu'à te faire plaisir.

Boudeuse, Marthe fit mine de sortir du boudoir mais, contrairement à son habitude, René ne chercha pas à la rattraper pour l'embrasser. Dans une boîte en cristal, elle prit un berlingot qu'elle croqua avec nervosité. L'ennui commençait mais comment en aurait-il été autrement quand on vivait dans l'ombre de quelqu'un ? Professionnelle de l'oisiveté, Marthe était une sorte de parasite qui attendait qu'on lui livrât la manne pour s'animer.

René Verdier l'avait non seulement compris mais il s'était servi de ce penchant pour parvenir à ses fins. Parcourir les oliveraies dont le profit entrerait bientôt dans sa cagnotte comblait ses désirs de reconnaissance sociale. Oubliés les chaussures trop petites ou trop grandes, les vêtements élimés que lui fournissait la paroisse quand il était petit. Oubliées les brimades des enfants qui le méprisaient pour sa pauvreté et ses cheveux rasés afin d'éviter les poux. De son père, il ne savait rien. Sans doute devait-il sa naissance à une étreinte sans lendemain. Quant à sa mère dont il portait le nom, elle avait été lavandière itinérante. Afin de ne pas entraver sa liberté, elle avait confié René, encore bébé, à un orphelinat où elle lui avait rendu visite tous les six mois puis chaque année. Il venait d'avoir quatorze ans quand on lui apprit son décès.

– Tu n'as pas de chagrin? lui demanda une religieuse surprise par son impassibilité.

– Du chagrin! Pour qui? Pour une inconnue?

Après un apprentissage chez un maréchal-ferrant, il accomplit son service militaire à Briançon. Les filles l'attiraient et, dès qu'il le pouvait, il dépensait sa maigre solde dans les bordels. A cette distraction s'ajoutait celle d'observer les faits et gestes des nantis de la ville. Ce fut ainsi qu'il découvrit Solange Fournier, jeune fille disgracieuse, ingrate mais unique héritière d'un riche quincaillier. La pauvrette, à laquelle aucun homme n'adressait un compliment, oublia ses rêves de prince charmant pour écouter le discours amoureux d'un garçon quelconque mais empressé. Méfiants, les parents la mirent en garde mais rien n'y fit et la demoiselle épousa René. Une confortable dot leur permit de s'installer dans une maison au centre de la ville. René entra dans la quincaillerie où son beau-père lui mena la vie dure. Il subit les sarcasmes en rageant contre la stérilité de Solange qui les empêchait d'amadouer le patriarche en lui donnant un descendant. Malgré son manque de désir pour sa femme, il continuait de l'honorer et, pour se récompenser de cet exploit, nouait de piquantes aventures dans des villages avoisinants.

Des années s'écoulèrent, au cours desquelles il joua le rôle du gendre respectueux et du mari empressé. En 1918, Solange succomba à la grippe espagnole. Il vendit leur demeure dont il avait hérité puis se rapprocha du rivage méditerranéen. A Cotignac, on lui parla de Bel Horizon. Pour devenir le maître d'un domaine, il était prêt à prendre tous les risques, y compris celui d'engloutir son capital dans l'achat de terres et la restauration d'un mas. La possibilité de séduire Marthe s'était présentée quand il arrivait au bout de ses économies. Ses derniers sous servirent à l'apprivoiser. Elle le crut riche. Il sut aussi prendre soin d'elle et lui démontrer que, privée de sa présence, elle s'étiolerait. Le temps néanmoins pressait car il craignait le retour de Laurent dont l'influence, ajoutée à celle de cette mijaurée de Jeanne, pourrait anéantir ses plans. Le mariage conclu, il se sentit plus tranquille. Restait cette satanée séparation de biens qu'avait réclamée Raymond Delestang et qui l'obligeait à faire attention. Afin d'aplanir le différend qui l'avait opposé à Marthe, René monta, avant le dîner, dans leur chambre.

– Je suis désolé, dit-il en s'approchant du lit.

Puis, sans s'émouvoir du silence de Marthe, il déposa sur ses genoux un paquet.

– Pour te voir à nouveau sourire...

En découvrant un vaporisateur, elle tendit les bras vers son mari qui la serra contre sa poitrine.

– Ne m'en veux pas, murmura-t-il, la bouche contre sa tempe. En aucun cas, je ne cherche à te contrarier, mais je me sens responsable de Bel Horizon. Je dois aussi me montrer digne des biens que tu m'as confiés. Paris, nous irons, tu le sais, et, alors, je te donnerai chaque minute de mon temps.

Par un baiser, Marthe l'empêcha de terminer sa phrase.

Un an s'était écoulé depuis le départ de Laurent; cependant, dans sa dernière lettre, il n'évoquait aucune date de retour. Certes il comprenait la situation dans laquelle se démenait Jeanne mais, prisonnier de la beauté et des mystères d'Angkor, il la laissait libre des décisions à prendre.

– Je vais tenter ma dernière chance, confia-t-elle à Sylvie.

Depuis quelque temps, elle caressait l'idée de fabriquer son nougat à plus large échelle. Les amandiers de la propriété se portaient bien – beaucoup mieux que ceux de Bel Horizon qui souffraient d'une invasion de pucerons. Non seulement elle en conservait tous les fruits mais elle en achetait à d'autres récoltants qu'elle entreposerait jusqu'au mois de septembre où, dans un local agrandi et amélioré, elle élaborerait une nouvelle fois sa recette.

En attendant, elle encourageait par sa présence au cassoir les jeunes filles qui, pour se donner du cœur à l'ouvrage, chantaient :

Amandier, tu es l'arbre ami
Qui fleurit le premier
Je sens mon cœur tout heureux
Quand je vois, au mois de janvier
Naître tes premières fleurs blanches
Arbre ami, mon cher amandier.

Malgré son travail chez les Verdier, Rosalie venait dès qu'elle le pouvait. Au désir de montrer à Jeanne qu'elle ne l'abandonnait pas s'ajoutait le besoin d'avoir des nouvelles de Laurent. Viendrait-il le jour où elle songerait à lui sans que se serrât son cœur ? Il n'y avait rien à espérer, elle le savait, alors pourquoi n'était-elle pas capable de tourner la page ?

En ce début de soirée du mois de juillet, l'orage grondait et elle hâta le pas pour arriver aux Restanques avant que la pluie ne tombât. Sur sa droite, une silhouette attira son attention. C'était Augustine qui, chargée de lourds ballots, avait du mal à avancer.

– Laisse-moi t'aider, proposa Rosalie quand elle l'eut rejoint.

– Non, non, tout va bien.

– Enfin, c'est idiot, tu as plus de souffle.

– T'occupe pas de mes affaires !

– Mais quelle mouche te pique ?

– Quelle mouche me pique ? On était enfin tranquilles quand tu es partie avec ton balluchon chez les voisins. Seulement, c'était trop beau ! Il faut que, sans arrêt, tu reviennes fourrer ton nez dans notre vie. Et, moi, j'en ai assez de tes manigances autour de Joseph.

Une grosse goutte tomba, suivie d'une autre.

– Allons, ne fais pas la bête et donne-moi ce sac, insista Rosalie.

– Sûrement pas !

Ebranlée par la haine contenue dans le regard et la voix d'Augustine, Rosalie recula.

– Je préfère prendre la foudre que de devoir un service à une traînée comme toi.

– Une traînée ! Et quoi encore !

– Je sais ce que je dis ! Tous les hommes, tu les voudrais, mariés ou pas !

De plus en plus rapprochés, les éclairs striaient le ciel mais, si Rosalie en avait peur, elle refusait de le laisser voir à une femme qui l'insultait.

– Seulement Joseph, il me quittera jamais ! Tu entends ! jamais ! Alors, arrête tes simagrées.

– Ma pauvre, si tu crois que ton Joseph a besoin d'encouragements, tu te trompes. C'est le roi de la main baladeuse !

La gifle prit Rosalie au dépourvu. Toutefois, la surprise passée, elle la rendit avec une force décuplée. Ce fut le début d'un pugilat.

En se griffant et se mordant, les deux adversaires roulèrent à terre, et celui qui serait passé à ce moment-là aurait découvert, dans un enchevêtrement de jambes et de jupons, des harpies au visage et aux membres maculés de boue. Plus jeune et plus souple, Rosalie eut vite le dessus. Serrant la gorge d'Augustine, elle menaça :

– Traite-moi encore une fois de traînée et tu verras.

Puis elle la relâcha et, en titubant, s'éloigna sans se retourner. L'orage s'était encore rapproché mais elle n'osait entrer au cassoir dans l'état pitoyable où elle se trouvait. Choisissant de se cacher dans une grange et d'y attendre la fin du déluge pour regagner Bel Horizon, elle traversa discrètement la cour qu'entouraient les communs. Au moment où elle atteignait son but, François sortit du local où il venait d'affûter sa faux.

– Rosalie, s'étonna-t-il alors qu'elle plaçait deux doigts sur ses lèvres pour l'inviter à se taire.

En deux pas, il la rejoignit et, prenant conscience de son état, murmura :

– Que t'est-il arrivé ?

– Une bagarre avec ta sœur. Une vraie brute !

– Mais tu es trempée et tu trembles !

– Non, non, répliqua la jeune fille en claquant des dents.

– Suis-moi, ordonna-t-il en se dirigeant vers un petit appentis sans fenêtre où il alluma une chandelle.

Puis il ajouta en se mettant torse nu :

– Je me retourne. Enlève ton corsage et mets-toi au sec dans ma chemise.

Tout en lui obéissant, Rosalie tentait de réprimer ses sanglots. Non sans timidité, François s'empara du mouchoir à carreaux avec lequel il épongeait son front en sueur lorsque le soleil tapait trop fort.

– Il est guère propre, remarqua-t-il en essuyant les joues de la jeune fille.

N'étant pas habituée à la bonté, cet élan de l'âme où rien n'était anticipé ou calculé, elle se jeta contre la poitrine de son consolateur pour y pleurer davantage. N'osant l'entourer de ses bras, il ne bougea pas, attentif à la douceur de ses cheveux qui frôlaient son menton. Peu à peu, elle se calma. Il sentait l'herbe coupée et l'effort et, dans sa chaleur, elle se trouvait en sécurité.

– Ça va mieux ? demanda-t-il.

Pour toute réponse, elle hocha la tête. Dehors, la pluie avait redoublé.

– J'aime l'entendre crépiter sur les toits, avoua François.

Rosalie s'était écartée et son ombre se dessina sur le mur de chaux tandis qu'elle se dirigeait vers une caisse en bois sur laquelle étaient posés un crayon et des feuilles de papier d'emballage où des lettres avaient été tracées.

– C’est à toi?

– Oui. Je me réfugie ici pour apprendre à lire et à écrire... mais personne le sait, sauf toi, maintenant...

– C’est difficile?

– Plutôt.

– Et pourquoi le fais-tu?

– Je veux pas rester ignorant, et puis je m’intéresse au soleil, aux étoiles... Si, un jour, j’arrive à lire... j’apprendrai beaucoup de choses à ce sujet. Et toi, tu es pas tentée?

– Il faudrait que j’en sois capable!

– Si tu veux, je t’aiderai.

– Oui, peut-être. On verra...

16

Sans qu'il l'eût recherché mais parce qu'il était consciencieux, honnête et travailleur, François fut peu à peu appelé à occuper des responsabilités plus importantes que les cueillettes. Jeanne qui, depuis plus d'un an, avait eu le temps de juger ses qualités, s'adressait à lui dès que se présentait l'inattendu. Ne comptant pas ses heures, dormant quand il le pouvait, il se montra d'une aide précieuse au moment de l'agnelage et du vêlage et participa aux moissons.

– Ce gars-là, s'il continue, il pourra faire, un jour, un bon intendant, souligna Apolline.

– Sans doute.

– Vous devriez l'embaucher à temps plein pour la ferme.

– L'embaucher ! Ce serait de la folie !

– Pourquoi ?

– Enfin, Apolline, qui sait combien de mois je pourrai encore conserver les Restanques.

– Justement ! En vous déchargeant sur lui des tâches quotidiennes, vous auriez l'esprit plus tranquille pour vous occuper de votre commerce.

L'idée n'était pas mauvaise et Jeanne, après l'avoir soupesée, l'adopta. Abasourdi par la nouvelle, François fut logé dans une pièce modeste mais dont il avait la jouissance pour lui seul et il reçut un salaire supérieur à celui qu'il avait touché jusque-là.

Cette promotion excita bien entendu les jalousies de ceux et celles qui l'avaient toujours considéré comme quantité négligeable. Non seulement on ne lui adressait pas la parole mais on lui tournait le dos dès qu'il arrivait dans un endroit.

– T'inquiète pas. Ils se lasseront vite, le réconfortait Apolline.

La tristesse qu'il éprouvait à se voir rejeté était néanmoins compensée par la fierté de devenir aux yeux de Rosalie un homme digne de confiance. Même s'ils se voyaient peu, il vivait dans l'attente de leur prochaine rencontre. Parfois ils n'échangeaient qu'un bref salut mais de chaque détail il se souvenait : la couleur de sa jupe, la griffure qui marquait son bras, le chapeau de paille un peu cabossé, rien n'échappait à sa mémoire, encore moins son expression plus ou moins avenante selon les jours.

Rosalie n'était, en effet, pas contente de son existence à Bel Horizon et elle s'en voulait d'avoir accepté trop vite l'offre des Verdier.

Malgré ses efforts, le mas continuait d'être mal tenu. Flanqués à la diable le long des murs, les meubles qu'elle avait connus aux Restanques semblaient attendre un déménagement et, partout, s'amoncelaient des dossiers, du courrier que l'on avait oublié d'ouvrir et des objets hétéroclites que le maître de maison s'obstinait à ne pas vouloir ranger.

– Tu devrais pas te donner toute cette peine, lui disait Mado, la petite servante, quand elle la voyait encaustiquer ou dépoussiérer les tables et les vaisseliers. Ils s'en moquent.

– Eux, peut-être... mais pas moi !

L'exemple de Rosalie ne stimula pas Mado qui continua de traîner la savate. Rien d'ailleurs ne semblait éveiller son intérêt, sinon de manger avec gloutonnerie et sans aucun discernement ce que contenaient le garde-manger et les placards.

– Tu as souffert de la faim ? lui demanda Rosalie lorsqu'elle la vit, un soir, ingurgiter quantité de cochonailles et de fromages.

– De la faim ? Non.

Mado voulut ajouter quelque chose puis se ravisa. Par bribes, Rosalie avait appris qu'elle venait de Martigues où son père était pêcheur. Avant-dernière d'une famille de sept enfants, elle avait poussé comme du chiendent. Sa mère, préoccupée par ses amants, ne songeait qu'à se débarrasser de sa progéniture. Pour Mado, elle envisageait une maison de redressement. Affolée, la petite avait pris la fuite, un après-midi d'été, avec l'idée de ne jamais être rattrapée. Grâce à divers moyens de locomotion, elle parvint, au bout d'une semaine, à Cotignac où elle croisa le chemin de René Verdier. Il buvait un verre à la terrasse d'un café quand il la vit descendre d'une carriole. Un fichu noué à la diable sur ses cheveux poussiéreux, une robe trop petite pour son corps d'adolescente efflanquée, elle regardait autour d'elle avec inquiétude. Il s'approcha. Que cherchait-elle ? Du travail ! Voilà qui tombait bien !

« Quelle idée de confier la bonne marche d'un mas à une gamine sans expérience », s'étonna Rosalie jusqu'à ce qu'elle découvrît la vraie raison de ce choix.

Marthe Verdier s'était rendue chez le coiffeur, accompagnée en voiture par son mari, et Rosalie, sa sieste terminée, descendait dans la cuisine pour y boire un verre d'eau quand un bruit qu'elle ne parvint pas à identifier et provenant du bureau l'inquiéta. Croyant la maison déserte, elle songea à un voleur et s'approcha sur la pointe des pieds de la porte entrebâillée pour découvrir René, le pantalon sur les chevilles, en train de trousser sans ménagement Mado qui, dépoitraillée, offrait ses seins à ses caresses tandis qu'il lui disait des insanités.

Jusqu'au soir, Rosalie éprouva un malaise. La violence de la scène, la trivialité des propos mais surtout la soumission de Mado la plaçaient face à ses propres questions. Sur les amours ancillaires, elle n'avait rien à apprendre mais jamais elle n'avait eu la sensation que son aventure avec Laurent pouvait s'apparenter à ce qu'elle avait surpris tout à l'heure. Jamais, jusqu'à maintenant ! Il y avait, en effet, deux possibilités pour les jeunes gens de bonne famille de se déniaiser : le bordel et les domestiques. N'avait-elle représenté pour lui qu'un moyen de devenir adulte ? Le souvenir qu'elle gardait en son cœur d'une complicité partagée s'effritait. Il s'effrita davantage encore quand, au cours du dîner, elle entendit René Verdier déclarer à sa femme qu'il était allé à la coopérative pendant qu'on la coiffait. Le mensonge fleurissait dans sa bouche avec une déconcertante facilité mais n'était-ce pas le lot des hommes de savoir, avec tant d'aisance, inventer la réalité qui leur convenait ?

Le 25 juillet, Rosalie prit le chemin des Restanques pour souhaiter à Jeanne son anniversaire.

– Tu arrives trop tard, l'avertit Apolline. Elle est partie.

– Chez monsieur et madame Delestang ?

– Oui, avec le jeune monsieur qui lui fait la cour.

Antoine Laferrière était arrivé deux heures plus tôt avec un volumineux paquet contenant des livres et une brassée de roses roses.

– Vous connaissez bien mes goûts, s'exclama Jeanne.

– Je vous écoute avec beaucoup d'attention, répliqua-t-il en riant.

Ils s'étaient revus plusieurs fois depuis la première visite d'Antoine dont les sentiments n'avaient pas faibli, bien au contraire. Il avait même l'intention de présenter Jeanne à sa mère. Mais, profitant de l'instant présent, il se laissait gagner par le bonheur d'être seul avec elle. Avec un geste gracieux, elle s'éventait. Le plein air avait hâlé ses bras que découvraient les manches courtes d'une robe bleu lavande.

– Jeanne, murmura-t-il, je ne sais si j'ai raison de vous parler mais j'ai besoin de savoir. L'idée de m'épouser, un jour, vous semble-t-elle envisageable ?

– Vous épouser ! Nous nous connaissons à peine !

– Il ne tient qu'à vous de changer cette situation en acceptant de me voir plus souvent.

– Ecoutez, Antoine...

– Allons, ne vous donnez pas le mal de vous expliquer, j'ai compris.

– Il n'y a rien à comprendre, l'interrompit Jeanne avec un certain agacement.

Pourquoi gâchait-il cette journée avec une déclaration dont elle ne savait que faire ? Plongeant son regard dans ses yeux bruns, elle vit que la joie s'en était envolée.

– Je suis désolée, murmura-t-elle sur un ton adouci, mais tout ceci me semble trop rapide. Laissez-moi du temps.

– Vous avez sans doute raison, seulement je voudrais que vous répondiez à une question, une seule. Existe-t-il quelqu'un dans votre vie, un homme auquel vous tenez ?

– Non, répondit Jeanne avec la sensation d'être sincère.

Avoir, peu de temps auparavant, découvert la vérité sur le mariage de Régis l'aidait à se libérer du souvenir de leur relation.

Avec peu de délicatesse et beaucoup d'exaltation, Sylvie, alors qu'elle revenait de Marseille, s'était trois semaines plus tôt arrêtée aux Restanques.

– J'ai croisé la fameuse Henriette dans la rue, lança-t-elle à Jeanne du seuil de la porte.

Et d'un trait elle ajouta :

– Elle est enceinte ! D'au moins six mois !

– C'est impossible, ils se sont mariés au mois d'avril.

– Justement ! Il devait y avoir urgence.

Stupéfaite, Jeanne était incapable de prononcer le moindre mot.

– Crois-moi, elle l'a bel et bien piégé. Ce qui explique sa fuite et son silence, poursuivait Sylvie, prête à bâtir un roman.

Ainsi le chantage que Jeanne ne se serait jamais résolue à accomplir, une autre n'avait pas hésité à l'utiliser et le fort, l'inébranlable Régis s'était transformé en un agneau sacrifié sur l'autel de la morale et du devoir.

– Merci, avait-elle murmuré à sa cousine. Grâce à cette nouvelle, j'aurai plus de facilité à guérir.

Si aujourd'hui, alors qu'elle soutenait le regard interrogateur d'Antoine, elle n'éprouvait plus la nostalgie du passé, elle n'avait néanmoins pas la force de se lancer dans une nouvelle aventure. Peur ? Manque de désir ? En allant chez les Delestang, elle tenta de l'imaginer dans le rôle d'amant mais aucun trouble ne l'envahit. Comme tout aurait été simple si elle avait pu répondre à ses sentiments ! A la dérobée, elle l'observa. Son visage était agréable, ses traits volontaires sans être durs. Il inspirait la sympathie et la confiance.

– J'aime votre région, dit-il alors qu'une lumière dorée saupoudrait les premières maisons du village d'Entrecasteaux.

La chaleur était encore forte lorsqu'ils arrivèrent chez leurs hôtes. Assis sous un tilleul, Michel fumait sa pipe. Il se leva pour les accueillir.

– Bon anniversaire, ma cousine, s'exclama-t-il avant d'ajouter : Nicole Guillaumin vous a précédés de quelques minutes.

– Nicole ! Je ne savais pas que vous l'aviez invitée, s'étonna Antoine.

– Avec Sylvie, elles sont devenues inséparables.

Une table avait été dressée sur la terrasse où une fontaine dispensait sa fraîcheur. En l'honneur de

Jeanne, des guirlandes de fleurs des champs entouraient les plats qui contenaient ses desserts favoris.

– Tante Angélique, vous méritez bien votre prénom, s'exclama la jeune fille avant d'embrasser celle qu'elle aurait voulu pour mère.

Le maître d'hôtel déboucha un magnum de champagne et le chien, apeuré par le bruit, aboya avec fureur jusqu'à ce qu'un morceau de cake le calmât. Sylvie arriva avec le gâteau sur lequel les bougies formaient une couronne de feu. Nicole la suivait, chargée de présents qui furent déballés dans la gaieté.

– La plus jolie surprise sera pour la fin, avait-elle prévenu.

Devant leurs mines de conspirateurs, Jeanne avait hâte d'en connaître la teneur.

– Laurent est sur le chemin du retour, finit par annoncer Nicole.

– Laurent !

– Mes parents ont reçu, ce matin, un pneumatique de Jérôme. Il est rappelé à Paris pour occuper un poste dont il rêvait depuis longtemps. Votre frère, bien entendu, rentre avec lui. Je devais vous prévenir.

Jeanne avait la sensation de vivre un rêve familier. Laurent, bientôt là ! Comme une enfant, elle battit des mains et la fête prit une saveur nouvelle. L'air embaumait le parfum de l'herbe fraîchement coupée et le soleil, dardant ses rayons à travers les branches du cèdre, commençait à décliner tandis que les oiseaux s'égosillaient dans un sous-bois voisin. Avec un rire heureux, elle se tourna vers Antoine et, discrètement, fugitivement, chercha sa main. Le geste n'échappa pas à Nicole dont le visage se rembrunit.

Par Sylvie, qui bénéficiait des confidences de Jeanne, elle n'ignorait rien des sentiments du jeune notaire pour celle qu'elle considérait comme une rivale et ces doigts qui s'enlaçaient mettaient un terme au peu d'espoir qu'elle nourrissait de le voir, un jour, s'intéresser à elle.

Le crépuscule voilait la campagne quand Antoine raccompagna Jeanne aux Restanques.

– J'ai trop bu de champagne, lui avoua-t-elle avec un rire heureux.

Puis ils demeurèrent silencieux, elle repliée sur sa joie de savoir Laurent en route vers la France, lui attentif à son bras nu, tout près du sien.

– Arrêtons-nous là, proposa-t-elle alors qu'ils empruntaient l'allée menant à la bastide. Marcher me fera du bien.

Après la touffeur de la journée, elle appréciait cette accalmie où le corps n'avait plus à se protéger contre l'agression d'une trop forte température. Paupières closes, elle respirait les odeurs du soir et, consciente du moindre bruissement de feuillage, du moindre cri d'oiseau mais aussi des sons provenant des fermes alentour, elle communiait avec cette terre de légendes et de contes, de lumière et de torrents, cette Provence porteuse de dons et de joies, bénie des dieux et ouverte à toutes les espérances.

Antoine s'était approché. Elle abandonna sa tête contre son épaule. Il posa ses lèvres sur sa joue puis chercha sa bouche.

– Je vous aime, murmura-t-il.

Pourquoi compliquait-il les choses ? Tout était si simple, leurs souffles mêlés et cette sensation de sortir d'un long sommeil. Oui, pourquoi compliquait-il tout ?

17

Depuis qu'elle avait pris la décision de fabriquer son nougat en plus grande quantité, Jeanne rendait visite aux confiseurs de la région afin de prendre les commandes qui, peu à peu, noircissaient les pages du cahier dont elle ne se séparait pas et qui avait valeur de talisman.

Avec fierté, elle arpentait le local qu'elle avait agrandi et amélioré pour y entreposer davantage de matériel. Frottés avec énergie par Apolline, les ustensiles brillaient et, bientôt, les effluves du sucre et des amandes feraient saliver ceux et celles qui franchiraient la porte.

– Le nougat est notre unique sauvegarde, dit-elle à Michel qui, ayant des courses à faire à Brignoles, l'y avait emmenée.

En se rendant chez ses premiers clients, le jeune couple qui l'année précédente lui avait accordé sa confiance, elle se rendit compte du défi qu'elle avait relevé en s'étant lancée dans une aventure dont elle ne connaissait rien.

– Mademoiselle Barthélemy ! Justement, avec mon mari, on pensait à vous et à tous vos soucis, lui dit la marchande après l'avoir saluée.

– Mes soucis ?

– Eh bien, oui... Votre domaine !

– Je ne comprends pas.

– Ah, excusez-moi. Peut-être que je me trompe!

– Que vous a-t-on raconté? insista Jeanne qui percevait la gêne de son interlocutrice.

– Il paraît que vous avez de gros problèmes et que, bientôt, vous devrez vous séparer des Restanques.

– Vous souvenez-vous de la personne qui vous a donné ces informations?

– Oui. C'était un monsieur. Il a lu la liste de nos spécialités sur la devanture puis il est entré pour acheter des pralines. On a un peu discuté et il m'a interrogée sur nos fournisseurs. Quand j'ai parlé de vous, il m'a mise en garde en me disant que vous étiez au bord de la faillite.

Le cœur de Jeanne battait à tout rompre. Qui cherchait à lui nuire? Un concurrent?

– A quoi ressemblait ce monsieur? Il était jeune?

– Oh, une cinquantaine d'années. Pas grand. Assez gros. Un visage, je dirais, banal...

– Et des cheveux qui commencent à grisonner?

– Là, vous m'en demandez trop! Je me souviens pas!

– Peu importe! Je crois avoir trouvé le nom de ce charmant individu. Mais, je vous en supplie, ne croyez pas un mot de ces balivernes.

Verdier! Il n'y avait aucun doute: c'était lui qui avait distillé son venin dans le but de nuire à sa belle-fille. Les tempes bourdonnantes et la rage au ventre, Jeanne se demandait quelle attitude adopter. Devait-elle se rendre à Bel Horizon pour y faire un scandale? A cette solution, elle préféra l'attente afin d'accumuler des preuves. La confiserie de Brignoles n'était certainement pas la seule où il avait dispensé sa campagne de destruction. Que voulait-il? Accélérer la fin des Restanques pour acheter la propriété au plus bas prix?

– S'il croit me faire peur ou me décourager, il se

trompe, confia-t-elle à Michel sur le chemin du retour. Je suis encore plus déterminée à le combattre.

Dans ce but, elle multiplia ses démarches auprès de sa clientèle et, surtout, s'employa à montrer un inébranlable optimisme.

– J'aurais pu devenir une excellente comédienne.

Apolline, à laquelle ces paroles étaient destinées, hocha la tête mais demeura inquiète. Dans le plus grand secret, la vieille servante confia ses craintes à Rosalie.

– Cet homme-là, c'est un vrai serpent et la pauvrette n'est pas de taille à se mesurer au diable !

– Puisque je suis dans la place, je vais le surveiller, proposa sa nièce. Ce sera facile. Il se méfie pas de moi !

Elle prit donc l'habitude de l'épier et d'écouter aux portes. René Verdier s'absentait deux fois par semaine et, à plusieurs reprises, elle trouva de longs cheveux sur ses vestes avant de les repasser. Marthe ne se doutait de rien mais comment en aurait-il été autrement alors qu'il la comblait d'attentions. « Ne te fatigue pas, ma chérie. » « Laisse-moi faire ceci à ta place. » A jouer les protecteurs, il était parvenu à se rendre indispensable dans de nombreux domaines.

Les conversations importantes se déroulant en général dans la chambre, Rosalie passa beaucoup de temps à ranger du linge dans la penderie voisine. Depuis plusieurs jours, René paraissait tendu. Rien n'allait à Bel Horizon mais, au lieu de réfléchir sur son incapacité à diriger une exploitation et à se faire respecter, il mettait la faute sur les autres. Combien de journaliers furent congédiés, remplacés par de plus fainéants ? La cueillette des olives allait commencer mais le rythme n'aurait certainement rien à voir avec celui que Jeanne avait instauré aux Restanques. René aimait aussi à s'enfermer dans son bureau où il buvait de grandes rasades d'alcool en établissant des stratégies pour ne plus dépendre du bon vouloir de sa femme.

La servante se maudissait de ne pas savoir lire. Que n'aurait-elle trouvé dans les tiroirs dont il gardait la clé sur lui jusqu'au moment où il se couchait ! Il lui aurait été facile, pendant qu'il ronflait, de fouiller. Espionne ! Voici ce qu'elle était devenue mais, pour aider Jeanne et surtout Laurent, elle était prête à tout.

Depuis qu'elle savait son arrivée proche, elle avait retrouvé sa belle énergie. Joignant sa voix à celle de ses compagnes, elle chantait au cassoir et riait d'un rien.

– Te voilà bien guillerette, remarqua Apolline.

– C'est la faute aux beaux jours !

François s'était lui aussi rendu compte du changement mais, contrairement aux autres, il en connaissait la raison. Rosalie attendait le jeune maître. Néanmoins avait-elle conscience que ce long périple l'aurait transformé ? Lui-même, qui n'avait pas quitté la Provence, se trouvait changé. Servir la nature lui apprenait, chaque jour, qu'il ne fallait pas brusquer les événements et que ce qui était écrit arriverait au moment opportun. Si Rosalie lui était destinée, leur union se ferait naturellement. Sinon, une autre l'attendait, une jeune fille dont il ne savait rien et qui croiserait son chemin sans que le hasard n'en fût nullement responsable. Si quelqu'un lui avait tenu ce discours, un an auparavant, il se serait accroché à ses rêves et ne l'aurait pas écouté. Ses lectures n'étaient pas étrangères à ce changement ainsi que les leçons qu'il prenait régulièrement avec l'instituteur.

– Il va bientôt nous jouer les petits marquis, clamait Joseph à qui voulait l'entendre.

– Oh, laisse-le tranquille, s'interposait Augustine. Il fait pas de mal !

Le ramassage des figues avait commencé. La fameuse « marseillaise », petite et ronde, se cueillait lorsqu'elle changeait de couleur, quand elle était « boudin ». Dès le lever du jour, François envoyait les journaliers vers les arbres où ils travaillaient jusqu'à huit heures.

Augustine et Annie prenaient soin de porter des blouses à manches longues car les feuilles de figuiers envenimaient la peau. En luttant contre des nuages de moucherons qui ne cessaient de les harceler, elles tentaient d'oublier l'extrémité de leurs doigts car, pour préserver le pédoncule du fruit, elles devaient le sectionner avec les ongles du pouce et du majeur, ce qui, au bout d'un moment, devenait une véritable souffrance. Leurs paniers emplis, elles en vidaient le contenu dans les cageots qu'un jeune garçon hissait sur une charrette qui prenait le chemin de Cotignac où monsieur Broutin, le courtier, entreposait les figues dans une remise, après les avoir pesées. Pour les conserver, on les passerait au soufre puis elles seraient enfermées dans de grandes barriques en bois jusqu'à l'hiver où on les expédierait vers les confitureries et les confiseries.

Jeanne comptait sur le bénéfice de la récolte pour remplacer le matériel agricole. Elle devrait aussi réviser les toitures de l'étable et des écuries.

– L'argent n'a pas le temps de fructifier sur un compte, soupirait-elle. Aussitôt gagné, aussitôt sorti...

Face à cette situation, Antoine tentait de la convaincre qu'auprès de lui elle trouverait protection et assistance. Elle l'écoutait mais, tout en reconnaissant ses qualités, oubliait de penser à lui dès qu'ils se quittaient.

De guerre lasse, elle finit par accepter d'être présentée à sa mère qui vivait à Aix, près de la place des Quatre-Dauphins, dans une belle et confortable demeure.

Vêtue de noir, madame Laferrière l'accueillit dans un salon au charme suranné. Des cheveux blancs, retenus en un chignon, auréolaient de bandeaux un visage où brillaient des yeux couleur d'ambre.

– Bonjour, mademoiselle, lui dit-elle sur un ton peu chaleureux.

Antoine avança un siège où Jeanne s'assit avec la sensation que chacun de ses gestes donnerait lieu, après son départ, à un commentaire peu amène. Une conversation s'instaura, chaotique et peuplée de silences.

– Mon fils m'a dit que vous habitiez à Cotignac. J'y allais souvent dans ma jeunesse. Une belle région!

En même temps qu'elles échangeaient des propos d'une grande banalité, Jeanne subissait l'atmosphère calfeutrée et mièvre que semblait affectionner la maîtresse de maison. Des soieries et des brocarts juponnaient les guéridons où s'accumulaient de nombreux bibelots ainsi que les portraits d'un homme qui devait être le père d'Antoine.

– Et cette propriété dont vous vous occupez? Cela doit être lourd pour une personne de votre âge.

– Je n'ai pas le choix.

– N'êtes-vous pas pessimiste?

– Hélas, non.

– J'ai appris que vous viviez seule.

– J'attends le retour de mon frère.

Une tasse de thé fut proposée à Jeanne qui, de plus en plus mal à l'aise, se demandait ce qu'elle faisait dans cet endroit où visiblement elle était reçue à contrecœur.

– J'ai du mal à imaginer qu'on laisse une jeune fille agir à sa guise.

– Je n'agis pas à ma guise, s'insurgea Jeanne.

– Voyons, petite, ne vous fâchez pas.

– Si, je me fâche, éclata la visiteuse, et je m'en vais, ajouta-t-elle en s'emparant de son sac et de ses gants.

– Jeanne, que se passe-t-il? s'interposa Antoine, bouleversé.

– Il se passe que votre mère, avant même de m'avoir rencontrée, avait décidé que je n'étais pas fréquentable.

– Mais non, vous vous trompez!

– Pas le moins du monde.

Se tournant vers Clotilde Laferrière, elle lança :

– Au revoir, madame.

Puis elle passa le seuil.

– Je vous en supplie, lui disait Antoine qui tentait de lui barrer l'accès à l'escalier. Il s'agit d'un malentendu. Si vous avez un peu d'amitié pour moi, ne partez pas... Pas de cette façon.

– Pour que les choses soient claires entre nous, il vaut mieux que vous sachiez que jamais je ne me plierai à l'hypocrisie et aux conventions bourgeoises. Votre mère rêve d'une jeune fille sage et docile qui ira de kermesse en bal. Ce n'est pas mon genre.

– Que m'importe l'avis de ma mère !

– Il vous importe ! Si vous vous en moquiez, vous ne lui auriez pas demandé de m'inviter.

A le découvrir malheureux, elle éprouva pour la première fois de la tendresse à son égard et, brièvement, caressa sa joue. Pourtant le fossé qui avait toujours existé entre eux venait de se creuser davantage. Si la vie et les événements lui avaient appris à tendre le dos, souffrir puis se relever pour combattre, elle lui avait parallèlement enseigné à ne pas entrer dans le rang et, telle elle était devenue, telle elle demandait d'être acceptée.

– Laissez-moi passer, lui dit-elle.

– Antoine, appela du salon madame Laferrière.

Saisissant la main de Jeanne, Antoine l'entraîna vers la rue.

– Je vous accompagne jusqu'à la gare.

– Ce n'est pas la peine. J'ai envie de me promener cours Mirabeau.

– Alors, je viens avec vous.

Ils s'assirent à la terrasse d'un glacier dont le store les abritait du soleil. Sous la capeline, le visage de Jeanne était encore rosi par la colère et ses yeux avaient une couleur d'orage.

– Jeanne, que cherchez-vous en me malmenant ?

Sans la laisser répondre, il ajouta :

– On dirait qu'à travers moi vous voulez prendre votre revanche sur quelqu'un ou sur quelque chose. Est-ce que je me trompe?

Prise au dépourvu, elle hésita avant de répondre :

– Je ne vous veux aucun mal mais je ne peux me renier.

Penchée sur lui, elle ajouta avec douceur :

– Antoine, ouvrez les yeux, je ne suis pas la femme qu'il vous faut. J'ai besoin de liberté, de responsabilités.

– Mais vous en auriez!

– Oui, celles que vous voudriez bien me confier.

– Vous auriez tout ce que vous souhaitez. Je vous le promets!

Elle le savait sincère mais, hélas, il ne pourrait lui insuffler cet élan, cette ferveur, cette impatience qui l'avait jetée dans les bras de Régis. Antoine était un être lisse, sans travers et sans ruse, un homme qui ne connaissait pas les tempêtes et Jeanne, dans ses contradictions, craignait auprès de lui l'ennui.

18

Aux Restanques, Jeanne, encore perturbée par la scène qui l'avait opposée à madame Laferrière, trouva Sylvie qui feuilletait un magazine.

– Dès que je l'ai su, j'ai voulu t'apprendre la nouvelle... pour Régis...

– Quelle nouvelle ?

– Henriette a fait une fausse couche, avant-hier.

– Non !

Les douleurs avaient commencé au milieu de la nuit.

– Je t'avais dit de manger moins de gâteau au chocolat, grommela Régis dans un demi-sommeil. A n'en faire qu'à ta tête, voilà le résultat. Une indigestion.

Une demi-heure plus tard, Henriette l'éveillait à nouveau.

– Ce n'est pas une indigestion. Il faut appeler le médecin, et ma mère.

La maison se transforma en hôpital. Henriette avait perdu les eaux. Enceinte de six mois et demi, les chances de vivre pour l'enfant étaient inexistantes. Aidée de la sage-femme, l'accoucheur délivra sa patiente sans la rendre mère.

– C'était une fille, dit-il à Régis qui, dans son bureau, attendait la fin de l'intervention.

Qu'éprouva le jeune homme à ce moment-là sinon un sentiment de vide absolu ? Son existence, qu'il jugeait déjà peu cohérente, avait perdu tout relief.

– Comment va ma femme ?

– Elle se repose, toutefois elle sera très déprimée quand elle aura assimilé la nouvelle.

Jusqu'à l'aube, Régis but de la fine et, lorsqu'il se rendit au chevet d'Henriette, il était ivre mort. Avec lassitude, elle ouvrit les paupières pour les refermer aussitôt devant le spectacle qu'il lui infligeait avec ses cheveux collés au front et cette expression qu'il arborait au retour de ses nuits clandestines. Si seulement elle pouvait dormir pendant des heures, des mois et des années pour oublier l'échec de son mariage et la perte de son enfant.

– Allons, ne pleurez pas, lui avait dit pour la consoler la sage-femme. Vous êtes toute jeune. Bientôt, vous m'appellerez pour un nouveau bébé !

Un nouveau bébé ! Pour cela, il aurait fallu que Régis la considérât comme une femme et non comme une encombrante potiche. A peine avaient-ils été mariés que leur relation était devenue difficile voire insupportable. Le voyage de noces en Sicile avait pris des allures de cauchemar. Sous n'importe quel prétexte, Régis disparaissait et la laissait seule avec son amertume. Combien de temps lui ferait-il payer sa faute ? Contenu dans son regard, le reproche de s'être jouée de lui était omniprésent. Maintenant qu'elle ne portait plus leur enfant, Henriette songeait à divorcer. Rien ne l'empêchait de connaître un amour partagé. Rien... hormis ses parents qui n'accepteraient jamais une telle décision ! Prisonnière de son propre chantage, elle se sentait, à son tour, privée de liberté.

De son lit, elle contemplait la terrasse où les bougainvillées s'épanouissaient au soleil, puis à l'horizon, les voiliers et les paquebots qui croisaient en un incessant va-et-vient. Que ne pouvait-elle quitter cette chambre de convalescente pour partir à la découverte de nouvelles contrées ! Loin de sa ville natale, d'une famille pesante et d'un mari qui n'en était pas un, elle retrouverait peut-être sa joie de vivre.

– Régis, dit-elle le premier matin où elle se leva pour prendre le petit déjeuner dans la salle à manger, j'ai réfléchi. Nous ne pouvons pas continuer ainsi.

Sans cacher sa surprise, il replia le journal qu'il était en train de feuilleter.

– Tes propos ont le mérite d'être sensés mais que nous conseilles-tu ?

– Une amie de pensionnat m'a invitée pour un mois à Biarritz. Je comptais accepter cette proposition.

– Tu n'as aucune permission à me demander.

– Mais je ne t'en demande pas ! D'ailleurs, nous n'avons ni l'un ni l'autre à nous en demander. Je voulais seulement te dire que dorénavant je m'arrangerai pour que nous habitions peu ensemble.

– L'idée me paraît raisonnable.

Décidément, il ne déposerait jamais les armes ! Fallait-il que sa rancune fût tenace pour qu'il n'éprouvât aucune compassion ! En retenant les larmes qui brûlaient ses paupières, elle prenait douloureusement conscience d'avoir rêvé une histoire qui ne tenait pas ses promesses.

Deux semaines plus tard, Régis la vit s'éloigner avec soulagement. Enfin, il pouvait aller et venir à sa guise sans croiser le regard attristé de sa femme car, contrairement à ce qu'elle pensait, il était sensible à son désarroi. Supportant mal d'habiter la maison que lui avait imposée sa belle-famille, il choisit de prendre quelques jours de vacances à Hyères.

En ces premiers jours de septembre, chaleur et lumière s'étaient adoucies et il profita du jardin, de l'ombre des pins parasols et du murmure des fontaines pour se délivrer d'une trop forte tension. Fatigué par un travail prenant, malmené par des contrariétés d'ordre privé, il cherchait le calme. Mais, son épuisement commençant à se dissiper, il eut besoin de compagnie. Beaucoup de ses amis ayant pris le parti d'Henriette, il songea à Michel Delestang qui avait su demeurer neutre. Pourquoi ne pas lui rendre visite à Entrecasteaux et disputer une partie de tennis?

– Monsieur Delestang est sur la terrasse, lui répondit le maître d'hôtel quand il se présenta dans le vestibule de la bastide.

– Seul?

– Non, en famille. Monsieur Barthélemy est rentré de voyage.

– Alors, je tombe mal!

Sa retraite fut interrompue par Sylvie qui descendait l'escalier, un appareil photographique entre les mains.

– Monsieur Cuvelier, s'exclama-t-elle avec étonnement.

Une personne la suivait : Jeanne. A la gêne qu'il éprouvait s'ajouta cependant un insoupçonnable plaisir. Pris au dépourvu, il chercha son regard mais la froideur qu'il y décela ainsi qu'une lueur de mépris éteignirent son début de joie.

– Vous n'avez pas le droit de partir, disait Sylvie qui ne perdait pas une miette de la situation.

Les abandonnant à leur échange, Jeanne s'éloigna pour retrouver Laurent.

Assis sur un banc à côté d'Angélique, il renouait avec ses racines. Arrivé en fin de matinée aux Restanques, il avait rejoint sa sœur alors qu'elle revenait de son atelier où elle fabriquait du nougat.

– Laurent! s'était-elle écriée en l'apercevant, Laurent... nous ne t'attendions pas avant la fin de la semaine prochaine.

Avec un rire heureux, elle l'avait longtemps serré dans ses bras puis avait murmuré :

– Mon Dieu! Comme tu as changé!

Il avait grandi, forci. Son visage s'était affirmé et,

dans ses yeux, brillait l'amusement de l'avoir surprise et de la sentir admirative.

En l'observant, ce soir, elle prenait conscience que ce changement dépassait l'apparence physique. Laurent était devenu un homme d'espace et de liberté même s'il était en train d'avouer à sa tante :

– J'ai l'impression de vous avoir tous quittés hier. Chaque détail est à sa place. Peut-être ai-je rêvé mon voyage ?

Il se leva pour saluer Régis Cuvelier auquel Sylvie avait interdit de partir. Ignorant tout de la vie qu'avait connue Jeanne pendant son absence, il ne remarqua pas que celle-ci se tint volontairement à l'écart de la conversation.

Emporté par les récits et la verve du voyageur, Régis, pour sa part, se libéra peu à peu de son appréhension. Il l'écoutait évoquer des contrées qu'il ne connaîtrait sans doute jamais. Darjeeling au cœur de l'Himalaya, les champs de théiers, Kalimpong où les Tibétains venaient de leurs plateaux pour y vendre musc, or et turquoise, les pics enneigés que les nuages, au gré des vents, masquaient et démasquaient, les torrents, les orchidées... puis Angkor où s'épousaient la pierre et la jungle afin d'honorer les dieux dont les visages sereins défiaient les siècles et incitaient les hommes à faire silence. Sous le crépuscule méditerranéen, il était étrange de se promener par la seule force des mots à des milliers de lieues. Laurent savait captiver ses auditeurs et Jeanne, à son tour, se laissa emporter par la magie de ses évocations. Sans cesse, le prénom de Jérôme revenait dans son discours. Il en vantait les qualités humaines et le savoir.

– Jérôme m'a appris la rigueur et la patience. Il m'a aussi enseigné à regarder au-delà des apparences et à toujours vérifier mes connaissances.

Au moment de partir, Régis s'approcha de Jeanne.

– J'aimerais que nous parlions.

– Qu'aurions-nous à nous dire ?

– J'ai été stupide et...

– Oh, nous n'allons pas épiloguer sur une vieille histoire. Tout cela est enterré, oublié.

– Vraiment ?

– Mais oui...

Même si son cœur battait en prononçant ces paroles, elle était sincère. Passée la surprise de la confrontation, aucun trouble ne l'envahissait face à celui dont elle avait tant recherché l'attention. Sans doute avait-elle été amoureuse des qualités qu'elle lui avait prêtées, d'une image déformée par ses propres aspirations. Lui, par contre, semblait nourrir des regrets. En lui échappant, elle devenait intéressante.

Avant le dîner, elle revint aux Restanques avec Laurent que le champagne égayait.

La cour de la ferme connaissait le va-et-vient d'une fin de journée : la traite des vaches à l'étable, le changement des litières pour les chevaux. Dans le raclement des seaux, l'odeur du fumier, chacun des employés, après une journée bien remplie, terminait ses dernières tâches avant de se retrouver autour de la soupe. En découvrant Laurent, François abandonna sa brouette puis, après s'être essuyé la main au revers du pantalon, s'avança.

– Bonsoir, Monsieur.

– Bonsoir, François. J'ai appris que vous avez accompli du bon travail pendant mon absence.

– J'ai juste fait mon ouvrage.

Au cours de l'après-midi, Jeanne avait conté à son frère les tourments que connaissait la propriété, ses décisions et ses choix.

– Ma pauvre, répétait-il, jamais je n'aurais imaginé que tu connaîtrais tous ces soucis.

En dépit de sa mine concernée, elle l'avait senti absent. Sans doute lui fallait-il du temps pour réintégrer ses habitudes.

Ils passaient devant le cassoir quand Rosalie en sortit.

– Rosalie, s'exclama Laurent.

Sans répondre, elle le fixa tandis que Jeanne, pressée de rentrer, s'éloignait.

– Je ne pensais pas te voir. On m'avait dit que tu travaillais chez ma mère.

– C'est vrai mais je viens tous les soirs aider les filles à casser les amandes.

– Alors, on se reverra bientôt.

Avait-elle attendu et pleuré tous ces jours, tous ces mois, pour de si banales retrouvailles ? En le regardant s'éloigner vers la bastide, elle eut honte d'avoir espéré l'impossible. Se souvenait-il seulement qu'il avait connu sa première étreinte avec une servante ? D'une démarche d'automate, elle retourna au cassoir puis, insensible au temps qui s'écoulait, libéra les fruits de leurs coques jusqu'à ce que l'engourdissement prenne le pas sur la douleur.

– Il faudrait que, dès demain, tu ailles saluer maman, dit Jeanne à son frère après le dîner.

– Ne t'inquiète pas. J'accomplirai mon devoir...

Presque pour lui-même, il ajouta :

– C'est curieux de ne rien ressentir pour la femme qui vous a enfanté.

– Je me suis souvent dit la même chose, avoua Jeanne. Pour moi, maman est une étrangère. J'ai du mal à admettre que nous appartenons à la même famille. Mais parlons plutôt de Verdier, il doit être furieux de te savoir rentré.

– Jeanne, il faut que je t'avoue quelque chose. Je ne vais pas rester aux Restanques.

– Ne me dis pas que tu as l'intention de repartir en voyage ?

– Pas exactement.

– Explique-toi ! Je ne comprends pas.

– Je vais m'installer à Paris.

– Pour y travailler?

– Je l'espère.

– Avec Jérôme Guillaumin?

– Il ne peut, hélas, rien me proposer pour l'instant.

– Alors, qu'est-ce qui t'oblige à t'éloigner?

En faisant les cent pas dans le salon, Laurent poursuivit sur un ton exalté :

– Je suis tombé amoureux, sur le bateau, et je veux la rejoindre.

– Mon Dieu!

– Elle est comédienne et rentrait d'une tournée en Egypte.

Avec la sensation de traverser un mauvais rêve, Jeanne murmura :

– Quel âge a-t-elle?

– Vingt-cinq ans.

– Et elle s'intéresse à toi?

– Merci pour le compliment.

– Ne te vexe pas.

– Au début, elle préférait Jérôme.

– Et lui?

– Il avait d'autres préoccupations.

– Laurent, s'il te plaît, redescends sur terre et ne précipite rien. Ce n'est peut-être qu'un emballement.

– Tu plaisantes! C'est la femme de ma vie. Elle est belle, douce, amusante, et elle m'aime.

– Si vite!

– Oh, tu sais, à bord d'un paquebot, on a l'occasion d'être tout le temps ensemble.

– Et, actuellement, où est-elle?

– A Marseille mais je voudrais qu'elle me rejoigne. Ainsi, tu la connaîtrais.

Incapable de s'endormir, Jeanne se remémorait, au creux de son lit, les péripéties de cette journée qui ne l'avait pas épargnée. Régis... Laurent... Deux êtres pour lesquels elle se serait jetée au feu et qui, pour des raisons différentes, la trahissaient : le premier en lui en préférant une autre, le second en se souciant comme d'une guigne d'un domaine qu'elle avait tenté de sauvegarder autant pour lui que pour elle. Par la fenêtre ouverte sur la nuit, elle entendait la brise caresser le feuillage des tilleuls, et, parfois, le hululement d'un hibou. Fugitivement, elle songea à Antoine prêt à prendre tous les risques, y compris celui de se fâcher avec sa mère, pour l'épouser. Ne représentait-il pas la solution idéale puisqu'il lui proposait de veiller sur les Restanques ? Peut-être devrait-elle conclure un mariage de raison...

19

Rosalie secouait un chiffon à poussière au-dessus d'un balcon quand Laurent se présenta à Bel Horizon. Sans révéler sa présence, elle le regarda confier son cheval à un palefrenier, rajuster sa cravate puis se diriger vers la porte d'entrée.

Mado lui ouvrit puis l'introduisit dans le salon où René Verdier le rejoignit. Après lui avoir fait subir une accolade trop appuyée, celui-ci s'enquit avec un enthousiasme débordant de son périple asiatique.

– Ah, les voyages ! Si seulement j'avais pu vous imiter !

– Je vous croyais très attaché à notre région.

– J'évoquais seulement ma jeunesse. A votre âge, je rêvais de parcourir la planète. Cela doit être exaltant.

– C'est vrai.

– Ce retour précipité a dû vous décevoir.

– Non, en fin de compte, je suis heureux d'être rentré.

La déception de Verdier n'échappa pas à Laurent qui en profita pour ajouter :

– Les Restanques me manquaient.

– Votre sœur, la pauvre, y a connu bien des tracas. Il faut reconnaître que, pour une jeune fille, c'était une lourde responsabilité.

Marthe était entrée et Laurent fut averti de sa présence en respirant le parfum doucereux qu'il détestait depuis l'enfance. En se retournant, il fit face à une femme dont la chevelure trop apprêtée et le déshabillé de dentelle rose évoquaient la midinette.

– Tu as maigri, fut la première remarque de Marthe.

« Et toi, tu as vieilli », se retint de répondre son fils auquel tout semblait irréel, le décor de pacotille, l'empressement de Verdier pour son épouse et les minauderies de celle-ci.

Elle s'assit dans un fauteuil recouvert d'une vilaine tapisserie puis demanda une tasse de thé avant de remarquer :

– Tu aurais pu m'en rapporter de Darjeeling.

– Je n'y ai pas pensé, répliqua Laurent en se rendant compte qu'il avait oublié aux Restanques la petite statuette du dieu Shiva qu'il lui destinait.

– Ce n'est pas grave, tempéra René Verdier. Je t'en achèterai à Marseille, dans ce magasin anglais que tu aimes tant.

Un quart d'heure s'était écoulé depuis l'arrivée de Laurent quand Rosalie annonça au maître de maison qu'un négociant en vins demandait à le voir.

– Qu'il revienne plus tard.

– Il insiste.

– Arrange-toi, ma fille, pour qu'il nous laisse tranquilles.

La mère et le fils ne connurent aucun instant d'intimité. De ses yeux globuleux, Verdier épiait la moindre de leurs expressions et, sur un ton patelin, menait la conversation, ce que Laurent lui accordait volontiers afin de mieux comprendre son manège. Un sentiment de malaise l'habitait, inspiré par l'atmosphère et les protagonistes, mais aussi par quelque chose d'indéfinissable qui se démarquait de la réalité, l'impression que le malheur avait décidé de s'installer dans ce mas.

– Que vas-tu faire dans les prochains mois ? demandait Marthe.

– Je n'ai encore rien décidé, mentit Laurent.

– Si, un jour, vous avez besoin d'aide, proposa son beau-père, n'hésitez pas à m'appeler.

– De toutes les façons, nous devrons bientôt nous réunir avec ta sœur pour prendre des dispositions, déclara Marthe.

– Des dispositions? De quel ordre?

– Savoir ce que nous allons faire des Restanques.

– Nous? Il me semble que tu n'es plus concernée puisque tu as repris tes parts.

– Je songe à l'avenir de Jeanne.

– Il ne me paraît guère menacé, répliqua Laurent en cherchant le regard de son beau-père qui restait silencieux, mais nous reprendrons plus tard cette discussion. Je dois rentrer.

Le palefrenier avait quitté les écuries lorsque Laurent y pénétra pour reprendre son cheval. Il le tenait par la bride au moment où Rosalie le surprit.

– Tu m'as manqué, avoua-t-elle sur un ton essoufflé.

Surpris par cette déclaration, Laurent cherchait une réponse quand elle s'approcha à le toucher.

– Et toi, as-tu pensé un petit peu à moi?

– Mais oui, Rosalie, je n'ai pas oublié la Provence.

– Je te parle pas de la Provence.

D'un geste ferme, il l'empêcha de se lover contre lui.

– On pourrait nous surprendre.

– Alors, retrouvons-nous ailleurs, comme autrefois, près de la rivière, cet après-midi.

– Je ne pourrai pas.

– Et ce soir, avant que j'aille au cassoir?

– Ecoute, Rosalie, la situation a changé.

– Je te plais plus!

– Là n'est pas la question mais j'ai des projets.

– Avec une femme?

– Oui.

Le monde s'écroulait pour Rosalie qui regrettait amèrement d'avoir voulu affronter la réalité. Combien il aurait été plus confortable de prolonger la période de doute au lieu de rechercher cette vérité qui lui ôtait tout espoir, aussi infime fût-il. Un goût de nausée emplissait sa bouche tandis qu'elle reculait vers la sortie. Une autre! Des images torturaient son imagination, son cœur. Qui était-elle, cette autre, à quoi ressemblait-elle? Elle fut vite renseignée car, le lendemain, on ne parla plus que de Suzie Delorme.

Laurent l'attendait, à Brignoles, sur le quai de la gare où elle posa avec grâce un petit pied chaussé de chevreau blanc. Puis elle ouvrit une minuscule ombrelle et, avec un sourire qui aurait ensorcelé les plus irréductibles misogynes, elle lui offrit sa main à baiser.

– Comme je suis heureux de te recevoir à la maison, lui dit-il en l'entraînant vers la voiture où ils se racontèrent les épisodes plus ou moins importants qui avaient jalonné leurs quelques jours de séparation.

– Comment! Tu es allée au théâtre sans moi? s'insurgea-t-il. Avec qui?

– Serais-tu jaloux?

– Tu le sais bien.

Penché vers son oreille, il ajouta :

– Je ne veux pas qu'un autre puisse te distraire.

– Ni m'aimer en silence?

– Certainement pas!

Caressée par la lumière de septembre, la bastide avait fière allure et Laurent, qui guettait la réaction de sa maîtresse, remarqua qu'elle n'était pas insensible au lieu.

– C'est beau, murmura-t-elle en même temps qu'elle évaluait la taille des bâtiments et du parc.

Jeanne les attendait sur la pelouse en lisant un roman. « Vingt-cinq ans, s'étonna-t-elle en regardant s'approcher Suzie. Je lui en donne cinq de plus. Elle lui a sûrement menti. » Par contre, elle ne put nier que la visiteuse était ravissante. Dans un visage ovale et sous des sourcils à l'arc parfait brillaient de grands yeux dont la nuance hésitait entre le gris et le vert. Un grain de beauté marquait la commissure de sa bouche qui s'ouvrait sur des incisives légèrement écartées.

– Bienvenue aux Restanques, murmura Jeanne en continuant de détailler les fragiles épaules, la silhouette mise en valeur par une robe de mousseline bleue.

Non sans amusement, elle découvrit Apolline et Fanny qui, à demi cachées derrière un bosquet, observaient la jeune femme. Elle aurait aimé se transformer en petite souris pour écouter des commentaires qui ne devaient pas manquer de piquant.

L'heure qui s'ensuivit fut consacrée à faire plus ample connaissance et à visiter le parc.

– Vous devez vous sentir bien isolée, déclara Suzie à Jeanne quand elle eut accompli le tour du propriétaire.

– Toulon n'est pas loin.

– Tout de même, le coin manque de distractions.

– Ah, ce n'est pas Paris, rétorqua Laurent.

– C'est le moins qu'on puisse dire. On doit s'ennuyer à périr !

Agacée par ces réflexions, Jeanne abandonna le couple jusqu'à l'heure du dîner au cours duquel Suzie, sous l'œil navré d'Apolline, toucha à peine au contenu de son assiette.

– C'est trop nourrissant et trop relevé, se plaignit-elle en regardant d'une mine dégoûtée le gratin d'aubergines que lui présentait la servante.

– Notre cuisinière va être déçue. Elle avait préparé ce plat à votre intention.

– Suzie est comédienne, tempéra Laurent. Elle doit surveiller sa ligne.

Se pouvait-il que son frère fût devenu ce chien savant qui, pour séduire sa maîtresse, avait perdu toute personnalité ? La lune était pleine lorsque Jeanne monta se coucher et, par la fenêtre du couloir, elle les vit se diriger vers une tonnelle qui attendait d'abriter leurs confidences.

– Seigneur, notre pauvre petit, elle va le faire tourner en bourricot, se lamenta Apolline en apportant une carafe d'eau fraîche.

– J'en ai peur.

– Hélas, il est pincé... Plus qu'elle ! J'ai des yeux pour voir...

La chevelure retenue sous un fichu blanc, Jeanne faisait fondre du sucre lorsque Suzie pénétra dans l'atelier.

– Hum, dit-elle, son petit nez froncé de plaisir. Ça sent bon !

– Vous tombez bien. Prenez cette cuillère et tournez pendant que je verse les amandes.

– N'avez-vous pas un tablier ?

– Non.

– Je ne savais pas que vous travailliez vous-même à la fabrication, s'étonna Suzie en s'emparant de la cuillère de bois.

– Nous n'avons pas les moyens d'embaucher du personnel.

– Ce n'est pas possible ! Une propriété de cette envergure !

– Il ne faut pas se fier aux apparences. Notre situation est précaire.

A mesure qu'elle distillait ces informations, Jeanne voyait s'effacer le sourire de Suzie.

– Laurent ne vous a pas parlé de nos soucis ? insista-t-elle.

Jamais elle n'aurait imaginé qu'elle serait un jour dans l'obligation de trahir son frère mais l'enjeu était trop grave pour qu'elle n'employât pas les grands moyens. Une femme comme Suzie ne resterait pas avec un amant désargenté, de surcroît provincial et sans grandes relations.

Le soir, la comédienne eut la migraine et, le lendemain, elle se plaignit de la gorge.

– Veux-tu que j'appelle le médecin? proposa Laurent.

– Non... Non...

Malheureux, le jeune homme ne savait que faire pour la contenter tandis qu'allongée sur une chaise longue elle observait d'un regard morose le paysage.

– Jérôme nous invite à Aix, demain. Il vaut mieux refuser.

– Surtout pas, s'exclama-t-elle en se redressant à demi.

– Mais, ma chérie, si tu es fatiguée...

– Voir du monde me guérira.

Au retour de sa visite chez les Guillaumin, Suzie arborait une mine enjouée. Nicole avait chanté puis on lui avait demandé de réciter quelques poèmes.

– Je ne m'y attendais pas... mais ils ont tellement insisté.

– Tu as été merveilleuse, répétait Laurent.

– Oh, avec des gens aussi délicieux, on ne peut que se surpasser.

Jeanne, qui accordait peu d'intérêt à cet échange, sursauta lorsque Laurent déclara à son intention :

– Jérôme nous rendra visite à la fin de la semaine.

– Pourquoi?

– Parce qu'il est notre ami, répliqua-t-il, étonné par la question.

– Samedi et dimanche... Cela ne m'arrange vraiment pas.

– Ne t'inquiète pas. Nous irons chez oncle Raymond. Ils auront commencé les vendanges.

Pour pallier sa morosité, Suzie longea la rivière jusqu'au lavoir où les lavandières battaient le linge en échangeant les derniers potins. Sa venue les rendit muettes. Avaient-elles jamais vu créature plus délicate et plus jolie ? Un brin pimbêche mais, tout de même, elle leur adressa un signe de tête avant de passer son chemin.

Le murmure de l'eau et l'âcre odeur de la vase rappelaient à Suzie ses jeunes années au bord de l'Indre, un affluent de la Loire. Elle avait grandi à la lisière d'un village, dans la modeste ferme qui appartenait à ses grands-parents maternels. Chaque matin, son père partait pour l'usine de pâte à papier. Quand le vent soufflait de l'est, la petite fille entendait la cloche qui ponctuait les arrêts et les reprises du travail. Il en rentrait harassé et mangeait sa soupe sans prononcer un mot pendant que sa femme lui reprochait de ne pas savoir gagner davantage d'argent. Cette obsession devint celle de la petite Suzanne quand elle aperçut la nouvelle châtelaine et ses filles en robes de dentelle et chapeaux disparaissant sous les plumes d'autruche et les fleurs. Ses sabots pesèrent des tonnes à ses pieds et elle eut honte de ses vêtements délavés par de multiples lessives.

A force d'entendre sa grand-mère lui répéter qu'elle était jolie comme un cœur, elle le crut et, dès qu'elle fut pubère, les garçons se chargèrent de l'en convaincre. Néanmoins, il lui fallut attendre ses dix-sept ans pour être remarquée, lors de la kermesse paroissiale, par un chapelier de Tours qui accompagnait son épouse confite en dévotion. Il profita des faveurs de Suzanne tout comme elle profita de son portefeuille mais quand, au bout de quelques mois, elle lui demanda de l'aider à s'enfuir, il eut peur. Toutefois, désespéré par l'idée qu'elle pût le quitter, il l'installa à Paris où il lui rendit visite jusqu'à ce qu'elle le remplaçât par un plus riche protecteur.

Suzanne devint Suzie. Elle habita, rue d'Anjou, dans un appartement aux lourdes tentures et aux multiples miroirs. Son but n'était cependant pas atteint. Pour monter sur une scène de théâtre, elle était prête à tout. Une femme plus âgée l'y aida avec laquelle elle vécut pendant trois ans. Son nom trouva une petite place sur les affiches mais la guerre contraria ce début de carrière. N'écoutant que son intuition, Suzie quitta la France pour l'Italie puis la Turquie avant d'échouer au Caire où elle joua régulièrement la comédie. Elle en rentrait quand son chemin croisa celui de Laurent dont la jeunesse la changeait des barbons qui s'étaient succédé dans son lit.

Un bruit attira son attention. Au détour de la rivière, une silhouette féminine sortait de l'eau. Avant que celle-ci ne s'emparât d'une serviette, Suzie eut le temps d'apercevoir les seins lourds aux mamelons dressés, les hanches un peu trop larges et le ventre renflé au-dessus du pubis. Pendant qu'elle commençait de s'essuyer, Suzie l'observa, retrouvant dans ce rite le sien propre quand elle cherchait au contact de l'eau à se laver de ce qu'elle jugeait déplaisant dans son existence. Les aboiements d'un chien signalèrent sa présence. D'un geste rapide, la baigneuse s'enveloppa dans le linge.

– Vous ne pouvez pas rappeler votre animal ? lança Suzie, apeurée.

– Il est pas à moi !

Le chien continuait de gronder en montrant les crocs autour de Suzie qui n'osait ébaucher le moindre mouvement.

– Allez, va-t'en, lui ordonna Rosalie en s'approchant, une petite branche dans la main.

Il finit par s'éloigner après s'être plusieurs fois retourné.

– Merci, dit Suzie avant d'ajouter : Depuis que j'ai été mordue, je ne suis pas tranquille.

– Vous êtes nouvelle dans le coin ?

– Oh, je suis seulement de passage. J'habite les Restanques.

En un éclair, Rosalie comprit qu'elle se trouvait face à celle qui lui avait volé Laurent. La blessure s'avérait d'autant plus cruelle que la jeune femme symbolisait tout ce qu'elle aurait rêvé de devenir : belle, élégante, moderne et féminine.

Aurait-elle soupçonné qu'au même instant Suzie lui enviait ce qu'elle avait perdu : la liberté d'être elle-même ? A force de s'être fabriqué un personnage susceptible de séduire tout un chacun, la comédienne ne parvenait plus à démêler le faux de l'authentique et son retour en France rendait plus aiguë cette évidence. Elle savait, pourtant, que jamais elle ne ferait marche arrière. L'odeur de l'argent collait à sa peau et, plus encore, le désir de ne plus être une anonyme, une pauvre fermière qui aurait vécu dans l'ombre d'un brave garçon sans ambition avec, en supplément, une ribambelle de gamins à nourrir.

– Vous devriez vous vêtir, murmura-t-elle à Rosalie. Vous avez la chair de poule.

« Pourquoi fait-elle cette tête tout à coup ? Je ne lui ai rien dit de désagréable », s'étonna-t-elle en regardant s'éloigner la jeune fille.

20

Les trois coups frappés à la porte par Apolline sortirent Jeanne d'un sommeil chaotique. A peine eut-elle recouvré ses esprits qu'elle songea à René Verdier. Depuis deux jours, elle avait eu la confirmation qu'il avait intensifié sa campagne de médisance dans les confiseries des alentours en répandant des propos fielleux sur son amateurisme et la prochaine faillite des Restanques.

– Il finira par se lasser, avait déclaré Laurent quand elle l'eut informé des derniers agissements de leur beau-père.

– Enfin, Laurent, sois un peu réaliste ! C'est en ce moment que je dois prendre des commandes !

– Et alors, ta clientèle ne grossit-elle pas davantage chaque semaine ? Regarde : les pages de ton carnet sont noircies par les dates des livraisons à venir.

– Pourras-tu, un jour, comprendre que je sois fatiguée d'être injustement accusée d'incompétence, que je sois fatiguée de tenir ce domaine à bout de bras ?

– Ne t'énerve pas.

Sans écouter son discours, elle était sortie, marchant à l'aveuglette et donnant des coups de pied dans les cailloux ou les mottes de terre qui jalonnaient son chemin. Tout avait peu à peu perdu sa signification, y compris sa relation avec son frère, devenu un étranger.

Alors qu'elle se préparait ce matin, son état d'esprit n'avait pas changé. Avec des gestes d'automate, elle se vêtit puis, après un rapide petit déjeuner, gagna l'atelier où elle travailla jusqu'à onze heures trente. Fanny, cette année, ne l'aidait presque plus et tourner sans relâche la cuillère de bois pour mélanger les ingrédients rendait son bras douloureux. Après le repas, elle s'accorderait une sieste sous les tilleuls dont elle entendrait le feuillage frissonner au-dessus de sa tête.

– Monsieur Guillaumin est dans le salon, l'avertit Apolline quand elle regagna la bastide. Il y attend Laurent et... la dame lui tient compagnie.

– Mon Dieu, j'avais oublié!

A pas de loup, elle s'engagea dans l'escalier. Dans sa chambre, le miroir lui renvoya l'image d'un visage creusé, fatigué. Un instant, elle hésita à se déclarer malade et à demeurer enfermée dans une douillette retraite. Mais elle se ressaisit et, après s'être lavée à l'eau froide puis frictionnée énergiquement, passa en revue le contenu de sa garde-robe pour s'arrêter sur un ensemble de grosse soie champagne.

A son arrivée, Jérôme se leva.

– Bonjour, Jeanne.

– Bonjour, répondit-elle en rougissant.

Evitant son regard, elle se tourna vers Suzie qui, son fume-cigarette à la main, l'observait. Avec la désagréable impression que celle-ci avait capté sa gêne, Jeanne s'assit dans le premier fauteuil venu.

– Savez-vous où se trouve Laurent?

– Chez votre oncle, répondit Suzie. Les vendanges lui font oublier que j'existe. Grâce à Dieu, notre ami est arrivé pour me distraire.

– Moi aussi, j'apprécie les vendanges, l'interrompit Jérôme, et j'ai bien l'intention d'y participer.

– Vous voici, mon cher, revenu à des préoccupations bien françaises, remarqua la comédienne.

– J'aime notre région, nos traditions, notre savoir-faire! Plus je voyage et plus j'y suis attaché.

Pendant qu'il parlait, Jeanne gommait le souvenir qu'elle avait gardé pour le découvrir dans la réalité d'aujourd'hui, imprégné de tous ces mois écoulés sous d'autres cieux. Dans son visage bruni par le soleil, le regard révélait un insatiable désir de découverte et une sérénité que confirmaient des traits énergiques et harmonieux. La force qui l'habitait n'avait pas besoin de s'exprimer. Elle était là, évidente, rassurante. Si Jeanne avait toujours trouvé Jérôme séduisant, elle admettait que sa beauté dépassait la simple apparence physique.

– Nicole m'a appris que vous étiez muté à Paris, murmura-t-elle.

– Au Muséum du Jardin des Plantes. J'en rêvais !

– Je vous y rendrai visite, promit Suzie.

Pendant que Jeanne se reposait, Laurent et Jérôme firent l'inspection du parc.

– Ma sœur a tenu parole. Elle s'est bien occupée de mes simples, remarqua Laurent devant son jardin médicinal.

– N'a-t-elle pas fait beaucoup plus en se dévouant pour le domaine ?

– Si, bien sûr.

– Et crois-tu que ce soit une bonne idée de t'en aller à Paris ?

– Je n'ai pas le choix !

– Pourquoi ?

– Si je ne suis pas auprès de Suzie, elle m'oubliera.

– Vaut-elle que tu te fasses tant de soucis ?

– Ecoute, Jérôme... Si elle ne correspond pas à ton genre de femme, tout le monde n'est pas obligé de partager ton avis...

– Réfléchis tout de même. Ce serait triste de sacrifier les Restanques à un amour qui peut durer comme s'essouffler.

– Je n'ai pas envie d'être raisonnable.

Chez les Delestang, les vendanges s'accomplissaient dans la bonne humeur. Disséminés à travers les vignes, des journaliers, depuis le début de la matinée, libéraient les ceps de leurs grappes lourdes de soleil et de promesses pour les déposer dans des seaux que d'autres saisonniers vidaient dans un banaston. L'épaule gauche protégée par un coussinet, les « banastonniers » emportaient ensuite le précieux récipient jusqu'à la « cornue » qui au bout de chaque rangée attendait le passage des charrettes.

Habillé d'une vieille chemise et d'un pantalon maculés de moût, Laurent tassait avec précaution les grappes à l'aide d'une grosse branche tandis que Michel se contentait de donner des ordres.

– Attention... tu verses trop vite, disait-il à un jeune garçon qui cherchait à faire du zèle.

Partout, les chansons éclataient, accompagnées de plaisanteries et de rires. Qui n'aurait honoré le vin futur ? Symbole de vie et ambassadeur des plaisirs, on l'accueillait chaque année avec une inaltérable ferveur. Sécateur en main, Jérôme s'était joint aux vendangeurs. Le soleil dorait la campagne mais un vent léger rendait supportable la chaleur. Penché sur sa tâche, il se souvenait, dans un miroitement d'images colorées, d'un après-midi semblable à celui-ci quand, à Cassis, chez son grand-père, il accomplissait le même geste. Il avait douze ans et, déjà, tout ce que secrétait la terre l'enthousiasmait. A l'instant même, il en humait l'odeur. Qu'existait-il de plus intense que cette sensation d'appartenir à un monde regorgeant de trésors ? Pour calmer sa soif, il croqua quelques grains qui, éclatant dans sa bouche, l'inondèrent d'une saveur tiède et capiteuse. Plus loin, une femme massait son poignet endolori pendant que son enfant tirait un pan de sa jupe fleurie. Fatiguée par le manège, elle le bouscula sans ménagement, ce qui entraîna un torrent de larmes. Avec la fin de la journée, le va-et-vient des charrettes s'intensifiait et, voyage après voyage, le butin prenait le chemin du fouloir. Obligés de lutter perpétuellement contre les guêpes, vendangeurs et vendangeuses continuaient, malgré leur fatigue, d'actionner leurs sécateurs. Grâce à la science de l'homme et à l'alchimie du temps, les fruits se transformeraient bientôt en ce breuvage qui, depuis l'Antiquité, enivrait les sens. Il vieillirait dans de grands fûts avant d'emplir des bouteilles qui, au gré des circonstances, rappelleraient aux convives qu'à Entrecasteaux on savait honorer le dieu Bacchus. L'heure de s'arrêter venue, chacun s'épongea le front et les gourdes d'eau circulèrent. Un groupe de fillettes s'approcha d'une « cornue » emplie de grappes noires. Il y eut la bataille de deux grands chiens puis le calme revint, juste interrompu par le sifflement d'une locomotive. Jérôme étira ses membres fourbus et, après avoir remis de l'ordre dans ses vêtements, prit le chemin de la demeure où les attendait Angélique, prête à partir.

– Ma nièce doit se demander si nous n'avons pas oublié son invitation à dîner!

Il y avait plusieurs semaines que Jeanne n'avait reçu aux Restanques et veiller sur les préparatifs du dîner mobilisait, depuis l'après-midi, son attention.

Une table avait été dressée à l'ombre d'un grand chêne et, sur la nappe d'organdi blanc, elle disposa, autour de lourds candélabres en argent, des assiettes en porcelaine où s'épanouissaient de délicats motifs floraux, puis elle coupa des dahlias dont elle composa un bouquet. Une fébrilité l'habitait tandis qu'elle vérifiait qu'aucun détail ne manquait mais aussi une joie toute nouvelle. Etait-ce de rendre vie à la bastide? Etait-ce de retrouver l'atmosphère qui, lorsqu'elle était enfant, donnait aux soirées de réception une saveur particulière?

Vêtue de sa plus jolie robe de chambre, elle suivait

alors Apolline et plaçait avec précaution les couverts à l'endroit que lui désignait la servante. Son père et sa mère s'habillaient à l'étage et, bientôt, se présenteraient les premiers invités. Cachée derrière une plante, elle les regardait pénétrer dans le vestibule. Un ami de ses parents avait droit à sa ferveur. Il s'appelait Louis Berthoux et elle s'était mis en tête de l'épouser. Peu importait qu'il eût déjà une femme et trois garçonnets ! De tous ses yeux, elle l'observait tandis qu'il plaisantait avec Robert Barthélemy et des images de valse langoureuse emplissaient suffisamment son imagination pour qu'elle fût cramoisie quand, timidement, elle le saluait.

Le souvenir de cet engouement la faisait aujourd'hui sourire. Si elle le revoyait, tel qu'il lui était apparu, il ne correspondrait certainement plus à son goût. Un oiseau se posa près d'une assiette à pain, suivi d'un autre. Elle les chassa puis gagna la cuisine où Fanny ajoutait de l'ail au gigot qui marinait dans les épices et le vin. Une tarte aux myrtilles refroidissait sur une table, à côté d'une fougasse piquée de lardons. Sur le fourneau, l'huile d'olive chauffait avant que n'y fussent jetées les aubergines coupées en rondelles.

– Hum, remarqua Jeanne, nous n'aurons pas à rougir devant tante Angélique.

– Que vous êtes mauvaise, répliqua Fanny qui ne supportait pas que ses compétences fussent comparées, encore moins avec le savoir-faire de sa cousine, cuisinière chez les Delestang.

Le repas touchait à sa fin et aucune fausse note ne s'y était glissée. De sa place, Jérôme voyait les fenêtres illuminées de la bastide se refléter dans l'étang au bord duquel les crapauds entamaient leur symphonie nocturne. Dans le halo des bougies, le visage de Jeanne s'offrait à son regard. Radieuse, elle plaisantait à mi-voix avec Michel qui sortait un cigare de son étui. Conversant avec Angélique Delestang, Suzie, dans un geste de propriétaire, avait noué ses doigts à ceux de Laurent. Face à la tournure que prenaient les événements, Jérôme s'en voulait presque de n'avoir pas répondu aux avances de la jeune femme pendant la traversée. Contrairement à Laurent, il aurait su ne pas s'en amouracher et l'aurait quittée dès leur arrivée à Marseille. Il pourrait encore agir; les regards qu'elle lui lançait en disaient long sur sa déception de ne pas l'avoir séduit mais l'amitié qui le liait au garçon l'empêchait d'employer les grands moyens. Même pour le sortir d'un piège, il se sentait incapable de le faire souffrir. Au loin, tintèrent les cloches de l'église.

– Il est temps de se coucher, déclara Raymond Delestang qu'une journée de vendanges avait épuisé.

Après avoir accompagné le couple jusqu'à la voiture, Jérôme se dirigea vers une arche de pierre qui dominait la vallée. A ses pieds, Cotignac offrait ses lumières. Il aperçut Sylvie, Laurent, Suzie et Michel qui se dirigeaient vers la pergola. La comédienne avait glissé son bras sous celui de son amant et, à son rire, Michel joignait le sien. Dans le ciel, les étoiles s'inscrivaient : incapable de résister à leur mystère, Jérôme donna libre cours à son imagination. Un bruit de pas le fit se retourner. Jeanne venait dans sa direction.

– Où sont les autres ? demanda-t-elle.

– Vous les trouverez sous la pergola.

A l'inverse de ce qu'il attendait, elle s'assit sur un muret et, en silence, à ses côtés, se laissa envelopper par cette nuit de septembre qui annihilait toutes les tensions.

– Depuis mon retour en France, je ne parviens pas à m'endormir, avoua Jérôme. J'ai besoin d'écouter le sommeil de nos campagnes, d'entendre des bruits familiers.

Après une courte pause, il ajouta :

– J'ai vu le travail que vous avez accompli, l'état des cultures, les soins prodigués à vos oliviers, aux amandiers. Bravo.

– Par certains côtés, la chance était avec moi. Il n'y a eu ni gel, ni grêle, ni violent orage.

Pour elle-même, elle ajouta :

– Les tempêtes familiales suffisaient.

Il ne répondit rien et elle lui en fut reconnaissante.

– Une étoile filante, remarqua-t-il.

– Vous devez faire un vœu.

– Un vœu ! Je ne saurais le départager de tous les autres !

-- Avez-vous tant de désirs ?

– Quelques-uns.

– Lesquels, par exemple ?

– Comme vous êtes curieuse !

Il aima son rire. L'obscurité masquait ses traits mais il la sentait proche et attentive. Dans un geste irréfléchi, il posa sa main sur son bras.

– Vous êtes glacée, s'étonna-t-il.

Sans écouter ses protestations, il ôta sa veste pour la déposer sur ses épaules. Puis ils revinrent lentement vers la maison. Pour la première fois depuis longtemps, Jeanne se sentait en paix.

Alors qu'ils allaient se quitter, il murmura :

– Laurent voudrait me montrer, demain, le terrain que vous possédez près de La Ciotat. Venez avec nous.

– Je n'y suis pas allée depuis une éternité mais pourquoi pas !

Pouvait-il imaginer qu'elle l'aurait suivi n'importe où ? Dans sa chambre, elle s'allongea sur son lit et, avec affolement, admit qu'elle était amoureuse. Sinon, comment expliquer cette étrange sensation de fièvre et de froid, cette envie de rire et de pleurer, comment expliquer l'émoi qu'elle éprouvait de le savoir au bout du corridor ? Et lui ? Au plus loin que remontaient ses souvenirs, rien ne laissait supposer qu'il lui portât un quelconque intérêt. Quelle était sa vie ? Sur ce sujet, Laurent s'était toujours montré discret. Jusqu'à l'aube, elle échafauda des plans, espérant et doutant, voulant et craignant les bouleversements qu'occasionneraient des sentiments partagés.

« Je suis folle, mais c'est délicieux », s'avoua-t-elle en se rendant compte qu'elle s'était couchée avec ses vêtements.

21

Ignorant La Ciotat, ses joies balnéaires et ses chantiers navals, l'automobile, conduite par Jérôme, prit le chemin des calanques.

– Ralentis, nous arrivons, lui dit Laurent. Voilà, c'est ici, arrête-toi.

En descendant du véhicule, Suzie s'exclama :

– Mais c'est à pic... Nous n'allons pas descendre jusqu'en bas !

– Ne t'inquiète pas, ma chérie. Je te porterai.

Agacé, Jérôme s'était engagé dans une sente, suivi de Jeanne, habillée et chaussée pour la circonstance. Les aiguilles de pin crissaient sous leurs pas et ils faisaient attention de ne pas buter sur une souche ou des cailloux tandis qu'ils approchaient de la mer. Un va-et-vient d'oiseaux les accompagnait ; guêpiers, fauvettes, mouettes, faucons hobereaux volaient d'arbre en arbre, à la recherche d'une pitance. S'arrêtant à maintes reprises, le botaniste observait la flore.

– Tu as raison, Laurent, c'est un bel endroit pour créer un jardin.

– Créer un jardin ! Ici, loin de tout ? s'exclama Suzie que le jeune homme avait hissée sur son dos.

– Tu ne m'avais pas parlé de ce projet, s'étonna Jeanne.

– J'y ai pensé pendant que nous étions aux Indes.

Bien entendu, il faudrait que tu me donnes ton accord.

Hérité de leur père, le terrain leur appartenait à tous les deux. Jeanne en avait presque oublié l'existence mais à le découvrir, aujourd'hui, dans la lumière d'une fin d'été, secret et caché, elle aussi se prenait à imaginer ce qu'il pourrait devenir, à condition de s'en donner les moyens.

– Ce serait l'œuvre de toute une vie, disait Laurent.

– Et le trou d'un portefeuille, l'interrompit Suzie. A-t-on idée de se ruiner pour planter des arbres alors qu'il y a tant de choses à faire ! Mais, sois averti, jamais plus je ne viendrai me promener dans cette garrigue.

Laurent ne répliqua pas, néanmoins Jeanne comprit qu'une part de son rêve venait de s'écrouler. Pour se soustraire aux bêtises que débitait Suzie avec une étourdissante maestria, elle poursuivit sa descente jusqu'à la plage de galets puis, ôtant ses chaussures, trempa ses pieds dans l'eau.

Jérôme, quant à lui, poursuivait son observation des lieux, jaugeant la qualité du sol de poudingue, celle des chênes et des pins d'Alep, des arbousiers et des mimosas. Il en vérifia l'orientation par rapport aux vents et aux pluies, la quantité d'ensoleillement selon les saisons.

– Il y aura un gros travail de défrichage et de terrassement, dit-il à Jeanne quand il l'eut rejointe.

– Vous en parlez comme si la décision était prise.

– Il faut croire aux projets pour qu'ils se réalisent.

– Je ne pense pas que Laurent soit aussi déterminé que lorsqu'il vous en a parlé pour la première fois.

– C'est passager.

– Je n'en suis pas certaine.

– Quelques semaines à Paris lui ouvriront les yeux et, alors, il reviendra à ses premières amours, celles qui ne le décevront jamais.

Oubliant presque la présence de Jeanne, il ajouta :

– Qu'existe-t-il de plus exaltant que de créer un espace de lumière, de poésie et de liberté qui conservera les traces de notre tentative, longtemps après que nous aurons disparu ? Les arbres, les fleurs, les plantes ne trahissent jamais et, s'il arrive qu'ils ne tiennent pas leurs promesses, nous en sommes, par manque d'attention ou de soins, les fautifs. J'aime les découvrir, les comprendre, les apprivoiser et les regarder croître. J'éprouve, alors, la sensation magnifique de dialoguer avec la vie. Tout est contenu dans le monde végétal, naissance, mort, renaissance. Le servir est une grande leçon de patience et d'humilité car ce que nous pensons connaître n'est jamais définitif.

– Quelle va être votre mission au Muséum ?

– Travailler sur les orchidées. J'en ai d'ailleurs rapporté plusieurs espèces de notre voyage, que je compte planter, chez mes parents, dans la serre.

– Je la connais.

– Ah oui ?

Elle raconta les dix-huit ans de Nicole et son long tête-à-tête avec l'univers qu'il avait laissé derrière lui.

– Allez-vous revenir de temps en temps ?

– Je l'espère, d'autant que j'ai commencé de restaurer une vieille maison, pas très loin d'ici. A la mort de mon grand-père, personne n'en voulait. Elle était trop isolée et dans un état déplorable. Je me suis dévoué, conclut-il en riant.

Le soleil s'étant coulé derrière un rocher, l'ombre s'étendit sur la crique.

– Ils ont dû regagner la voiture, remarqua Jérôme en ne voyant plus leurs compagnons.

– J'ai promis à Suzie que nous irions jusqu'au port de Cassis, leur cria Laurent dès qu'il les aperçut. Elle a envie de voir du monde.

– Excellente idée, renchérit Jérôme en se glissant derrière le volant.

Les vendanges battaient leur plein le long des coteaux qui surplombaient la ville dont un vin fruité portait le nom. Combien de vacances privilégiées Jérôme n'avait-il connu dans une demeure entourée de vignobles et bénie des dieux ! Avec sa sœur, ses cousins et une bande d'enfants qu'il retrouvait chaque année, il avait escaladé les coins et les recoins des calanques, navigué sur les flots et rêvé de devenir un aventurier, pirate de préférence. De ces jours heureux, il gardait le souvenir des grandes tranches de pain arrosées d'huile d'olive, des visites au potager au cours desquelles son grand-père le familiarisait avec les légumes et les aromates. L'odeur de la menthe l'étourdissait. Il raffolait aussi du basilic et de la coriandre. Le nez dans les melons, il en humait la maturité et croquait à pleines dents dans les tomates qui ne nécessitaient aucun ingrédient pour être délicieuses. C'était là qu'il avait connu ses premiers émois amoureux, tout d'abord avec une cousine plus âgée et peu farouche, puis avec Anita, la fille du métayer. Elle était jolie mais, surtout, elle l'adorait. Semant les autres, ils couraient se cacher dans une cahute et s'y prodiguaient des caresses qui aiguisaient leur insatiable curiosité. Anita avait une voix un peu rauque, des taches de rousseur et des jambes de gazelle. Il aimait ses seins ronds, le goût de sa peau et le naturel avec lequel elle se donnait. Aujourd'hui encore, il entendait son rire lorsqu'elle refusait de lui avouer qu'il lui avait manqué.

Sur le port, des badauds flânaient en regardant les pêcheurs étaler leurs filets sous l'œil aiguisé des chats qui attendaient le moment propice pour chaparder. Le marchand de guimauve avait vieilli mais Jérôme n'eut aucun mal à le reconnaître derrière son étal qui répandait des odeurs de sucre et de fruits.

– Asseyons-nous là, proposa-t-il en s'arrêtant devant le café où, à la sortie de la messe, il buvait avec ses parents une grenadine en grignotant des olives.

Alors qu'ils s'installaient à la terrasse de l'établissement, Jeanne éprouva de la gêne. C'était là qu'elle avait, à plusieurs reprises, l'hiver dernier, déjeuné avec Régis et, de sa chaise, elle apercevait l'hôtel qui avait abrité leurs escapades.

– Si nous commandions des moules et des clovisses, disait Jérôme à la cantonade.

Le ciel virait au rose. Des ruelles voisines parvenaient les bruits du crépuscule et, sur le terre-plein, des enfants jouaient à la marelle et à saute-mouton. Une gorgée de vin blanc inonda la bouche de Jeanne d'une saveur glacée. Son regard croisa celui de Jérôme puis se fixa sur les touristes qui débarquaient d'un bateau de croisière. Au fur et à mesure que tombait le jour, les éclairages donnaient au petit port une allure théâtrale. Une opérette aurait pu s'y dérouler. Jeanne imaginait une jeune fille amoureuse d'un contrebandier et luttant contre sa famille qui voulait la marier à un brave vigneron. Dans un déballage de panières et d'agrumes, elle voyait le chœur des maraîchères exhorter la belle à devenir raisonnable.

Une bouillabaisse suivit les coquillages. Baudroie, rascasse, saint-pierre, girelle, pageot et d'autres poissons de roches avaient bouilli dans une sauce composée d'oignons, de tomates et d'herbes. Son fumet emplissait les narines des convives et Suzie, pour une fois, ne rechigna pas devant son assiette.

Jeanne déplorait néanmoins qu'elle ne cessât de parler de tout et de rien. Comment Laurent pouvait-il supporter un tel verbiage et une telle affabulation ? Pour un esprit cohérent, il était évident que, dans toute situation, elle se distribuait le beau rôle. Néanmoins, elle dressa l'oreille quand, Jérôme ayant quitté la table, la comédienne demanda à Laurent :

– Crois-tu qu'il est impatient de revoir cette femme à Paris dont tu m'as parlé ?

– Sans doute.

– Elle l'a pourtant rendu très malheureux !

– Je pense qu'il l'aime toujours.

Une épine s'enfonçait dans le cœur de Jeanne. De

qui s'agissait-il ? Jusqu'à la fin de la soirée, elle guetta les réactions de Jérôme mais il semblait détendu.

– Pourquoi ne resterais-tu pas à la maison encore un jour ou deux ? lui demanda Laurent au moment où ils partaient.

– J'ai promis à mes parents, qui me reprochent d'être un courant d'air, de leur tenir compagnie. Je dois aussi accompagner Nicole à une réception affreusement ennuyeuse. Alors, ne m'en veux pas : je quitterai les Restanques, comme nous l'avions prévu, demain matin.

Jeanne aimait à se lever tôt pour s'accorder le plaisir de prendre son petit déjeuner sans se presser. Rien ne lui plaisait davantage que ces moments où elle renouait en douceur avec l'activité. Souvent, elle emportait son plateau sur la terrasse où elle écoutait gazouiller les oiseaux en regardant se dissiper les brumes. La fraîcheur du matin ne ressemblait à aucune autre. Aujourd'hui, elle en respirait le suc tandis que, lové contre elle, le chat de la maison attendait, paupières mi-closes, les lampées de lait qu'elle avait l'habitude de lui donner.

– Me permettez-vous de m'asseoir ?

En reconnaissant la voix de Jérôme, elle sursauta.

– Je rentre de promenade, expliqua-t-il.

– Déjà !

– Quand j'en ai la force, j'assiste au lever du soleil.

– Voulez-vous du café ?

– Je vais le chercher et vous rejoins.

Tout était si naturel, lui, elle, devisant en ce lieu qui lui donnait tant de joies et de tourments. Pourtant, dans quelques heures, il s'éloignerait et sans doute oublierait-il, dans ses multiples tâches, qu'aux Restanques ils s'étaient davantage connus. Attentive, elle l'écoutait évoquer l'ailleurs, le lointain, ces contrées qui l'attiraient et dont il parlait avec chaleur.

– Allez-vous continuer à voyager ?

– Dans l'immédiat, je ne le crois pas mais je m'évaderai en imagination. Ce n'est pas mal, vous savez...

– Je n'en doute pas, seulement je ne peux me le permettre. Ce serait, dans ma solitude, la porte ouverte à des fuites qui seraient plus attrayantes que la réalité.

– Elle est pourtant belle, cette réalité qui nous entoure.

– Vous trouvez?

– Je vous l'ai déjà dit, ce domaine est magnifiquement tenu.

– Dans quel but, je me le demande! Tout comme je me demande pourquoi je consacre mes plus belles années à vivre ici, en marge des conventions et loin de toute animation.

– Vous poursuivez un rêve, le vôtre, celui qui donne une signification à votre existence. Il y a deux solutions, Jeanne, celle de vivre dépendante des autres et de ce qu'ils peuvent vous octroyer et celle de vivre pour vous-même. Ce que vous accomplissez, en ce moment, vous appartiendra à jamais.

– Vous vous trompez. Les Restanques n'ont jamais été aussi menacées!

– Soit, mais vous bâtissez votre propre expérience. Ce que vous affrontez, jour après jour, vous insuffle une force qui ne vous trahira jamais.

– J'aimerais vous croire mais j'ai l'impression d'être au creux de la vague.

En même temps qu'elle avouait son découragement, elle s'en voulait de lui offrir cette image de vulnérabilité mais elle avait besoin d'évoquer ce poids qui l'oppressait. Oubliant tout jeu de séduction, elle livrait ce qu'elle possédait de plus intime, de plus secret, cette nostalgie d'un paradis perdu et ses espoirs amputés.

– Venez, lui dit-il simplement.

Ils se levèrent puis, délaissant le parc, se dirigèrent vers les oliveraies en terrasses dont les arbres, après avoir fleuri au mois de juin, se couvraient de fruits qu'on allait bientôt cueillir pour la table.

– Connaissez-vous ce proverbe latin ? demanda Jérôme : « En labourant légèrement autour d'un olivier, on le prie de produire ; en le fumant, on l'en supplie ; en le taillant, on l'y contraint. »

– Sans le connaître, je lui ai toujours obéi. Mais, malheureusement, vous ne verrez pas nos plus beaux spécimens. Ils appartiennent maintenant à notre voisin, souligna Jeanne qui ne se résolvait pas à dire « beau-père ».

– J'ai su, par Laurent, ce qui s'était passé.

Sans parler, ils continuèrent d'avancer au milieu des arbres dont le feuillage s'irisait sous les rayons du soleil. Dans les champs alentour, les journaliers commençaient leur travail. Spontanément, Jeanne se rapprocha du botaniste. Elle avait besoin de sa force et de ses encouragements. L'éphémère sensation de ne plus être seule l'habitait.

– Jérôme, murmura-t-elle, je suis contente que vous soyez venu jusqu'ici.

– J'ai bien l'intention de recommencer.

– C'est vrai ?

– En doutez-vous ? répliqua-t-il en glissant son bras sous le sien.

22

Le départ de Jérôme fut rapidement suivi par celui de Suzie. Laurent l'accompagna jusqu'à Marseille où il passa la nuit auprès d'elle avant de la mener jusqu'au train pour Paris.

– Ne tarde pas à me rejoindre, lui cria-t-elle de la fenêtre du compartiment.

– Je te le promets mais toi, jure-moi que je te manque déjà.

En guise de réponse, elle lui envoya un baiser.

En quittant les lieux, Laurent ressentit un grand vide, une amputation. Plus rien n'avait de sens ni de saveur et rentrer aux Restanques où ne résonnerait plus la voix de sa maîtresse lui faisait presque horreur.

– Maman demande à nous voir demain, l'avertit Jeanne lorsqu'il la rejoignit pour le dîner.

– Que nous veut-elle ?

– Elle a entendu parler de Suzie.

– Qu'elle me fasse une seule réflexion et...

– Ah, vous voilà, s'exclama Marthe qui, dans le jardin, terminait de boire un café en compagnie de son mari.

– Je m'éclipse, déclara René Verdier après avoir salué ses beaux-enfants.

– Mais non, reste.

– Vous avez raison, monsieur, de vouloir nous laisser discuter seuls avec notre mère, s'interposa Jeanne.

Etonné par la froideur et la fermeté du ton, le couple se regarda avant que René ne murmurât :

– Eh bien, à tout à l'heure.

Avec des gestes agacés, Marthe repoussait la guêpe qui tournait autour de sa chaise.

– Plus tu bougeras et plus elle te harcèlera, souligna Laurent.

– Je ne vais tout de même pas me laisser piquer !

Il fallut entrer dans la maison et se réfugier dans le salon où flottait une odeur de tabac froid.

– Je vous ai convoqués pour connaître vos intentions, commença Marthe. Il paraît, Laurent, que tu as invité une jeune femme aux Restanques.

– C'est exact.

– Trouves-tu cette situation convenable ?

– Je ne me suis pas posé la question.

– J'imagine qu'elle ne doit pas avoir une grande importance à tes yeux, si tu n'as pas jugé bon de me la présenter.

– Pourquoi ne pas imaginer le contraire ?

En silence, Jeanne observait l'effet de cet échange sur sa mère qui, décontenancée, ne savait à quoi se rattraper. Son manque d'intelligence la poussa à choisir le discours moralisateur, le dernier à tenir.

– Ce ne peut être qu'une poule pour s'installer chez un garçon comme elle l'a fait. J'ai su aussi qu'elle était beaucoup plus âgée que toi.

– Qui te donne des renseignements aussi mensongers ?

– J'ai mes informateurs.

– Pour la véracité de leurs dires, tu devrais en changer.

– Je ne partage pas ton avis mais parlons plutôt de votre avenir à tous les deux. Il est temps de prendre une décision avant que vous ne soyez l'un et l'autre complètement ruinés. De plus, Jeanne ne peut continuer à vivre seule. C'est de la dernière indécence et les gens jasent. Comment trouvera-t-elle un mari ?

– Cela ne concerne que moi, s'exclama la jeune fille.

– Mais non... ! Si ton frère et toi, vous n'avez plus un sou... qui vous entretiendra ? René ?

– Parlons-en, de ton mari, répliqua Jeanne à bout de patience. Tout ce qu'il attend, c'est de racheter, pour une bouchée de pain, les Restanques. Il n'y a que toi pour ne pas voir clair dans son manège. Crois-tu qu'il t'a épousée par amour ? Crois-tu qu'il vit avec toi par plaisir ?

– Comment oses-tu ? Je t'interdis... !

– Sais-tu seulement ce qu'il fomente derrière ton dos ? Sais-tu seulement que, depuis des mois, il essaie de dénigrer mon travail auprès de mes clients pour m'acculer plus vite à la faillite ?

– Ma pauvre fille, tu es devenue folle. René ne pense qu'à votre bien.

– Bien sûr !

Jeanne vit que les mains de sa mère tremblaient et elle-même avait du mal à reprendre son souffle. Comment étaient-ils tous trois parvenus à prononcer de telles paroles ?

Le regard égaré, Marthe s'écria :

– En réalité, vous n'acceptez pas de me voir heureuse ! Vous auriez voulu que je pleure votre père jusqu'à la fin de mes jours et, pour me punir, vous inventez des horreurs !

L'effort qu'elle avait accompli pour affronter Jeanne et Laurent s'étant évanoui, elle pleurait à gros sanglots.

– Je ne veux plus vous voir, plus jamais, et ne venez pas réclamer de l'aide quand vous en aurez besoin.

Ebranlé par la scène, Laurent cherchait secours auprès de sa sœur qui elle-même était désemparée.

– Maman, murmura-t-elle, essaie de comprendre.

– Ne me touche pas, se défendit Marthe alors

qu'elle posait une main sur son épaule, et va-t'en... Oui, partez.

– Ce pugilat ne nous a guère avancés, soupira Laurent quand ils furent rentrés.

– Qu'espérais-tu ?

– Un début de dialogue mais, tu as raison, j'étais naïf, stupide.

Tout en parlant, il alluma une cigarette dont il aspira une longue bouffée.

– Maman a néanmoins raison. Il va falloir prendre une décision. Tu ne peux pas continuer à vivre seule, ici, et à travailler pour nous deux.

– Je pouvais le faire tant que j'espérais ton retour.

– Tu m'en veux beaucoup de m'éloigner ?

– Je suis déçue.

Le silence qui s'étira contenait la culpabilité de Laurent mais rien ne l'aurait poussé à changer d'avis.

– Suzie déteste la campagne et elle a besoin de Paris pour exercer son métier.

– Alors, tu as décidé de te sacrifier !

– Sacrifier est un grand mot.

– Il ne me reste donc plus qu'à attendre le miracle.

– Jeanne, pourquoi t'obstines-tu ? Si nous vendions le domaine, nous aurions de l'argent, une existence agréable, exempte de soucis.

– Et le reste ? La satisfaction qu'apporte le travail, celle d'en fournir aux autres ? Fanny, Apolline... que deviendraient-elles ?

– Tu plaisantes ! Elles ont l'âge de la retraite !

– Justement ! Où iraient-elles ? Elles ont toujours vécu aux Restanques.

– Tu es trop romantique pour moi.

Jeanne avait la sensation que le sol se dérobait sous ses pieds et Laurent lui assena le coup de grâce quand il déclara avec gêne :

– Il faut que je te dise... Je vais avoir besoin de ma part.

– Tu sais bien que je ne peux pas la racheter.

– Il va falloir pourtant trouver une solution.

– Si je te versais des bénéfices réguliers, cela ne te suffirait pas ?

– Pas à long terme. Bien sûr, je ne te demande pas de vendre à Verdier, mais il existe certainement d'autres acquéreurs.

Malgré son désarroi, Jeanne s'accrochait à une seule idée : gagner du temps.

– Accorde-moi une année.

– A quoi cela servirait-il ?

– Je vends de mieux en mieux mon nougat. Cela donnera de la valeur à la propriété.

– Qui peut augurer de l'avenir ?

– J'ai bon espoir.

– Jeanne, s'il te plaît, sois réaliste, jamais tu n'auras les moyens de me dédommager.

– Tant de choses peuvent arriver. Accorde-moi une chance.

– Ce marché ne m'arrange vraiment pas mais je suis incapable de te le refuser.

Alors qu'elle aurait dû s'inquiéter, Jeanne se sentait habitée par une fièvre nouvelle. Avec une grande satisfaction, elle se rendait compte qu'elle pouvait s'appuyer sur François dont les initiatives n'étaient jamais à remettre en cause.

– Tu ne t'es pas trompée, Apolline. Il possède toutes les qualités pour devenir un excellent métayer.

– J'aimerais que Rosalie s'en rende compte. Mais c'est une tête de pioche.

– Rosalie ?

– Vous n'avez pas vu comme il la dévore des yeux ?

Si François avait cru, l'espace de quelques mois, apprivoiser la jeune servante, il lui restait à déchanter. Depuis le retour de Laurent, elle ne lui adressait plus la parole. Pire : son regard le traversait sans le voir.

Après leur début d'entente et l'idée qu'il aurait pu lui apprendre à lire, à écrire, le garçon se sentait démuni. L'ouvrage qu'il accomplissait, jour après jour, dans l'espoir de devenir quelqu'un perdait toute signification. On le considérait davantage, la paye était plus intéressante et, pourtant, il était malheureux.

– Toi, ça va pas, lui dit Rémy le berger qu'il allait voir régulièrement depuis le retour de la transhumance.

Il leur avait fallu du temps pour s'approcher, se parler, mais peu à peu la confiance s'était installée. Rémy, qui privilégiait la solitude, s'était laissé apprivoiser par le désir d'apprendre du journalier et, avec bonne volonté, lui faisait découvrir les vertus de la digitale pourpre, de la guimauve officinale ou encore de la bryone qu'il utilisait pour soigner les animaux.

Assis sur un talus, le vieil homme avait déposé à ses pieds son fouet à courroie tressée, son bâton en sorbier rouge ainsi que le grand sac en cuir dont il ne se séparait jamais. A vivre avec la nature, les étoiles et les bêtes, il avait acquis une conscience aiguë du temps et des événements. Son isolement et le silence affûtaient sa concentration et ses perceptions. Il lisait dans les âmes, cela le gênait souvent, plus encore depuis qu'on lui prêtait des dons de devin. Pour cette raison, il gardait pour lui les images qui s'imposaient à son esprit mais, face au désarroi de François, il se décida à parler.

– Laisse passer la morte saison et le renouveau. Après, ça sera plus facile.

– Facile !

– Il y aura des choses que tu attends pas, des choses que personne imagine mais, après, tout s'éclairera.

– Des choses graves ?

– Oui, pour certains.

– Lesquelles ?

– Tu as pas à le savoir. Mais sois tranquille, le danger te touche pas.

– Et ceux que j'aime?

– Pas vraiment.

Rémy appela le chien qui veillait sur le troupeau et François sut qu'il ne devait pas insister.

Les semaines suivantes, les paroles du berger revinrent plusieurs fois à sa mémoire. Qu'allait-il se passer? Avec soulagement, il apprit que Laurent préparait son départ pour Paris.

– Rejoindre cette mauvaise femme, répétait Apolline à qui voulait l'entendre.

Rosalie échappait à cette complainte depuis qu'elle avait décidé de ne plus se rendre aux Restanques pour y casser les amandes.

– J'ai trop de travail à Bel Horizon, s'était-elle excusée auprès de Jeanne.

Un travail bien particulier. Pourtant rien ne l'aurait empêchée de mener à terme le projet qu'avait engendré sa rencontre avec Suzie. Comme celle-ci, elle deviendrait riche et, pour y parvenir, il lui fallait utiliser les moyens qui se présentaient. Depuis longtemps, René Verdier cherchait l'aventure. Oubliant qu'il était l'ennemi des enfants Barthélemy ou, plutôt, cherchant à se venger de Laurent, elle commença à ne plus fuir ses tentatives de caresses. Rien n'était plus facile que de l'affoler puis de le mener où elle le souhaitait. Il y eut un baiser puis d'autres suivis de cadeaux, des babioles tout d'abord puis quelques colifichets. Dès qu'il le pouvait, René venait gratter à la porte de sa chambre qu'elle se gardait d'ouvrir.

– Petite garce, qu'est-ce que tu cherches?

– A vous plaire.

– Tu ne crois pas que c'est déjà fait!

Un soir, la plaquant contre le mur, il chercha ses seins. Elle le laissa faire jusqu'à ce qu'il glissât sa main sous son corsage.

– Pas question!

Sur sa gorge, elle sentait son souffle précipité. Une vague de dégoût l'envahit, qu'elle repoussa.

– Pas question... ici, précisa-t-elle.
– Pourquoi, il n'y a personne.
– Je veux un bel hôtel, avec une belle chambre.

Leur liaison commença à Draguignan, dans une maison dont la discrétion était appréciée par les coureurs de jupons des environs. Du champagne attendait dans un seau. « Ce sera pas de trop pour supporter le reste », se disait Rosalie pendant que l'enlaçait René.

– Pas si vite, lui dit-elle en s'approchant d'une assiette emplie de biscuits.

Mais, décidé à prendre son dû, il n'écouta aucune de ses protestations quand, relevant sa jupe, il l'obligea brutalement à s'asseoir sur lui.

A la fin de la journée, elle savait que, dorénavant, il ne pourrait plus se passer d'elle. Tandis qu'il conduisait, elle l'observait dans toute sa médiocrité et sa fatuité. Ainsi, elle avait pu prodiguer à cet homme qu'elle méprisait ce qu'elle n'avait jamais donné à Laurent. Pour lui plaire, elle était allée au bout de sa pudeur et de sa fierté, le pire étant que rien de tout cela ne lui avait paru difficile. Il posa une main sur son genou. Se faisant violence, elle se coula contre lui.

– Quand est-ce qu'on recommence ? murmura-t-elle.

La voiture fit une embardée et Rosalie redevint sage.

Non sans satisfaction, elle remarqua que, bientôt, Mado n'eut plus droit à un regard. Quant à Marthe Barthélemy, la pauvre, elle était devenue le dindon de la farce, celle dont le mari connaissait l'intimité des deux servantes auxquelles elle donnait des ordres. Il y avait pourtant de longs conciliabules entre eux et certainement des étreintes.

– Tu devrais revoir ta fille, lui disait René.
– Après ce qu'elle m'a dit, plutôt mourir.
– En coupant les ponts, tu ne sauras pas ce qu'elle a en tête.

– Quelle importance ?

– Enfin, Marthe, tu ne dois pas te désintéresser des Restanques !

– J'en ai pourtant assez.

– Oublies-tu que nous avions projeté d'acheter ensemble la propriété ?

– Qu'en ferions-nous ? Tu as assez de soucis avec tes vignes et, moi, j'ai envie de me distraire.

– Te distraire ! Tu n'as que ce mot à la bouche.

Une bouffée de haine envahissait René pour cette femme qui ne lui avait jamais plu et qu'il s'était fatigué à séduire. Avec ses cheveux frisottés, son teint pâle, ses robes de petite fille, elle était ridicule. En quoi avait-il mérité de conclure deux mariages aussi peu réjouissants ? Sa première épouse lui ayant, après sa mort, laissé des biens, il pouvait ne pas en être totalement mécontent... Mais Marthe ! Elle avait apporté en dot de belles oliveraies, toutefois le sacrifice que lui demandait cette union était trop élevé par rapport à sa rentabilité. De plus, elle avait sans cesse besoin d'être rassurée sur les sentiments qu'il lui vouait. Des images de Rosalie, nue et offerte, se superposaient à la réalité quand il devait répondre aux avances de sa femme dont il supportait de moins en moins les enlacements pudibonds et les propos romanesques. Un besoin de liberté le taraudait mais comment se l'octroyer alors qu'il dépendait du résultat de calculs qui prenaient des allures de piège ?

23

Jeanne avait trop d'occupations pour souffrir de l'absence de Laurent. A la fabrication du nougat s'ajoutaient l'emballage, pour lequel elle avait engagé deux jeunes filles, et les livraisons aux confiseurs qu'elle accomplissait avec Sylvie que ces tournées amusaient.

– Pourquoi ne les ferais-tu pas seule ? Contre une rémunération.

– Mais non, voyons. Il n'est pas question que tu me payes.

– Tout travail mérite salaire et, si tu acceptais, tu me déchargerais d'un grand poids.

Sylvie parla à sa mère. Ce qui n'était pas envisageable avant la guerre était devenu acceptable. Les habitudes prises pendant que les hommes se battaient contre les Allemands étaient maintenant ancrées. A l'exemple de leurs aînées, qui avaient tenu les rênes du pays, les jeunes filles pouvaient accomplir un ouvrage et se faire payer. Angélique donna son assentiment et une organisation sans faille s'instaura. Les commandes se succédaient et les livraisons ne connaissaient aucun retard.

– Nous devrions ouvrir un magasin, déclara Sylvie.

– Tu oublies que le nougat se vend les derniers mois de l'année.

– Réfléchis à un autre produit, les calissons, par exemple.

– Ne commence pas à divaguer.

La cueillette des olives se poursuivait. Avec les autres journaliers Augustine et Annie ramassaient les fruits violets et gorgés d'huile. Il y avait plus de deux ans qu'elles donnaient temps et énergie à la propriété et, même si l'une et l'autre rêvaient de rentrer un jour dans les Basses-Alpes, elles avaient fini par s'attacher à cette terre qui leur fournissait de quoi subsister. La grande préoccupation d'Augustine restait de ne pas perdre Joseph qui avait repéré l'une des jeunes emballeuses de nougat. Cependant, si dans le secret de son cœur il lui arrivait d'admettre n'avoir jamais connu de réel bonheur auprès de lui, elle s'empressait de se convaincre qu'il était, malgré ses nombreux défauts, l'amour de sa vie. Les autres n'étaient sans doute pas mieux et le sien avait au moins le privilège d'être vivant dans ce domaine où les hommes manquaient cruellement.

Parmi les visiteurs masculins, Antoine, aux yeux du personnel, occupait une place à part puisqu'il passait pour le fiancé de Mademoiselle Jeanne.

– Apolline, je t'ai répété mille fois que je ne l'épouserai jamais, disait la jeune fille avec agacement.

– Pourquoi ?

– Je ne l'aime pas.

– Ça viendra.

– Non !

L'aveu avait jailli avec une violence qui surprit la servante. Comment aurait-elle su que Jeanne s'éveillait et s'endormait avec un visage dans sa mémoire, celui de Jérôme qu'elle ne parvenait pas à oublier ?

Elle se servit d'Antoine, qui avait vu plusieurs fois le botaniste à Aix, pour en savoir davantage sur sa vie, notamment sur la femme qu'avaient évoquée Laurent et Suzie.

– Qui vous a raconté ces sornettes? commença par répondre Antoine.

– Qu'importe!

– Jérôme déteste que l'on en parle.

– Il n'est pas là pour nous entendre, répliqua Jeanne dont le cœur battait à grands coups.

– Cela remonte à la fin de la guerre, avoua avec réticence Antoine. Il a rencontré la femme d'un compagnon d'escadrille au moment où celui-ci venait d'être amputé. C'était à son chevet, à l'hôpital. Un coup de foudre de part et d'autre avec tout ce qu'il contenait de culpabilité et d'interdit.

– Et alors?

– Elle n'a bien entendu pas quitté son mari mais le départ de Jérôme pour l'Asie n'a rien changé à leurs sentiments.

– Vous la connaissez?

– Je l'ai rencontrée plusieurs fois.

– Elle est belle?

– Belle n'est pas le terme exact. Elle a du charme, de la grâce et de la douceur. Auprès d'elle, on se sent apaisé et meilleur.

– Et vous, auriez-vous pu en tomber amoureux?

– Peut-être si elle avait été libre.

– Quel est son prénom? murmura Jeanne qui voulait boire le poison jusqu'à la lie.

– Isabelle.

Il était difficile de lutter contre une femme à laquelle Jérôme était attaché depuis trois ans et qui possédait tant de qualités. Jeanne, dont l'optimisme ne connaissait guère de faille, se sentait démunie. Son avenir sentimental devait-il se résumer à Antoine qui, l'avant-veille, lui avait encore demandé de réfléchir à sa demande? Pourquoi rêver de l'impossible alors qu'il demeurait présent au moment où tous l'abandonnaient?

– Vous vous intéressez beaucoup à notre ami, remarqua Antoine sur un ton soupçonneux.

– Simple curiosité.

– Et souhaiteriez-vous savoir ce qu'il pense d'un éventuel mariage entre nous ?

– Vous lui en avez parlé !

– Oui... Quel mal y a-t-il ?

– Quel mal ? Mais je vous interdis de divulguer de fausses informations.

– Jeanne, calmez-vous, je ne voulais pas vous contrarier. Jérôme est un ami proche. J'avais besoin de lui parler de nous.

– Arrêtez de dire « nous ».

Antoine connaissait le caractère emporté de Jeanne pour en avoir goûté un aperçu chez sa mère. Néanmoins, il ne comprenait pas, ce soir, ce qui justifiait des propos aussi durs.

– Eh bien, je vais vous laisser ruminer vos griefs et rentrer.

Le soulagement envahit Jeanne. Qu'il aille loin, le plus loin possible et qu'il oublie son existence. Furieuse contre lui et contre elle-même, elle écouta ses pas décroître dans le vestibule puis, machinalement, ranima les braises dans la cheminée.

– Le dîner est servi, l'avertit Apolline alors que, plongée dans ses pensées, elle avait perdu la notion du temps.

– Enlève le couvert de monsieur Laferrière. Il est parti.

Laurent avait loué une chambre à Paris, non loin des jardins du Luxembourg. « *Un vrai pigeonnier. De mon lit, je regarde les nuages courir dans le ciel* », écrivit-il à sa sœur. Il venait d'être embauché chez un libraire du quartier et, pour un maigre salaire, triait et rangeait des volumes dans l'arrière-boutique. Deux mois s'écoulèrent pendant lesquels il vanta les mérites de la capitale puis Jeanne perçut, entre les lignes, un certain désenchantement.

– Se lasserait-il de Suzie ? confia-t-elle à Apolline.

– Lui ! Sûrement pas !

Parfois, il évoquait des visites chez Jérôme. « *Il est très occupé par ses recherches, depuis qu'un laboratoire pharmaceutique lui a demandé de se pencher sur certaines études.* »

Prise par son ouvrage, Jeanne n'avait guère le temps de se perdre dans des chimères, même si le botaniste ne quittait pas son esprit. De nombreuses livraisons partaient pour Marseille et Toulon où le nougat des Restanques commençait de se faire connaître. Pour personnaliser la sucrerie, elle joignait au sachet ou à la boîte un court historique de la bastide : un défi à ceux qui œuvraient pour sa fin !

Marthe n'avait plus donné de nouvelles. Quant à René Verdier, Jeanne aperçut à plusieurs reprises sa voiture devant la coopérative où l'un et l'autre donnaient leurs olives à presser et elle ne s'y arrêta pas.

Le maître de Bel Horizon n'avait pas à se plaindre des gains fournis par les oliveraies de sa femme. Il avait d'ailleurs commencé de falsifier les comptes afin de garder, pour son usage personnel, de coquettes sommes qu'il dépensait avec Rosalie. S'échapper avec la servante était devenu une obsession et, chaque jour, il trouvait des prétextes pour quitter une vie conjugale qu'il ne supportait plus. Des bouffées de haine l'envahissaient en regardant ou en écoutant Marthe et, dans ses espoirs les plus fous, il lui arrivait de l'imaginer emportée par la maladie.

De son côté, Rosalie, consciente de son pouvoir sur Verdier, en tirait tous les profits. Non seulement elle se faisait offrir vêtements et bijoux mais elle réclamait de l'argent qu'elle enfermait dans une boîte. Sa joie était d'écouter le bruit des pièces qui s'entrechoquaient. Dans six mois, elle aurait réuni la somme nécessaire pour tenter sa chance à Paris. Elle y trouverait, comme Suzie, un homme fortuné qui l'aiderait à oublier Toulon, son père alcoolique et Verdier qui lui avait inoculé le mépris d'elle-même. Ses exigences ne connaissaient, en effet, pas de limites et si, au début, elle avait éprouvé de la difficulté à le satisfaire, elle se rendait compte que l'on pouvait s'habituer à tout.

– Tu vas raconter que tu dois aller chez tes parents, lui dit-il alors qu'elle étendait du linge derrière une remise.

– Quelle drôle d'idée !

– Et moi, je prétexterai une visite chez mon notaire, à Briançon.

– Tu veux dire qu'on se rejoindra.

Il s'était approché et, pendant qu'elle accrochait un drap au fil tendu, se colla contre son dos et, les mains caressant ses seins, murmura à son oreille :

– Qu'en penses-tu ?

– Bas les pattes, se défendit-elle en se dégageant de son étreinte.

Lui résister entrait dans le rituel dont il ne pouvait plus se passer. René aimait qu'elle lui tienne tête et le traite avec morgue. Il provoquait des disputes qu'elle savait mener à leur paroxysme.

– Alors ? C'est oui ?

– On verra si j'en ai envie, rétorqua Rosalie en prenant, sans se retourner, le chemin du mas.

Marthe avait changé de maison en imaginant changer d'existence, néanmoins ce qu'elle affrontait à Bel Horizon était pire que ce qu'elle avait connu aux Restanques. René n'accomplissait plus aucun effort pour la séduire. Il disparaissait la majeure partie de la journée et, le soir venu, lisait invariablement le journal en buvant des rasades d'alcool. Au dîner, il parlait par monosyllabes et, la dernière bouchée avalée, montait se coucher. Bien entendu, il n'était plus question de sorties, encore moins de tête-à-tête amoureux. Avec affolement, Marthe voyait ses rêves s'écrouler et son mari lui apparaissait enfin dans sa réalité : un homme ordinaire, dénué d'éducation et de conversation. Toutefois, il ne lui restait d'autre solution que de le supporter. Fâchée avec ses enfants et son frère, peu considérée par de lointains amis qui lui reprochaient d'avoir conclu une mésalliance, elle n'avait plus qu'à ruminer sa déception.

– Je dois me rendre à Briançon, lui annonça, un jour, René.

– Pour quelle raison?

– Des papiers à mettre en ordre chez le notaire. Ils concernent ma première femme.

– Je t'accompagne.

– C'est très gentil, Marthe, mais je n'en vois pas l'utilité.

– Cela me changera les idées.

– Ecoute, ma chérie, je n'y tiens pas. Ces histoires se rapportent au passé et je n'ai pas envie d'y mêler notre couple.

– Je t'attendrai à l'hôtel!

– Franchement je préfère que tu restes ici et, lorsque je rentrerai, nous ferons une petite escapade.

– Depuis le temps que tu la promets!

– Cette fois-ci, tu as ma parole. Nous irons à Menton.

Rosalie avait, à son tour, menti. La mine bouleversée, elle était entrée dans la chambre de Marthe avec une lettre que René avait rédigée en déguisant son écriture.

– Ma mère doit aller à l'hôpital et mon père est incapable de s'occuper de mes frères et sœurs. Elle voudrait que je la remplace pour quelques jours.

– Puisque Monsieur doit s'absenter, ce ne sera pas trop ennuyeux. Mais explique bien à Mado le travail qu'elle devra accomplir.

Rosalie put alors penser à Nice, à la Promenade des Anglais, aux cafés, aux magasins et à tous les endroits dont elle rêvait depuis l'adolescence. Cotignac, où elle se rendit plus tard afin d'y acheter des aiguilles et du coton à repriser, lui parut ridicule. Elle passait devant l'école dont le silence indiquait que les élèves devaient peiner sur leurs devoirs quand François l'appela.

– Ça fait longtemps, remarqua-t-il en la dévisageant.

Face à son regard, elle eut l'impression qu'il captait sa rébellion, son avidité et d'autres secrets peu avouables.

– J'ai beaucoup d'ouvrage.

– Ah oui ?

Après un silence, il ajouta :

– J'aimais bien quand tu venais.

Ne pensant qu'à le quitter, elle hâta le pas mais il ne se laissa pas distancer.

– Nous pourrions nous retrouver un dimanche.

– Oh, le dimanche, je me repose.

Pendant qu'ils conversaient, il prenait conscience de son changement. Pour beaucoup, celui-ci serait passé inaperçu mais il constatait que ses traits s'étaient durcis et qu'un pli d'amertume marquait sa bouche. Elle avait aussi perdu de sa vitalité et de son éclat.

– Rosalie, j'ai l'impression que tu es malheureuse.

– Moi ! Certainement pas ! Et de quoi tu te mêles !

– Ne te fâche pas.

– Ecoute, François, tu es gentil mais on a rien à faire ensemble.

Chacun des mots s'enfonçait dans sa chair, cependant leur signification n'était rien en comparaison du ton employé. Elle se serait adressée au dernier des minables qu'elle aurait agi de même. Mais avait-il jamais été autre chose à ses yeux qu'un ver de terre, un têtard ? En l'espace de quelques minutes, François s'était senti dépouillé de sa personnalité, de ses éventuelles qualités et surtout de ses espérances. Le vide dans la tête, il fit demi-tour puis, à pas lents, se dirigea vers le presbytère où le sacristain l'attendait pour boire un verre de vin doux en devisant.

Depuis plusieurs mois, le vieil homme lui prêtait des romans de Jules Verne et, malgré sa fatigue, François, jusqu'au milieu de la nuit, se promenait avec l'écrivain dans l'espace et le temps. Serait-il possible qu'une nouvelle histoire emportât tout à l'heure la tristesse qui lui collait à la peau ?

24

Un déluge s'était abattu sur la campagne et Jeanne, le nez collé à la vitre, contemplait le jardin détrempé.

– Le courrier, l'avertit Apolline en déposant des lettres sur une table.

La jeune fille les passa en revue avant d'ouvrir, intriguée, une enveloppe provenant de Paris.

« *Chère Jeanne,* commençait la missive, *jusqu'à présent je ne voulais pas vous inquiéter mais votre frère tient des propos alarmants et mon travail ne me permet pas de veiller sur lui comme il le faudrait. Suzie l'a quitté – ce qui, entre vous et moi, ne serait pas une mauvaise chose si Laurent n'était aussi malheureux. Je sais combien les Restanques vous accaparent mais, si vous ne pouviez vous-même venir à Paris, peut-être que Michel ou Sylvie serait disponible... L'important demeurant que Laurent ne soit pas seul. Bien entendu, je lui ai proposé de l'accompagner jusqu'à Cotignac mais l'espoir d'une réconciliation l'empêche de s'éloigner. Par contre, je pense le décider à rentrer pour Noël avec moi. Ci-joint, mon adresse : 36, rue des Gobelins. Attentives pensées. Jérôme Guillaumin.* »

Effondrée par la nouvelle, Jeanne cherchait une solution. Arrêter la fabrication du nougat n'étant pas envisageable, Fanny et Apolline pourraient-elles la remplacer ? A leur âge, c'était beaucoup leur demander. Restait Sylvie. Elle connaissait les clients et, plusieurs fois, l'avait assistée pour confectionner la friandise.

– Mon absence ne dépassera pas une semaine et je me fais fort de ramener Laurent, promit-elle à sa cousine après avoir obtenu son acceptation.

Elle donnait ses dernières instructions à François quant à la bonne marche de la ferme lorsqu'un journalier de Bel Horizon se présenta dans le bureau et, bouleversé, essoufflé, s'écria :

– Mademoiselle... Un malheur est arrivé. Un grand malheur.

– Que dites-vous ? répliqua Jeanne dont le visage avait blêmi.

– Monsieur Verdier. Ils sont venus prévenir qu'il était mort.

Mort ! René Verdier !

– Sa voiture est tombée dans le vide. Un arbre a arrêté la chute mais monsieur Verdier a été tué sur le coup. Il y a aussi la Rosalie...

– Qu'est-ce que tu racontes ? s'exclama François.

– Elle était avec lui.

– Rosalie, répétait le garçon. Rosalie... Elle est pas morte ?

– A vrai dire, je sais pas.

– Où cela s'est-il produit ? demanda Jeanne qui tentait de comprendre la situation.

– Près de Nice.

– C'est impossible ! Il s'agit de quelqu'un d'autre, tentait de se persuader François.

– Non. Les gendarmes ont averti madame Verdier et c'est elle qui m'a demandé de prévenir Mademoiselle.

– Allons à Bel Horizon, déclara la jeune fille.

A peine eurent-ils franchi le seuil du bureau qu'un palefrenier héla François.

– Brutus va pas. On l'a ramené du champ. Ça a l'air grave.

Ne pouvant se dérober, François le suivit jusqu'aux écuries tandis que Jeanne enfourchait sa bicyclette.

Ignorant les flaques qu'avaient laissées les averses des derniers jours, elle pédala jusqu'à la propriété voisine où personne ne l'accueillit.

– Maman, cria-t-elle, maman.

Mal à l'aise, elle s'engagea dans l'escalier où flottait une odeur d'humidité et de cuisine. Un léger bruit attira son attention. Par une porte entrebâillée, Mado l'observait.

– Où est Madame ?

– Dans sa chambre.

– Seule ?

– Oui.

Allongée sur son lit, Marthe sanglotait. Jeanne eut un court moment d'hésitation avant de s'approcher mais les circonstances réclamaient qu'elle balayât ses griefs. Elle s'assit à côté de sa mère et doucement caressa ses cheveux. Le geste fit hélas redoubler les sanglots, jusqu'à ce que Marthe, dans un torrent de phrases hachées, racontât le leurre dont elle avait été la victime.

– Et comme une pauvre idiote, je ne me suis aperçue de rien. Ils ont bien dû se moquer de moi !

– Es-tu certaine de tout ce que tu viens de me raconter ?

– Il n'y a pas l'ombre d'un doute, se récria Marthe qui, le visage hagard, s'était assise et, de colère, martelait de ses poings les oreillers.

Au-delà de sa désillusion, réalisait-elle que deux personnes avaient trouvé la mort ? Jeanne avait la sensation que sa mère, repliée sur sa vexation, n'assimilait rien du drame. Elle-même éprouvait de la difficulté à imaginer la trahison de Rosalie. Comment était-elle devenue la maîtresse de l'homme qui œuvrait pour la faillite des Restanques ? Toutefois, l'heure n'étant pas aux questions mais à l'action, Jeanne demanda au journalier d'aller quérir Raymond et Angélique Delestang pour qu'ils viennent à Bel Horizon pendant qu'elle se rendrait à la gendarmerie.

– Si seulement je t'avais écoutée, reconnaissait Marthe. Mais je l'aimais !

Que répondre ! Les rôles étaient inversés et Jeanne mettait l'expérience de ses vingt ans à calmer une femme, en l'occurrence sa mère, qui à plus de quarante ans n'avait toujours pas voulu sortir de l'adolescence.

– Ces reproches ne te font que du mal...

Marthe se réfugia alors dans ses bras pour y pleurer sa culpabilité vis-à-vis de ses enfants et sa frustration de ne plus pouvoir déverser sa colère sur un mari qui l'avait si misérablement bafouée.

Auprès des gendarmes, Jeanne apprit avec soulagement que Rosalie n'avait pas péri dans l'accident.

– Madame Verdier s'est trompée. Elle est blessée aux jambes et à la tête.

– Gravement ?

– On ne connaît pas les détails mais, à l'hôpital, ils vous renseigneront.

Il ne lui restait plus qu'à demander à Michel de l'emmener à Nice. Mais, en attendant, il fallait retourner aux Restanques.

A peine eut-elle franchi les grilles que François courut à sa rencontre.

– Rosalie est sauve, lui cria-t-elle.

– C'est vrai ? C'est bien vrai ?

La tension accumulée ces dernières heures le faisait balbutier. Ainsi tout continuait. Une onde de joie et d'infinie reconnaissance envers le destin l'envahissait. Venant de toucher le fond du désespoir, il savourait presque viscéralement cette grâce qui lui était accordée de savoir Rosalie vivante.

– Apolline est-elle au courant ? lui demanda Jeanne.

– Ni elle ni personne.

Face à la délicatesse de la situation, Jeanne réfléchissait. Comment expliquer que Rosalie et son patron se trouvaient dans la même voiture, à des kilomètres de Cotignac ? Pour couper court aux rumeurs, elle déclara que Marthe avait autorisé sa servante à profiter du voyage de son mari à Nice pour y rencontrer un jeune homme dont elle s'était entichée.

– Un jeune homme, s'étonna Apolline. Elle m'en a jamais parlé !

– Il est passé, il y a un mois, au village. J'étais dans le secret.

– Mon Dieu, quand je pense que pour un galopin elle aurait pu mourir, se lamentait la vieille femme en s'essuyant les yeux.

Jeanne, qui avait d'autres préoccupations que de la consoler, la laissa s'épancher auprès de Fanny et monta dans sa chambre où l'attendaient les valises avec lesquelles elle aurait dû, le lendemain matin, se rendre à Paris. Tout lui arrivait en même temps ! Laurent, sa mère, Rosalie et René Verdier dont il faudrait rapatrier le corps et organiser les obsèques. Pour la première fois, elle songea que ce décès la délivrait de bien des tourments. Son ennemi n'existait plus ! Il s'était fondu dans le néant avec sa haine et son machiavélisme. Aucune compassion ne l'habitait pour celui qui avait désuni sa famille, lui avait occasionné tant de nuits blanches et, pour entériner sa médiocrité, s'était intéressé à Rosalie.

Plus tard, aidée de ses oncle et tante, elle emmena Marthe à Entrecasteaux où celle-ci séjournerait.

– Elle ne veut plus retourner aux Restanques mais encore moins demeurer à Bel Horizon, confia Raymond à Jeanne.

– Cela promet pour l'avenir !

– Parlons-en ! Ils étaient mariés sous le régime de la séparation de biens. Lui connais-tu des héritiers ?

– Non.

– S'il en a... Elle devra tout quitter.

Accompagnée de Michel, Jeanne entra dans l'hôpital où avaient été transportés le défunt et la blessée. Après les formalités d'usage, elle abandonna à son cousin la pénible visite à la morgue et monta à l'étage où l'on soignait Rosalie.

– On peut dire qu'elle l'a échappé belle, lui confia le médecin. Un morceau de tôle s'était fiché dans son crâne, à un centimètre de la tempe.

– Et les jambes ?

– Une double fracture. Col du fémur et tibia. Elle risque de boiter.

– Combien de temps pensez-vous la garder ?

– On ne sait pas ! Elle a de la famille ?

– Des parents, à Toulon. Mais je prends tout en charge. Elle travaillait à la maison, se crut obligée d'expliquer Jeanne.

Rosalie, qui dormait, n'ouvrit les yeux qu'en fin d'après-midi.

– Vous êtes là, s'étonna-t-elle en découvrant Jeanne à son chevet.

– Ne parle pas si cela te fatigue...

Un silence s'étira au cours duquel Rosalie tenta de mettre de l'ordre dans ses idées. Des images se superposaient. L'hôtel de Nice où elle avait passé deux nuits et qui avait fière allure, ce lit où le moindre mouvement lui arrachait des gémissements.

– Où est la voiture ? demanda-t-elle.

– Ne t'énerve pas.

Des bribes de dispute revenaient à sa mémoire. René s'était moqué de son sac en moleskine. Elle s'était vexée. Pour l'amadouer, il avait cherché à l'embrasser mais s'était vu repousser avec brusquerie. Après... elle ne savait plus. Mais si ! On avait évoqué un accident. Des larmes coulèrent sur ses joues.

– Ne crains rien, tempéra Jeanne.

– Et madame Verdier ? Elle connaît la vérité ? Et Apolline qui va tout répéter à mon père... Il me tuera.

– Arrête, s'interposa Jeanne.

Lorsqu'elle la quitta, après l'avoir rassurée sur la version qu'elle avait donnée des événements, Rosalie était plus calme.

– J'arrive pas à être triste, lui confia-t-elle. Vous me croirez sans doute pas mais je le détestais et je détestais tout de notre histoire. Seulement, je voulais pas rester domestique.

La messe d'enterrement de René Verdier eut lieu dans l'église où s'était déroulé son mariage. En l'espace de trois ans, Marthe se trouvait veuve pour la seconde fois et, avec dégoût, sentait son voile de crêpe noir coller à son visage. A sa droite, dans le cercueil de chêne, reposait celui qu'elle abhorrait, l'homme auquel elle ne pourrait jamais crier sa haine et son mépris. Sans rien écouter du sermon que prononçait du haut de sa chaire le curé, elle se complaisait à recenser ce qui, dès le début de sa relation avec René, aurait dû l'alerter. Qu'allait-elle devenir ? Bel Horizon, lui avait appris le notaire, revenait à un cousin éloigné du défunt qui vivait à Lyon et dont il ne lui avait jamais parlé. La succession réglée, que ferait-il du mas ? Quant aux Restanques... Pour de nombreuses raisons, elle refusait de s'y enliser ! En réalité, elle aurait aimé retourner à Marseille, la ville de son enfance. Mais comment s'y prendre ? Vendre ses oliveraies lui permettrait peut-être d'y acheter un appartement. Seulement, quelle serait la réaction de Jeanne ? A la dérobée, elle regarda sa fille. En dépit de l'effort qu'elles accomplissaient dans cette épreuve pour tenter de se comprendre, elles demeuraient étrangères l'une à l'autre. Jeanne rêvait de combat et de réussite tandis que Marthe cherchait des palliatifs pour emplir un temps qu'elle ne savait utiliser ! Jeanne gagnait de l'argent tandis que Marthe ne savait que le dépenser... et tout était ainsi. On parvenait à la fin de l'office et l'encens lui tournait le cœur. Un air glacial les accompagna jusqu'au cimetière et, tout au long du chemin, Marthe grelotta. Derrière elle suivait le cortège essentiellement composé de villageois qui étaient davantage venus par convention que par sympathie pour le mort. Nouveau venu au pays, René Verdier y était demeuré un étranger mais pour madame Barthélemy – on l'appelait toujours ainsi – on faisait acte de présence.

Du bord de la tombe fraîchement creusée, Jeanne apercevait, au détour d'une allée, le caveau où reposaient ses ancêtres et son père. Déposées par le vent, des feuilles avaient séché entre les couronnes de porcelaine. Resserrant sa pèlerine, elle songea à Laurent qui, au loin, avait besoin d'aide. La veille, Sylvie était montée à bord d'un train pour Paris. Si seulement elle réussissait à le ramener ! Jeanne sentait ses forces l'abandonner. Epuisée, elle ne songeait plus qu'à dormir. Il faudrait pourtant régler la situation de sa mère, accélérer la fabrication du nougat, remplacer sa cousine pour les livraisons, vérifier avec François le contenu des granges et des greniers de la ferme. Ce programme lui donnait le vertige !

25

Il fallait s'y attendre : la colère s'amenuisant, Marthe sombra dans la prostration.

– Que faire ? disait Angélique. Nous ne pouvons pas la garder avec nous indéfiniment.

Pour avoir échangé des courriers avec le notaire et l'héritier de René Verdier, Jeanne savait que celui-ci voulait vendre le mas. Marthe se trouverait bientôt sans logement et sans grandes ressources hormis le produit de ses oliveraies.

– Elle souhaite s'en séparer, déclara Raymond, et on ne peut l'en empêcher. C'est son droit, d'autant qu'elle renonce à son usufruit en ne vivant plus aux Restanques. Il faudrait que les acheteurs de Bel Horizon soient intéressés par son lot.

Jeanne ne répondit rien mais son choix était arrêté. Elle partit pour Aix où, pour la première fois, elle sonna à l'étude de maître Laferrière qui, au bout d'une demi-heure, vint la chercher dans le salon d'attente.

– Jeanne ! Excusez-moi, je ne pouvais interrompre mon rendez-vous. Que se passe-t-il ?

– Je souhaiterais vous demander conseil.

– Veillez à ce que l'on ne me dérange pas, dit Antoine à la secrétaire qui, sans en perdre une bribe, écoutait leur échange.

Dans une pièce fermée par une porte à capiton,

Antoine avança vers sa visiteuse un fauteuil puis, refusant de s'installer derrière le grand bureau qui disparaissait sous les dossiers, s'assit près d'elle. En quelques phrases elle lui apprit les derniers événements.

– Si je veux sauver les Restanques, je dois acheter les oliveraies de ma mère. Seulement, je n'en ai pas les moyens. Il faudrait que vous m'aidiez à contracter un prêt. Vous connaissez des banquiers... Ils vous font confiance.

– Je l'espère ! Néanmoins, Jeanne, de quelle façon rembourserez-vous une somme aussi importante ?

– Avec mes gains. Notre huile d'olive est excellente !

– Soit, mais permettez-moi d'être franc. Les financiers mettront en évidence qu'un gel ou une maladie pourraient anéantir vos arbres et votre production.

– Qu'ils prennent une hypothèque sur ma part de la propriété, sur ma part uniquement ; Laurent n'a pas à être impliqué dans ma décision.

– Attention ! Vous risquez de tout perdre.

– Je n'ai pas d'autre choix.

Antoine réfléchissait. Devait-il aider Jeanne en mettant son capital en péril ? Leurs regards se croisèrent et il comprit que, s'il ne répondait pas à son souhait, elle irait ailleurs chercher du secours et peut-être, mal conseillée, conclurait-elle de mauvaises négociations.

– Je pense à un vieil ami de mon père. Il pourrait accepter.

– J'étais sûre que vous trouveriez une solution !

Antoine eut un sourire triste mais il tut ses pensées. Depuis leur dernière rencontre, il avait tenté de se raisonner. Jeanne ne l'aimerait jamais et il était presque décidé à ne plus la voir pour tenter de s'en détacher quand, sans tambour ni trompette, elle apparaissait pour lui confier ce qu'elle possédait de plus précieux : son avenir et celui des Restanques.

Elle se leva et saisit ses mains entre les siennes.

– Antoine, je vous ai parfois rudoyé et je le regrette.

– Allons, ne vous repentez pas. Vous risqueriez ensuite de me le faire payer très cher.

Leur rire balaya les dernières ombres, et Antoine se reprit à espérer. En serait-il ainsi chaque fois qu'elle viendrait vers lui ?

– Dès que j'aurai du nouveau, je vous avertirai, promit-il en la raccompagnant jusqu'à la sortie.

La température ne s'était pas réchauffée mais, en dépit du vent, les rues de la ville connaissaient l'animation des semaines précédant Noël. Après avoir traversé tant de conflits et de difficultés, Jeanne avait envie de balayer ses soucis. Avec un insoupçonnable plaisir, elle entra dans des magasins, essaya des chapeaux cloches et des souliers à brides, contempla des sacs gansés et cloutés, caressa des tweeds et des cachemires. Elle se laissa séduire par la ligne tube d'une robe en crêpe de Chine pistache et par de moelleux chandails. Tant pis pour les dépenses ou plutôt tant mieux ; les bras chargés de ses emplettes, elle se sentait légère comme une plume.

La trêve fut de courte durée ; dès qu'elle reprit le chemin pour Cotignac, elle se culpabilisa en songeant à son frère. Sylvie le ramènerait-elle ? Dans un pneumatique laconique, sa cousine lui avait écrit qu'elle espérait, avec le soutien de Jérôme, pousser Laurent à quitter la capitale mais que la tâche n'était pas facile.

Ils arrivèrent le 20 décembre et Jeanne eut le cœur serré en découvrant l'état physique et moral de son frère. Indifférent à tout, il vivait au ralenti.

– Notre pauvre petit, elle nous l'a démoli, maugréait Apolline.

Avec Fanny, elles ne savaient l'une et l'autre qu'inventer pour le consoler mais les recettes préférées de son enfance étaient à peine goûtées. Quant au reste, le décès de Verdier et ce qu'il en découlerait, l'accident de Rosalie, il n'en parlait pas.

– J'ai l'impression qu'il ne me voit pas, s'étonna Marthe qui lui avait rendu visite.

– Il est replié sur son obsession, sa rupture.

– J'étais certaine que cela se terminerait mal.

– Nous en étions tous sûrs, maman. Il n'empêche que la souffrance est là.

– Ce n'est tout de même pas à moi que tu vas expliquer cet état ?

– C'est vrai, excuse-moi.

Marthe éprouvait un malaise dans cette maison qui, pendant plus de vingt années, avait été la sienne. Tout lui était devenu étrange : le décor, l'atmosphère. Mais aucun endroit ne la réconfortant, sa vie ressemblait à un naufrage. A qui, à quoi se raccrocher ?

– Ne souhaiterais-tu pas vivre ailleurs qu'à Cotignac ?

La question de sa fille collait tellement à ses pensées qu'elle tressaillit.

Jeanne proposa alors de fixer un prix pour les oliveraies et, en même temps qu'elle évoquait cette transaction, elle trouvait étonnant, voire incongru, d'être obligée d'acheter un patrimoine qui aurait dû lui revenir de plein droit ainsi qu'à Laurent.

– Je n'avais pas pensé à cette solution qui réglerait une bonne partie de mes soucis, reconnut Marthe.

Un chemin de liberté s'ouvrait, timide, mais elle s'imaginait déjà sur la Canebière, enveloppée par le grondement de la vie et des plaisirs. Pas un instant, elle ne s'attarda sur les risques que prenait Jeanne. Pourquoi se serait-elle inquiétée puisque sa fille avait toujours réussi ce qu'elle entreprenait ?

Jeanne oublia ses contrariétés en se préoccupant des autres, de ceux qui n'avaient rien. A l'intention de l'orphelinat, elle prépara des boîtes de nougat qui, ajoutées aux jouets qu'elle avait achetés, garniraient le sapin de Noël. Puis elle descendit dans la réserve où Fanny entreposait salaisons et conserves. Alignés sur les étagères, les bocaux de tomates, de haricots et de pois voisinaient avec les cornichons et les bouteilles de vinaigre tandis que, dans de grandes jarres de terre, les olives attendaient dans la saumure d'être goûtées. A côté régnaient les confitures de groseilles, de mirabelles, d'abricots, de fraises et la fameuse « Cotignac », une gelée de coing dont la recette remontait à la visite de Louis XIV. La maison embaumait quand la cuisinière faisait fondre les fruits dans de lourds récipients en cuivre et, depuis l'enfance, Jeanne attendait avec impatience qu'ils refroidissent pour les déguster sur de croquantes tartines de pain grillé. Avec précision, elle prépara des colis qu'un journalier chargerait le lendemain sur une charrette et elle allait y ajouter des sirops quand des pas résonnèrent dans l'escalier.

– Bonjour, Jeanne.

Elle se retourna. Jérôme était là, les cheveux mouillés de pluie.

– Apolline m'a dit que je vous trouverais ici.

Incapable de prononcer un mot, elle le regardait s'approcher.

– On dirait que vous découvrez un fantôme, plaisanta-t-il.

Il garda un long moment sa main entre les siennes et elle sentit que, pour lui aussi, ce moment était chargé d'émotion.

– Qu'êtes-vous en train de faire ? Je vais vous aider.

Contemplant les planches, il ajouta :

– Une vraie caverne d'Ali Baba ! Mmm... des cerises à l'eau-de-vie !

– Vous en voulez ?

– Pourquoi pas ?

Ils s'assirent sur des caisses puis Jeanne ouvrit un bocal dont ils dégustèrent quelques fruits.

– Elles sont meilleures que celles de ma grand-mère.

– Si vous voulez obtenir les bonnes grâces d'Apolline, n'oubliez surtout pas de le lui dire.

Jeanne avait retrouvé son entrain. Dehors, il faisait gris et froid, dehors se déroulaient drames et conflits mais, ici, dans cette pièce faiblement éclairée, s'épanouissait sa vie secrète.

– J'ai demandé à voir Laurent. Il faisait la sieste, finit par dire Jérôme.

– Il dort beaucoup, depuis son retour.

– Comme tous ceux qui cherchent à oublier.

– A-t-il été si mal?

– Je n'ai pas voulu vous l'apprendre par courrier mais il a tenté de se suicider.

– Ce n'est pas possible!

– Suzie, très inquiète, m'a téléphoné un soir pour m'avertir qu'elle avait quitté votre frère et qu'il l'avait menacée de se tuer. Je suis immédiatement allé chez lui. Il s'était ouvert les veines.

A peine retrouvée, la joie désertait Jeanne. Devenue livide, elle murmura :

– Alors si vous n'étiez pas arrivé à temps, il serait mort...

– Ne vous rendez pas malade avec ce qui ne s'est pas produit. Longtemps, j'ai hésité à vous dire la vérité. Mais la situation nous demande à tous d'être vigilants.

– Sylvie, bien entendu, savait...

– Je lui avais demandé de se taire.

Jeanne sentit la peine s'enfler puis la submerger, des torrents de chagrin qui s'exprimèrent par de gros sanglots. Elle pleurait sur Laurent, leur enfance perdue et les espoirs qui, peu à peu, s'évanouissaient. Elle pleurait sur la vie qui donnait pour mieux reprendre, sur la difficulté de l'amour et tant de choses qu'elle n'était pas encore capable de cerner.

– Je suis désolée...

Pour toute réponse, il l'obligea à se réfugier dans ses bras et, sans prononcer un mot, la laissa se libérer de toutes ces années de deuil, de luttes et de sacrifices et elle, lovée contre sa poitrine, découvrait la confiance.

Lorsqu'elle fut plus calme, il déposa un baiser sur sa tempe.

– Je dois être affreuse, balbutia-t-elle.

– Allez vite vous arranger, répliqua-t-il en riant, mais, avant, invitez-moi à dîner.

Sur la demande insistante de Jérôme, Laurent avait fini par descendre dans la salle à manger. La mine sombre, il répondait par monosyllabes à son invité qui, sans se laisser désarçonner, racontait certains de leurs souvenirs himalayens, notamment leurs soirées au Club des Planteurs de Darjeeling et les gains qu'avait accumulés le jeune homme sur l'hippodrome.

– Il choisissait délibérément les plus mauvais chevaux... et ils arrivaient en tête.

Cette évocation arracha un sourire à Laurent, le premier depuis son retour aux Restanques. En même temps qu'elle relançait la conversation, Jeanne prenait conscience de l'énergie déployée par Jérôme pour venir en aide à son ami. S'opposant à son avis, il l'avait emmené à l'autre bout du monde mais, depuis, il en assumait pleinement les conséquences. Jamais il ne l'avait abandonné.

– Il ne faut pas entrer dans son jeu, lui dit-il pendant une courte absence de Laurent. Le comprendre est une chose, le plaindre en est une autre.

En même temps qu'il buvait un verre de fine, il se laissait envahir par le charme de la bastide. Jeanne avait allumé de nombreuses bougies dans le salon, dont les flammes se reflétaient dans les miroirs. Le feu crépitait au creux de la cheminée près de laquelle attendait la crèche. Après tant de déplacements, il s'abandonnait à l'harmonie d'un moment d'autant plus précieux que personne ne l'avait prémédité. Le fil tendu entre Jeanne et lui se resserrait avec la lenteur qui lui convenait. Vêtue d'une robe de velours grenat, elle caressait le chat qui s'était approché des flammes. Un ruban retenait ses cheveux, lui donnant une allure de petite fille. Fréquemment, il s'était posé des questions sur sa vie sentimentale. Sylvie, à Paris, avait évoqué un Marseillais, une histoire ancienne... Mais Antoine Laferrière ? Allait-elle l'épouser ? Il brûlait de le savoir.

– Quand retournes-tu à Paris ? demanda brusquement Laurent.

– Vers le 10 janvier.

– J'irai peut-être avec toi.

Jeanne tressaillit mais Jérôme lui adressa un signe qui la tranquillisa.

– Qu'avez-vous décidé de faire, tous les deux, pour la Saint-Sylvestre ? demanda-t-il.

– Nous n'avons rien prévu.

– Moi, je me couche, déclara Laurent.

– Nicole, qui ne laisse jamais passer une occasion de s'amuser, prépare une soirée. Sylvie et Michel y viendront. Accompagnez-les.

– Jeanne fera ce qu'elle voudra.

Sans insister, Jérôme regarda sa montre.

– Il est tard et je dois rentrer à Entrecasteaux.

– Tu aurais pu dormir ici, remarqua Laurent.

– Non, non, je suis chez ton oncle pour deux jours. Mais je viendrai te chercher demain matin. J'aimerais que tu connaisses ma maison à Cassis. Les travaux ont bien avancé.

– C'est gentil. Seulement, je n'ai pas envie de bouger.

Une nouvelle fois, Jérôme fit la sourde oreille.

– Bonne nuit, Jeanne, dit-il.

En dépit de ses protestations, elle l'accompagna jusqu'au perron. Après la chaleur de l'âtre, l'air gorgé d'humidité lui fit l'effet d'une gifle.

– Rentrez vite, lui ordonna Jérôme avant de claquer la portière de son automobile.

En pyjama, Laurent fumait, les yeux dans le vague, quand Jérôme entra dans sa chambre.

– Tu as dix minutes pour t'habiller.

– Mais non, voyons, je t'ai dit que je ne bougerai pas aujourd'hui.

– Allez, on perd du temps, répliqua Jérôme en lançant à son ami un chandail et un pantalon. Je t'attends dans la bibliothèque.

Un timide soleil asséchait la campagne quand, après avoir traversé les vignobles, ils parvinrent au creux d'un vallon où une maison de vigneron finissait d'être restaurée.

– Une retraite idéale pour un ermite, plaisanta Jérôme.

Ornée d'une grande cheminée, une seule pièce occupait le rez-de-chaussée tandis qu'une échelle menait à un grenier qui servirait de chambre.

– Ils terminent de creuser le puits, expliquait Jérôme qui rêvait déjà aux moments privilégiés que lui procureraient la nature et ses livres.

Laurent prêtait peu d'attention aux détails que lui fournissait son ami quant aux plantations dont il doterait les alentours de son refuge. Quelle idée avait-il eue de le suivre ! Il était fatigué et il avait froid. Battant la semelle, il dut attendre que Jérôme eût fini de noter des mesures. Plût au ciel qu'ils fassent vite demi-tour ; il préférait encore la morosité des Restanques à ce débordement de projets.

Hélas, la journée ne faisait que commencer ; Jérôme ne trouva meilleure idée que de passer, sur le chemin du retour, par la fameuse calanque qu'avait détestée Suzie.

– J'ai souvent pensé à cet endroit, disait-il, et je serais prêt à t'aider si tu voulais y réaliser un jardin.

– Tu sais bien que je n'en ai pas les moyens.

– Enfin, Laurent, réveille-toi. Quand je t'ai connu, tu avais des rêves plein la tête et rien ne te paraissait impossible. Tu imaginais des parcs, des serres tropicales. Cela ne s'est tout de même pas évanoui à cause d'une femme qui n'a pas su reconnaître tes qualités !

– Ne parle pas de Suzie, s'il te plaît.

– Justement, j'ai envie d'en parler ! Regarde où elle t'a mené ! Et si je n'étais pas venu, un soir, chez toi, tu serais sous des pelletées de terre.

– Arrête !

– Non. Je n'ai plus l'intention de te ménager.

– Si tu espères pouvoir me convaincre, tu te trompes.

– Ecoute, Laurent, tu n'es ni le premier ni le dernier à connaître une déception amoureuse.

– Tu parles en connaissance de cause ?

– Il n'y a rien de secret. J'ai aimé une personne qui n'était pas libre.

– Et alors ?

– Nous avions le choix de trahir, elle un mari et moi un ami. Et, peut-être, un jour ou l'autre, de mutuellement nous le reprocher. Ou bien, décision plus difficile, nous pouvions mettre de la distance entre nous.

– Vous vous êtes séparés ?

– Oui, il y a deux mois.

– Et tu n'es pas malheureux ?

– Beaucoup moins que si nous avions décidé de rester ensemble.

– Tout cela me paraît complètement fou !

Ils étaient descendus vers la mer et, en dépit de l'hiver, le site n'avait rien perdu de son charme.

– Imagine, disait Jérôme, des terrasses autour desquelles s'épanouirait la flore de notre littoral. Ici, il y aurait une tonnelle pour s'asseoir et contempler le grand large et, là, un kiosque où jouerait un orchestre pendant que le ressac lécherait les galets.

Sa puissance d'évocation était si forte que Laurent, à son tour, visualisa un éden où romarin, pins d'Alep, chênes-lièges, genêts, rhododendrons et azalées se côtoieraient pour offrir leur beauté à ceux et celles qui leur rendraient visite. Néanmoins, la femme pour laquelle il aurait aimé créer et travailler l'avait oublié, renié, et ce vide ressemblait à une amputation. Rien ne revêtait de couleur, ne dispensait de saveur. N'existait plus qu'une succession de jours où il fallait faire semblant de vivre alors que son cœur était en lambeaux.

Pendant ce temps, Jeanne accompagnait sa mère chez le notaire. L'héritier de René Verdier était présent, un homme sans malice et surpris de se trouver propriétaire d'un domaine qui, une fois vendu, lui permettrait d'acquérir une maison aux environs de Lyon.

– L'un de mes clients serait intéressé par Bel Horizon, déclara maître Rouvel. Il attend qu'un prix soit arrêté.

Se tournant vers Marthe, il demanda :

– Et vous, madame, songez-vous à vous séparer de vos oliveraies ?

– Pas pour l'instant.

Une date fut arrêtée pour le déménagement de Marthe qui, dès le début du mois de janvier, s'installerait chez une amie à Marseille afin d'y chercher un logement. En attendant, elle devrait célébrer Noël et l'année à venir : des fêtes qui cruellement lui rappelleraient son double veuvage et l'ornière dans laquelle s'enfonçait son existence.

Jeanne se donna beaucoup de peine pour que Noël ressemblât à ceux qu'avait connus la bastide jusqu'à la guerre et le résultat fut positif : Laurent se dérida légèrement et Marthe ne se disputa pas avec son frère Raymond. Tout au long de la veillée, la jeune fille éprouva la certitude que son destin et celui des Restanques étaient indissociables. Le matin même, une lettre d'Antoine l'avertissait des conditions que proposait un banquier afin de lui établir un prêt.

« Je vous le répète : soyez consciente que vous jouez à quitte ou double. »

Il avait souligné la phrase sans oublier d'ajouter :

« Sachez aussi qu'en m'épousant, vous vous libéreriez de bien des soucis. »

Dans la confidence, Raymond Delestang la mit à son tour en garde contre les sommes qu'elle devrait rembourser.

– Es-tu certaine que Laurent ne te lâchera pas ?

– Il m'a donné sa parole de ne rien vendre pendant un an.

– Sa parole ! Dans l'état où il est, a-t-elle de la valeur ?

– Je prends le risque tout comme je prends celui de ne pas vous écouter. Souvent, j'ai entendu que, face à des choix importants, il fallait se fier à sa seule intuition.

1921

26

Le surlendemain de Noël, la chambre de Jeanne se transforma en cabine d'essayage. Enjambant les jupons et les robes du soir qui, sur le tapis, formaient des flaques colorées, la jeune fille guettait dans le miroir l'effet d'une fleur ornant un décolleté, celui d'un bijou ou d'une étole.

– J'hésite à m'habiller en vert ou en bleu, dit-elle à Apolline qui, le souffle court et les bras chargés de vêtements, montait de la lingerie.

– Je vous aime bien en bleu.

– Mettons les deux robes dans la valise.

Comment aurait-elle deviné qu'une angine l'empêcherait de se rendre à Aix ? Jusqu'au dernier moment, elle avait espéré que les ventouses et les potions administrées par le médecin lui permettraient de participer au réveillon mais, le 31 décembre, la fièvre n'avait toujours pas baissé. L'épuisement l'empêchait de mesurer sa déception et elle somnolait à demi lorsque ses cousins vinrent chercher Laurent qui, face à leur détermination, dut les suivre chez les Guillaumin. Pourtant, vers dix heures, elle songea à ce réveillon qu'elle avait tant attendu. La maison devait être décorée de houx et de gui et, dans les salons, flottaient la senteur des oranges piquées de clous de girofle et celle du punch. Imaginer Jérôme au milieu de ses invités accéléra son pouls. Repoussant couvertures et édredon, elle se tourna, se retourna, sans parvenir à trouver le sommeil. La bouche desséchée, elle but quelques gorgées d'eau. Sa chemise était trempée de sueur. A pas hésitants, elle se dirigea vers la commode pour en trouver une autre. Sa faiblesse l'inquiétait. Combien de temps éprouverait-elle cette impression d'être en coton? Posée sur une chaise, la valise contenant les effets qu'elle avait préparés pour son séjour à Aix la narguait. Enervée, elle se recoucha pour connaître l'une des plus longues nuits de sa jeune existence. Partout on festoyait, s'amusait, dansait pendant qu'elle remâchait sa tristesse ! A plusieurs reprises, Apolline monta la voir et si Jeanne ne l'avait envoyée se reposer elle serait restée à la veiller comme elle l'avait fait pendant son enfance.

– Que deviendrais-je si je ne t'avais pas? lui dit Jeanne en serrant sa main dans la sienne.

Jamais elle n'avait eu ce geste pour sa mère mais elle était trop lasse pour s'en rendre compte. Tout comme elle n'avait pas conscience qu'Apolline connaissait son secret, cet amour dont elle avait peur.

Elle se rétablit plus vite qu'elle ne le pensait mais le miroir lui renvoyait un teint gris, une silhouette fatiguée qui la désespéraient.

Ce fut dans cet état d'esprit que la trouva Jérôme quand il se présenta à l'improviste.

– Bonjour, Jeanne, lui dit-il en cherchant son regard. Ne vous ayant pas vue pour la Saint-Sylvestre, je viens fêter l'Epiphanie avec vous.

– Jérôme... Je vous croyais reparti à Paris, balbutia-t-elle.

– Sans vous avoir rendu visite?

– Laurent m'avait pourtant dit que...

– Il confond tout ! Mais comment va-t-il?

– Un peu mieux. Grâce à vous.

– Grâce à lui ! Il commence enfin à entrevoir la réalité.

– Michel l'a invité pour deux jours à Entrecasteaux. Nous pouvons les rejoindre.

– C'est pour vous que je suis venu.

Un silence s'installa que Jérôme rompit en murmurant :

– Vous ne me croyez pas? Je n'ai pourtant pas l'habitude de mentir.

Il s'approcha. Elle sentit son souffle sur sa joue et ses lèvres contre les siennes. Tout, alors, devint simple, elle, lui, enlacés et concentrés sur le désir qu'ils avaient l'un de l'autre. Nouant ses bras autour de son cou, elle lui offrait l'amour qui, depuis tant de mois, la hantait et, paupières closes, s'abandonnait à cette étreinte qui lui rendait la vie. Un vertige l'envahissait en même temps qu'il murmurait à son oreille des mots qui se perdaient dans leurs baisers. Prenant le visage de Jeanne entre ses paumes, il chercha sa bouche et lorsque, plus tard, leurs yeux se rencontrèrent, aucun d'entre eux ne chercha à cacher son émotion.

Jusqu'au soir, Jérôme se laissa envelopper par la présence de Jeanne. Pour tous les deux, il était évident qu'il ne partirait pas à la fin du dîner et, face à Apolline qui leur servait une galette des rois piquée de fruits confits, ils avaient de la difficulté à cacher leur impatience d'être seuls.

– Prépare la chambre rouge pour monsieur Guillaumin, dit Jeanne à la servante.

Ce fut là, au premier étage, qu'elle l'accompagna quand se furent éteintes les lumières de la bastide et que le silence s'installa. Une seule lampe de chevet éclairait la pièce, lui conférant une atmosphère de secret.

– Jérôme, murmura-t-elle.

Par un long baiser, il l'empêcha de poursuivre. Puis, enivré par son odeur de jasmin, il chercha le creux de son épaule tandis que ses doigts s'attardaient sur la naissance de sa gorge. Sa peau était douce, telle qu'il l'avait imaginée.

– Laisse-moi te découvrir, disait-il en libérant ses seins de la dentelle qui les emprisonnait.

Bientôt, elle fut nue devant lui et, devançant ses souhaits, livra à son regard, à ses caresses, chaque parcelle de son corps. Alors, il l'attira vers le lit. Une pendule tinta mais, absorbés par leur désir, ils ne l'entendirent pas. Dans les bras de l'homme qui l'avait choisie et qu'elle avait élu, Jeanne apprenait la véritable complicité, cet accord subtil et inexplicable qui les unissait au-delà des sens et dont elle se savait déjà dépendante.

– Tu es belle, murmura Jérôme, et ces mots de velours ajoutèrent à son trouble.

Tendue vers lui, elle noua ses jambes autour de sa taille. Alors, oublieux de tout ce qui n'était pas contenu dans leur fusion, ils s'appartinrent dans un éblouissement partagé.

Plus tard, quand ils reposèrent, lovés l'un contre l'autre, Jeanne découvrit la tendresse qui, palpable, les enveloppait de mutuelle reconnaissance et de confiance. Dehors, le vent soufflait sans violence et, réfugiée dans la chaleur de son amant, elle goûtait la quiétude de leur retraite qui, semblable à un îlot, les protégeait de toute intrusion. Des paroles montèrent à ses lèvres mais il était trop tôt pour les prononcer aussi, privilégiant le silence, s'attarda-t-elle sur chacun des détails de cette nuit singulière.

– Tu es bien ? s'inquiéta-t-il.

– Et toi ?

– Oui, je suis en paix.

Puis il ajouta :

– C'est une impression si rare, si précieuse.

Le lendemain, il décida de s'attarder aux Restanques.

– A moins que tu ne me chasses !

Devant le personnel, ils choisirent d'adopter une attitude amicale et reprirent leur vouvoiement, néanmoins personne ne fut dupe.

– Elle nous prend pour des nigaudes, riait Apolline. Comme si on avait pas connu les fredaines quand on était jeunes !

– Ce matin, elle chantait dans le bureau, répliqua Fanny.

– C'est sûrement de payer des factures qui la rend joyeuse.

A mille lieues d'imaginer ces commentaires, Jeanne vivait la quintessence de chaque instant car Jérôme partirait dans trois jours pour Paris. Plusieurs fois, elle avait senti son regard l'envelopper. Quelles questions se posait-il ? Aucune de ses pensées ne filtra jusqu'au soir où, la voyant songeuse, il avoua :

– Tu vas me manquer.

Sans qu'il y prît garde, Jeanne s'était ancrée dans son existence et cette évidence allait à l'encontre de ses résolutions. Sa rupture avec Isabelle le poussait, en effet, à privilégier les aventures sans lendemain. L'amour ne le reprendrait pas de sitôt avec son cortège de culpabilité, de griefs et de jalousie ; en même temps qu'il consolait Laurent, il s'était lui-même consolé du vide qu'avait laissé sa maîtresse avec son rire, ses bracelets qui s'entrechoquaient sur son joli poignet, ses moues de petite fille, cette voix si gaie que démentaient des yeux emplis de gravité... Isabelle qui commençait de ne plus le hanter.

– Jeanne, demanda-t-il, l'homme qui m'a précédé, je suppose que tu l'aimais.

– Je l'ai cru.

– Ce n'était pas Antoine ?

– Non.

Jérôme se pencha vers un étui à cigarettes et son bras heurta une carafe qui se cassa. Etait-ce un avertissement de ne pas poursuivre une conversation qui prenait des allures de confession ?

– Voilà qui porte bonheur, s'exclama Jeanne avant de rassembler les débris de verre.

Puis ce fut leur dernière nuit et elle voulut, pour son amant, devenir mille et une femmes. Allant à sa rencontre, elle tissa les fils d'une connivence où leurs âmes et leurs corps se rejoignirent pour les unir à tout ce qui les entourait : le ciel et les ténèbres, le hululement d'un hibou, un claquement de volet ou encore cette maison qui les protégeait... « Je t'aime », s'empêchait-elle de crier alors que Jérôme l'initiait à une insoupçonnable jouissance. Lui-même, malmené dans sa détermination, ne songeait plus qu'à avouer sa joie de la voir devancer ses plus intimes souhaits.

– Dis-moi que tu te souviendras de toi et de moi, en ce moment, lui demanda-t-il alors que, sexes mêlés, ils se cherchaient au plus loin.

Tout avait une fin et Jeanne, qui venait de vivre hors du monde, luttait pour ne pas montrer son chagrin de voir s'éloigner son amant. « Quand te reverrai-je ? », se retenait-elle de lui demander tandis qu'il enfilait son manteau.

– Apolline m'a promis de bien veiller sur ta santé, dit-il en l'attirant contre sa poitrine.

– Tiens, tiens, vous complotez derrière mon dos !

Il sentait déjà l'ailleurs et elle maudit Paris ainsi que le métier, voire la vocation, qui prenait la majeure partie de son temps. Mais comment lui reprocher de chercher à soulager les maux des humains ? Plusieurs fois, il avait, avec passion, évoqué son travail au sein du laboratoire qui l'employait.

– Rien de tel pour rester humble, constatait-il en riant.

Après avoir noué une écharpe autour de son cou, il s'approcha de Jeanne.

– Ma douce, murmura-t-il en la serrant étroitement contre lui.

Puis il se détourna avec précipitation et, en franchissant le seuil, lança d'une voix sourde :

– A bientôt.

Partagée entre l'exaltation et le désarroi, Jeanne décida de se noyer dans l'activité. Raymond ayant accompagné Marthe à Marseille, il restait à vider Bel

Horizon. Aidée de Sylvie, elle organisa le déménagement. Certains meubles retourneraient aux Restanques tandis que d'autres seraient entreposés dans une remise en attendant que la veuve eût un domicile. Quant au reste, l'héritier de René Verdier en ferait ce qu'il voudrait.

Avant de quitter le mas, Jeanne accomplit une dernière tournée d'inspection.

Dans une armoire, elle trouva, entourées d'une faveur blanche, les lettres qu'avait envoyées René à son épouse. Sans les lire, elle les brûla. De peur que des missives écrites par sa mère tombent entre des mains étrangères, elle força les tiroirs de l'imposant bureau où le maître des lieux enfermait ses papiers. Au milieu de factures, de comptes, de boîtes contenant des billets usagés, de médailles agricoles enfermées dans un plumier, elle découvrit plusieurs photographies de filles dévêtues, une jarretière, des adresses de femmes et, mêlées à ce bric-à-brac, des listes. Sur la première s'alignaient les conquêtes amoureuses de René Verdier, avec, truffées de fautes d'orthographe, ses appréciations. Sur la seconde, il avait inscrit ses prévisions financières. Quant à la troisième, Jeanne dut la relire plusieurs fois pour être certaine de ne pas rêver. Tous ses clients y figuraient : les confiseurs d'Aix, de Brignoles, de Draguignan, de Toulon, de Marseille ou de Salon. Aucun ne manquait et, accompagnant leurs noms, figuraient les dates où son beau-père leur avait rendu visite. Ainsi, il l'avait épiée dans ses moindres faits et gestes ! Cette constatation la suffoquait car, s'il lui avait été nuisible, jamais elle ne l'aurait cru capable d'obéir à un plan aussi élaboré. Ses surprises n'étaient cependant pas terminées. Dans un carnet, il avait relevé les parcelles appartenant aux Restanques. Un prix dérisoire figurait à côté de chacune : celui qu'il comptait offrir lorsqu'il serait parvenu à mettre le domaine en faillite ! Un petit bristol attira encore son attention. Il concernait la commande d'un médaillon.

Le dessin du bijou y était joint : une rose entourée d'une guirlande formant le prénom de Rosalie.

– Tu n'as pas l'air bien, s'inquiéta Sylvie venue de la pièce voisine où elle surveillait le travail des déménageurs.

– Ce n'est rien ! Juste un peu de fatigue.

Jeanne remettait les clés de Bel Horizon à maître Rouvel quand celui-ci lui déclara :

– La vente se fait entre l'héritier de monsieur Verdier et mon client. Néanmoins, ce dernier souhaiterait acquérir les oliveraies de madame Verdier. Il en propose un bon prix. J'ai envoyé une lettre à votre mère afin de la prévenir.

– Vous lui avez écrit à Marseille ?

– A l'adresse qu'elle m'a donnée.

– Vous auriez pu m'en parler !

– Excusez-moi, je ne pensais pas que cela vous concernait.

Jusqu'au soir, Jeanne ne décoléra pas. L'acheteur avait proposé beaucoup plus qu'elle ne pensait emprunter et sa mère risquait d'être séduite par une transaction alléchante et rapide.

– Il faut que tu m'aides, dit-elle à Laurent.

– De quelle manière ?

– Tu pourrais influencer maman en ma faveur.

– Tu plaisantes ! Elle ferait l'inverse de ce que je lui demanderais !

Après avoir écrasé sa cigarette dans un cendrier, il ajouta :

– Pourquoi t'acharnes-tu ? Je te l'ai déjà dit cent fois, mille fois : débarrassons-nous des Restanques. On aura moins de soucis, davantage de liberté et on ne cherchera plus, sans arrêt, de l'argent.

– Tu ne vas pas reprendre ta parole ?

– Mais non ! J'essaie seulement de te raisonner...

27

Rosalie ne nécessitait plus de soins. Elle allait quitter l'hôpital où François lui avait rendu visite, quand il avait pu obtenir deux jours de congé pour le 1er janvier.

Sans rien dire à personne, il avait pris un train pour Nice. Comment aurait-il deviné qu'il se présentait au plus mauvais moment ! Ce fut à peine si la jeune fille le regarda quand il entra dans sa chambre. Refroidi par cet accueil, il s'avança avec gaucherie vers le lit où, renfrognée, elle avait tiré les couvertures jusqu'à son menton.

– Rosalie, comment ça va ?

– Mal.

– Tu souffres beaucoup ?

– Oui.

– Je t'ai apporté des biscuits et des dattes, murmura-t-il en déposant les denrées sur la table de chevet. Et puis, quelques chocolats.

– C'est gentil, répliqua-t-elle sans poser les yeux sur les présents.

– Tu es fâchée que je sois venu ?

– Non, ça m'est égal !

Déconcerté, malheureux, François se demandait quel démon l'avait poussé à subir un nouveau camouflet. Les cheveux ternes, le teint blafard, Rosalie était l'ombre d'elle-même et, pourtant, le charme continuait d'opérer. Un silence s'installa. Il songea au trajet parcouru, à l'argent englouti pour ces moments pitoyables.

– Je suis fatiguée, se plaignit-elle.

– Tu veux dormir ?

Elle hocha la tête.

– Alors, je vais te laisser.

– Oui, c'est mieux.

Dans le couloir, il croisa une infirmière dont le visage avenant le réconforta.

– Je viens de la chambre Pervenche, lui dit-il.

– Oh, ça ne va pas fort... mais, la pauvre, il faut comprendre. Vous êtes au courant, peut-être ?

– Non.

– On lui a annoncé, ce matin, qu'elle boiterait.

– Qu'elle boiterait ! Vous voulez dire toute sa vie !

– Oui, les docteurs en sont certains.

François eut un frisson. Rosalie et sa vitalité, Rosalie et sa démarche dansante... Il avait envie de courir la rejoindre pour la bercer en l'assurant que, pour lui, elle serait toujours la plus belle, la plus gracieuse. L'infirmière continuait de parler mais il n'entendait plus que les battements désordonnés de son cœur.

Préoccupé, il sortit. Qu'allait-il faire dans cette ville inconnue en attendant de reprendre un train ? Ses pas le menèrent jusqu'à la fameuse Promenade des Anglais qui, par cette journée hivernale, s'était vidée de ses habituels promeneurs. Bordés par les palmiers, s'égrenaient les palaces et les restaurants, et tant de luxe l'affolait. Il s'avança près du rivage et contempla la jetée et son casino. Un rêve l'habitait, lui et Rosalie déambulant par un bel été au milieu d'une foule cosmopolite et bigarrée. Pour mieux imaginer le spectacle, il se remémora les photographies régulièrement publiées dans les journaux. Des enfants en costumes de bain s'approcheraient du ressac pour y barboter tandis que les grands joueraient au ballon ou s'achèteraient des sucreries à l'étal des marchands ambulants. Il ferait chaud, trop chaud peut-être... Rosalie porterait une capeline comme les grandes dames et, le soir, ils iraient au bal où elle n'aurait pas honte de danser car il aurait réussi à lui faire oublier qu'elle claudiquait.

La réalité reprenant ses droits, il se demanda comment il parviendrait à adoucir le désespoir de celle qu'il aimait. Une silhouette attira son attention. Sur un banc s'était assise une vieille femme. Assorti à son châle, un fichu de laine noire recouvrait sa tête. D'un papier, elle sortit avec précaution un morceau de pain d'où s'échappait une tranche de jambon et, après avoir jeté des miettes aux oiseaux qui voletaient autour d'elle, elle commença à manger à petites bouchées. François s'approcha. Après toutes les émotions de la matinée, il éprouvait un impérieux besoin de parler.

– Bonjour. Vous venez souvent par ici?

– Oui. Je n'aime pas déjeuner toute seule. C'est trop triste, la cuisine vide!

En quelques phrases, elle lui apprit que son mari et son fils étaient morts à la guerre.

– Cette maison, la nôtre, je me suis mise à la détester! Alors, je sors et, souvent, j'ai la chance de pouvoir causer avec quelqu'un, comme aujourd'hui. Mais toi, mon garçon, qu'est-ce que tu fais là? Tu n'es pas du coin...

– Non, je passais.

– Ah, j'aimerais bien être à nouveau jeune, comme toi, et penser à l'avenir. Tu travailles la terre?

– Oui, répliqua-t-il surpris.

– Ça se voit, à tes mains.

Il s'assit à côté d'elle et la conversation se poursuivit pendant près d'un quart d'heure. A mesure qu'ils devisaient, le cœur de François s'allégeait. L'inconnue avait évoqué le futur, un mot qui, pour elle, ne signifiait plus rien ! Que pouvait-elle maintenant attendre de l'existence ? Aucun des deux êtres qu'elle chérissait ne reviendrait. Mais lui ? Une force nouvelle le poussait à ne pas s'avouer vaincu. En dépit des apparences, aucune porte n'était fermée. Rosalie était en vie, lui aussi. Si elle revenait à Cotignac il finirait bien par fléchir son indifférence.

Dans ce but, il intercéda en sa faveur auprès de Jeanne.

– Mademoiselle, je suis allé voir Rosalie.

– A Nice !

– Oui.

– J'ai appris qu'elle resterait infirme. Une bien triste nouvelle.

– Pardonnez-moi, Mademoiselle, mais qu'est-ce qu'elle va devenir ?

– J'y pense beaucoup. La ramener ici, après ce qui s'est passé, n'est pas facile. Toutefois, je ne peux l'abandonner.

– S'il vous plaît, reprenez-la.

Une telle ferveur était contenue dans ces paroles que Jeanne regarda avec insistance son employé.

– Je vais voir, répondit-elle, troublée.

Qui aurait pensé que la résistance viendrait de Rosalie ?

– Je veux pas retourner à Cotignac, déclara-t-elle au médecin lorsqu'il l'avertit que son séjour à l'hôpital se terminait.

– Mais mademoiselle Barthélemy est prête à vous reprendre. Rendez-vous compte !

Voulait-il dire que sa claudication l'empêcherait de trouver un emploi ailleurs ? Des larmes brûlèrent ses paupières tandis qu'elle répondait :

– C'est mon affaire.

Où irait-elle ? Toulon lui faisait horreur mais elle

préférait encore cette solution à l'idée de boiter devant Laurent car le frein était là. Apparaître devant lui dans sa misère alors qu'il l'avait tant complimentée sur sa beauté l'empêchait d'obéir au bon sens.

Il fallut toute la persuasion de Michel Delestang pour venir à bout de cet entêtement. Afin de soulager Jeanne, il lui avait proposé de s'occuper de Rosalie. Après avoir rempli les formalités administratives, il attendit la servante dans le vestibule de l'hôpital où elle le rejoignit en s'aidant d'une canne.

– Oh, s'écria-t-elle, surprise. On m'avait pas prévenue que vous étiez là !

– Tu ne pensais tout de même pas qu'on te laisserait prendre le train !

En même temps qu'il parlait, il entraînait la jeune fille vers l'automobile.

– Il faut que je vous dise, se défendit-elle, je vais pas à Cotignac.

– Qu'importe, je te laisserai sur le chemin.

Après les corridors de l'hôpital où elle avait recommencé de marcher, après la vision des malades, les ordres des infirmières, les odeurs d'éther et de médicaments, traverser Nice lui fit du bien. L'animation y battait son plein et elle se gorgeait de cette vie qu'elle avait failli perdre. La fatigue, pourtant, ne tarda pas à s'imposer et, dès qu'ils eurent gagné la campagne, elle s'endormit.

Plus tard, Michel, les yeux rivés sur la route, lui déclara :

– Ne sois pas orgueilleuse, Rosalie.

– Je le suis pas.

– Mais si et, crois-moi, je te comprends... Seulement, en refusant ce que les autres t'offrent, tu ne réussiras qu'à te punir.

Quand ils franchirent les grilles des Restanques, elle avait juste accepté d'y passer une nuit afin de parler, le lendemain, avec Jeanne.

Apolline l'accueillit en pleurant. Fanny la serra

contre son cœur et elle s'étonna du plaisir qu'elle éprouvait à les retrouver.

– Seigneur, tu nous en as donné, du mauvais sang, se plaignit la cuisinière.

En s'asseyant, Rosalie retrouva les effluves familiers dont, contre son gré, elle subit le pouvoir d'évocation. De même, elle ne pouvait rester indifférente au réconfort que dispensait ce lieu où s'étaient déroulées sa petite enfance et ses premières amours.

– Tiens, mange, lui dit sa tante, en déposant devant elle une assiette de porc et de riz.

Subrepticement, les habitudes reprenaient leur droit et la réserve de Rosalie fondait. Après tant de désillusions, de leurres et de chagrin, où trouverait-elle cette sollicitude ? La chaleur du fourneau l'envahissait d'une douce torpeur. Fanny s'activait à préparer un gâteau de pommes de terre. Le chat miaulait devant son écuelle. Tout était à sa place et cet ordre des choses, qu'elle avait avec tant de violence et d'âpreté combattu, trouvait enfin sa valeur.

Elle se dirigeait vers la chambre qu'elle avait autrefois partagée avec Apolline lorsque Laurent sortit de la sellerie. Il était trop tard pour se dérober et elle dut continuer de marcher jusqu'au moment où ils se croisèrent.

– Comment ça va ? lui demanda-t-il sur un ton qui se voulait concerné.

– Pas très fort.

– Ma pauvre !

S'il semblait attristé par son état, elle comprit qu'il l'aurait été de la même manière pour toute autre personne, et cette évidence mit fin à l'histoire qu'elle s'était bâtie : lui, elle, un amour non partagé, la jalousie puis le désir de revanche et la peine. Le voile se déchirait et elle vit le gâchis où l'avaient menée ses chimères. Elle vit aussi que Laurent ne ressemblait plus au jeune homme intrépide et joyeux qu'elle avait connu. Que s'était-il passé pour que ses traits révèlent un tel désenchantement? Suzie, sans doute... Mais cette découverte, qui l'aurait autrefois satisfaite, la laissait indifférente. Alors, elle ne se révolta plus contre le destin qui lui dictait de demeurer aux Restanques.

– Ce qui s'est passé doit rester un secret entre nous, lui dit Jeanne, le lendemain.

– Personne n'est au courant, vraiment?

– Personne, sauf ma mère.

– Mon Dieu, si elle me trouve ici!

– Cela m'étonnerait. Elle s'est juré de ne plus revenir à Cotignac.

– Vous allez lui dire que je travaille chez vous?

– Ce n'est pas nécessaire.

– Et monsieur Laurent? Il connaît la vérité?

– Combien de fois dois-je te le répéter, Rosalie, personne n'est au courant de ta liaison avec monsieur Verdier.

– Si vous saviez comme j'en ai honte!

– Oublie ta honte et pense au présent.

– Au présent, releva la servante en regardant sa jambe.

– Je sais ce que tu ressens mais la vie continue. Et, quoi que tu penses, tu es toujours belle.

– Belle! Jamais plus un homme me le dira!

– Ouvre bien les oreilles et tu verras que tu te trompes.

Avec une moue sceptique, Rosalie renoua son tablier puis se dirigea vers l'office où l'attendaient des bottes et des chaussures à cirer.

Jeanne s'assit, alors, à son bureau afin d'examiner les comptes. La saison avait été bonne mais les bénéfices obtenus avec le nougat ne couvraient toujours pas les dépenses de la propriété. Seul le produit des oliveraies appartenant à Marthe pouvait lui donner la souplesse financière nécessaire qu'elle attendait depuis le décès de son père. Antoine avait fixé, pour le début de la semaine prochaine, un rendez-vous avec le banquier qui acceptait de lui accorder un prêt.

– Mademoiselle, une visite, revint l'avertir Rosalie.

– Je n'attends personne.

– Un monsieur Coursange voudrait vous parler. Il est avec une jeune fille.

Coursange ! Il s'agissait du nouveau propriétaire de Bel Horizon que Jeanne imaginait peu différent de René Verdier.

– Fais-le entrer dans le salon.

Vêtu d'une veste et d'une culotte d'équitation, Jacques Coursange devait avoir une cinquantaine d'années. Il avait un visage aimable et une poignée de main franche.

– Bonjour, mademoiselle, je suis votre voisin. Permettez-moi de vous présenter ma fille, Marianne.

L'inconnue s'avança : grande, brune, elle avait des yeux espiègles, un teint de porcelaine et des cheveux épais, bouclés, qui semblaient se moquer des brosses et des peignes.

Au fil de la conversation, Jeanne apprit que le premier était négociant en vins et que la seconde entamait une carrière d'institutrice à Brignoles.

– Depuis longtemps, nous cherchions, ma femme et moi, une demeure à la campagne. Maître Rouvel nous a parlé de Bel Horizon au moment où nous commencions à nous décourager. Certes, le mas a besoin d'être amélioré mais les terres sont de bonne qualité. Quant à la vue, le nom du domaine n'est pas usurpé !

L'entretien se poursuivit agréablement et Jeanne trouvait ses hôtes sympathiques. Pourquoi fallait-il qu'ils s'intéressent aux oliveraies ?

– Soyez tranquille, maître Rouvel a transmis votre proposition à ma mère mais elle était déjà en pourparlers avec un autre acheteur.

– Quel dommage ! Ne pourriez-vous l'influencer en notre faveur ?

– Je ne le crois pas.

Jeanne jouait avec le feu car Marthe, aux dernières nouvelles, s'était entichée d'un appartement rue Paradis. Si sa fille ne lui procurait pas rapidement la somme dont elle avait besoin, elle accepterait l'offre de Jacques Coursange.

– J'espère que vous viendrez déjeuner à la maison, lui dit Marianne sur le perron. Ma mère serait ravie de vous recevoir.

– Avec grand plaisir, répliqua Jeanne en frissonnant sous la morsure du froid.

Depuis quelques jours, la température avait anormalement chuté et elle commençait de craindre pour ses plantations. Amandiers et oliviers pouvaient être tués par le gel. Qui n'avait entendu parler des terribles hivers 1837 et 1870 où le verglas, se fixant sur les rameaux, avait saisi les arbres dont les racines étaient encore humides !

– Imagine que je m'engage à rembourser l'achat des fameuses oliveraies au moment où celles-ci ne pourraient plus produire, dit-elle à Sylvie.

– Jeanne, tu nous fais peur à tous. Papa en est malade.

– Chut, ne m'inquiète pas davantage.

28

Aucune amélioration climatique n'était à espérer lorsque Jeanne se rendit, à Marseille, chez monsieur Salmon.

La mine préoccupée, Antoine l'attendait dans le bureau du banquier avec lequel il venait de rectifier quelques modalités dans le contrat. La jeune fille s'engageait à rembourser les sommes prêtées avant cinq ans. Au cas où elle n'y parviendrait pas, une partie des Restanques ne lui appartiendrait plus. Antoine s'était évertué à ce que les terres hypothéquées soient choisies en lisière du domaine.

– Ainsi, la bastide ne risquera pas d'être morcelée.

Le cœur de Jeanne battait à tout rompre quand elle signa les papiers mais à son inquiétude se mêlait la conscience d'agir pour le meilleur et peut-être d'en recevoir une récompense.

– Eh bien, mademoiselle, je vous souhaite bonne chance, lui déclara monsieur Salmon en la raccompagnant jusqu'à l'escalier.

Dans la rue, elle remercia Antoine qui l'avait suivie.

– Sans vous, je n'aurais rien obtenu.

– Je ne sais pas si vous devez m'en féliciter, répliqua-t-il, mais allons boire un chocolat.

Ils entrèrent dans un café où s'étaient réfugiés d'autres passants qui, peu habitués au froid, se réconfortaient avec du rhum ou du vin chaud. Au travers des vitres embuées, la cité semblait morte et un étranger n'aurait pu imaginer l'habituel bouillonnement des artères aujourd'hui désertes. Etait-ce l'influence du ciel bas et de la triste lumière, personne ne plaisantait autour du comptoir où s'activait le percolateur et même, dans l'arrière-salle, les joueurs de cartes avaient perdu leur verve.

– Vous ne rentrez pas à Cotignac ?

– Non, je dois passer l'après-midi et la soirée avec ma mère.

Puis, à brûle-pourpoint, elle demanda :

– Avez-vous reçu des nouvelles de votre ami Guillaumin ?

– Aucune ! Je sais seulement que Nicole s'apprête à passer une semaine chez lui, à Paris.

Combien de fois Jeanne avait espéré que, dans le courrier, figurerait une lettre de Jérôme. L'avait-il déjà oubliée ? Poursuivait-il la liaison qu'on lui prêtait depuis plusieurs années ? Elle avait du mal à imaginer qu'il lui eût joué la comédie mais, Régis l'ayant initiée à l'inconstance des hommes, elle ne pouvait écarter cette hypothèse. Elle regarda Antoine pendant qu'il sucrait son chocolat. Son attitude indiquait qu'il avait compris qu'elle ne l'aimerait jamais et cette constatation la soulagea.

– Antoine, murmura-t-elle.

– Je sais, répliqua-t-il en soutenant son regard, mais ne prononçons pas le mot « amitié ». C'est encore trop tôt pour moi.

Marthe avait donné rendez-vous à sa fille dans l'appartement qu'elle souhaitait acheter. Quatre pièces au deuxième étage d'un immeuble bourgeois dont les escaliers sentaient la propreté et l'encaustique. Dès qu'elle y pénétra, Jeanne se sentit étouffer. Comment vivre, privée d'espace, loin des arbres et des fleurs ?

– Ici, je pourrai accueillir des amis pour jouer au

bridge, disait Marthe en déambulant dans un salon où trônait une cheminée de marbre noir, et là ce sera ma chambre.

Elle avait déjà imaginé la place des meubles et des objets. Quel entrain, se disait Jeanne qui n'avait jamais vu sa mère dans une telle forme.

– Enfin je vis comme j'en ai envie, lui confiait celle-ci. Personne ne sait que je suis veuve. Alors, je me promène, je vais au théâtre. Le propriétaire de cet endroit m'a même invitée à dîner...

Incorrigible Marthe qui, déjà, avait dû bâtir un roman feuilleton autour de cette rencontre ! Pourvu que ce nouveau monsieur ne ressemblât pas à Verdier, s'inquiétait la jeune fille qui s'attendait au pire.

– As-tu discuté le prix ?

– Oh non, cela n'aurait pas été élégant !

– Maman, je t'en supplie, prends conseil auprès de gens compétents.

En même temps qu'elle parlait, elle avait conscience de perdre son temps. Sa mère s'était lancée dans une nouvelle aventure et rien ne l'empêcherait d'agir comme bon lui semblerait. Restait à aborder le domaine financier.

– J'hésite, avoua Marthe. Que dira-t-on de moi si je te vends les oliveraies ? Je devrais normalement te les donner ainsi qu'à ton frère, mais les temps sont si difficiles pour une femme seule... Ce Coursange me semble sérieux.

– Tu ne vas pas revenir sur ce que nous avions décidé. J'ai l'argent !

– Oui, bien sûr...

– Maman, si tu privilégies l'offre de monsieur Coursange, tu ne me reverras plus jamais.

– Jeanne, calme-toi.

– Pas avant que ne soit terminée notre transaction. Je veux bien comprendre tes soucis, les admettre, mais il existe tout de même des limites à ma patience. Alors, finissons-en !

Elle détestait élever la voix, toutefois, pour impressionner Marthe, il fallait hélas lui faire peur.

– Moi aussi, je suis lasse, répliqua celle-ci. A mon âge et dans ma situation, j'ai droit à la tranquillité.

– Justement.

D'autres palabres furent encore nécessaires pour que Jeanne obtienne satisfaction. Puis, exaspérée par tant de discussions stériles, elle laissa sa mère rentrer seule chez son amie.

– Je te rejoindrai pour le dîner. J'ai besoin de me promener.

– Par ce froid !

Protégée par sa pelisse, Jeanne avançait dans les rues obscures en inspirant de longues bouffées d'air. A mesure qu'elle approchait de la Bourse, les tramways devenaient plus nombreux et une foule dont on ne discernait pas les visages emmitouflés se hâtait de rentrer. Autour du Vieux-Port, les fenêtres s'allumaient tandis qu'à quai, bateaux et embarcations attendaient des jours meilleurs. Face à ce monde figé, elle se sentait emplie d'énergie. En une journée, tout s'était réglé, pour le meilleur ou le pire, mais, au moins, les dés étaient jetés. Son destin avait quitté le carrefour où il l'avait conduite pour emprunter l'une des routes qui s'offraient à lui. Après avoir consulté une pendule, elle décida d'acheter le cadeau de naissance pour le petit-fils de madame Pascale puis, le présent dans son sac, se rendit à la confiserie.

– Quelle bonne surprise ! Je ne vous savais pas à Marseille ! Mais il ne fallait pas... se récria la commerçante en recevant le paquet qui contenait une timbale.

– Comment va le bébé ?

– Mieux que bien. Il a l'air d'avoir six mois alors qu'il n'en a que trois. Seulement, ma pauvre, la nuit, c'est un démon. Ma fille ne ferme pas l'œil... Enfin, pour parler d'autre chose, on l'a bien vendu, votre nougat.

– C'est vrai, je ne m'attendais pas à un tel résultat.

– Pensez, les clients se l'arrachaient! Et, croyez-moi, ce sont des connaisseurs. Ici, on les a habitués à la qualité. Oh, voilà Henriette! Décidément, c'est le jour des visites.

En se retournant, Jeanne se trouva face à la femme de Régis.

– Bonsoir, lui disait son ancienne rivale en lui tendant la main.

– Bonsoir.

Aussi interloquées l'une que l'autre, elles ne trouvèrent rien à ajouter.

– Et notre Régis, s'exclama madame Pascale après avoir embrassé la nouvelle venue, se souvient-il qu'il a une marraine?

– Ne lui en veuillez pas. Il a beaucoup travaillé ces derniers temps.

– Il ne connaît même pas notre petit Sylvain.

Jeanne s'était écartée, cependant les miroirs lui permettaient d'observer Henriette dont l'allure lui parut plus réservée.

– Nous dînons chez ma belle-mère et elle adore vos pâtes de fruits. Je suis venue lui en acheter.

– Je vous laisse, les interrompit Jeanne.

– Attendez un peu...

– Non, non, vous êtes occupée, je reviendrai.

– Alors à bientôt et encore merci pour le petit.

En ouvrant le couvercle d'une boîte afin d'en montrer le contenu, madame Pascale ajouta :

– Une jeune femme courageuse. Mais que je suis bête, vous la connaissez...

– Un peu.

Sur le chemin du retour, Henriette songeait à cette entrevue qui, un an auparavant, l'aurait bouleversée. Le chien l'accueillit en jappant alors qu'elle refermait la porte du vestibule où flottait l'odeur du tabac blond. Assis dans le salon, Régis lisait le journal, en buvant un whisky.

– Il est tard. Je m'inquiétais. Où étais-tu?

– Mon cours d'histoire s'est prolongé puis je suis passée chez ta marraine.

– Ah oui.

– J'y ai croisé Jeanne Barthélemy.

– Tiens...

– Tu ne me demandes pas de ses nouvelles?

– Si, bien sûr.

– Elle est toujours aussi jolie.

– Et à part cela?

– Elle semblait pressée.

– Tu te moques de moi, Henriette! C'est à toi que je pose la question. Où en est ton rhume?

– Mon rhume n'a aucun intérêt, répliqua-t-elle en se versant un verre de porto.

Régis s'était levé. Elle l'entendit s'approcher.

– Tu ne m'as pas embrassé, remarqua-t-il.

– Les microbes.

Il l'entourait maintenant de ses bras, sa bouche sur la sienne.

– Tu sais bien que je n'attrape jamais rien. Mais dis-moi plutôt ce que tu cherches depuis quelques mois. A te venger?

– Qu'imagines-tu?

– Comment expliquer ton indifférence? Tu m'aimais pourtant.

– Oui.

– Et c'est fini?

– Ecoute, Régis, tes parents nous attendent et je voudrais me changer.

– Non.

– Quelle mouche te pique?

– Il se passe que j'en ai assez de ton manège. On dirait que tout ce qui est important dans ton existence se passe en dehors de moi.

– Ce n'est pas faux.

– Pourquoi, bon Dieu, pourquoi?

– Pour ne pas sombrer.

– Arrête de t'attacher au passé. J'ai changé.

– Et voilà ! Parce que tu as changé, tout devrait te sourire ! Seulement, si tu as la mémoire courte, la mienne ne connaît pas de faille. Parce que j'étais amoureuse de toi, j'ai commis la pire bêtise. C'était non seulement stupide mais malhonnête de t'imposer un enfant. Cependant, j'étais prête à tout pour te garder.

– Jamais tu n'as montré que tu tenais à moi, avant d'être enceinte !

– J'étais persuadée que cela te ferait fuir.

– Tu n'avais pas tort.

– Alors, que me restait-il pour que tu rompes avec Jeanne ?

– Tu savais ?

– Bien sûr. Mais à quoi bon remuer tout cela... et le reste... le mépris avec lequel tu me parlais après notre mariage, les nuits sans sommeil pendant lesquelles je guettais tes retours des bars ou des bordels, cette sensation de commettre un crime en ayant le ventre rond.

– Arrête !

Bouleversé, il tentait de la prendre une nouvelle fois dans ses bras.

– Que dois-je faire, Henriette, dis-le-moi, je t'en supplie.

– Si je le savais ! Il n'existe, hélas, pas de remède contre les sentiments qui passent.

– Tu ne m'aimes vraiment plus ?

– Quelque chose s'est cassé en moi.

– Donne-moi une chance. Toi aussi, tu as beaucoup changé et je commence à t'aimer telle que tu es aujourd'hui, plus résolue, plus indépendante, plus profonde. Essayons de ne plus nous faire de mal. Je ne te demande rien d'autre que d'essayer. Grâce à toi, j'ai compris beaucoup de choses, ces derniers temps, et je crois avoir apprivoisé une partie de mes peurs, notamment celle de m'attacher.

Ces mots qu'Henriette avait tant espérés la laissaient presque indifférente. Néanmoins, pourquoi lui ôter tout espoir et s'en ôter à elle-même ? Dans le domaine de l'amour, il n'y avait peut-être pas que des mauvaises surprises et, qui sait, la roue pourrait tourner dans un sens bénéfique. Son nez s'était mis à couler et elle cherchait un mouchoir quand Régis, dans un geste de prestidigitateur, lui tendit le sien.

– Si ce n'est pas pour essuyer des larmes, je veux bien te le prêter.

– Tu préfères mes chandelles, répliqua-t-elle en riant.

29

A son retour de Marseille, Jeanne trouva une lettre de Jérôme : « *Pardonne-moi ce silence : l'un de mes collaborateurs est tombé malade et j'ai connu un surcroît de travail. Chaque soir, je pensais t'écrire mais j'étais épuisé. Jeanne, je maudis ces kilomètres qui m'empêchent de te serrer contre moi. Penses-tu un petit peu à ton botaniste? J'embrasse la fossette au creux de ton épaule.* »

Jusqu'à le connaître par cœur elle relut le texte puis, le cœur gonflé de joie, se retira dans sa chambre où Rosalie allumait un feu.

– J'ai pensé que le poêle ne suffirait pas.

– Tu as raison. On grelotte.

– Ce soir, je bassinerai votre lit.

– Bonne idée. Et toi, pas trop fatiguée?

– Non, non.

– Tu pourrais t'installer dans la petite pièce, à côté de l'office. Tu y serais plus à l'aise. A moins que tu ne tiennes à la compagnie d'Apolline.

Dormir seule ! Rien ne pouvait plus contenter Rosalie qui, après avoir subi les bavardages de la cuisine, n'aspirait qu'au silence. Dans son nouveau logement, elle installa les affaires dont elle avait extrait les cadeaux de Verdier qui, tous, avaient terminé au fond de la rivière. Les images pieuses offertes par l'aumônier de l'hôpital furent accrochées au-dessus du lit.

Puis elle sortit de sa petite valise quelques coquillages, une poupée gagnée à la loterie et le miroir que lui avait choisi François. Ils s'étaient croisés deux fois depuis son retour aux Restanques et elle l'avait trouvé peu loquace. Sans doute lui en voulait-il de l'avoir mal reçu à Nice.

En fait, François lui abandonnait les initiatives. Rosalie lui parlerait quand elle le souhaiterait. Pour l'instant, il lui était suffisant de la savoir à l'abri du froid, du chômage et de la faim ! Surtout en cette période peu clémente. Jusqu'où descendrait le baromètre ? Et quel serait le seuil de tolérance des arbres ? Plusieurs jours s'écoulèrent où le pire pouvait survenir et annihiler le travail de ceux qui, depuis des années, s'étaient évertués à soigner oliviers et amandiers. Jeanne tentait de cacher son inquiétude mais elle venait plus souvent voir son employé et, sans doute pour conjurer le sort, faisait avec lui la liste des travaux à venir.

Ce n'était pas auprès de Laurent qu'elle trouvait un réconfort. Son comportement en étonnait plus d'un, notamment Rosalie qui ne reconnaissait plus en cet homme taciturne et oisif celui qu'elle avait aimé. Enfermé dans sa chambre, il remâchait les souvenirs bons ou mauvais et, rideaux fermés, ne se préoccupait ni des heures ni du lieu où il se trouvait. En même temps que Jeanne, il avait reçu une lettre de Jérôme qui, lui, avait la chance de vivre pour un idéal. Le mot prenait maintenant des résonances amères. Sur les étagères de sa bibliothèque s'alignaient les volumes de géographie, de sciences et de botanique pour lesquels il avait dépensé ses économies de collégien. Ils se mélangeaient aux cahiers, aux herbiers et aux albums contenant les photographies accumulées pendant son périple asiatique.

– Plus jamais je ne trouverai la force de parcourir le monde, disait-il à Michel qui, régulièrement, lui rendait visite.

– Je te parie le contraire.

– Tu perdras.

– Que cherches-tu, Laurent? A réduire en miettes tes capacités et tes acquis? Combien de fois n'ai-je envié ta passion! Je ferais un pacte avec le diable pour te ressembler. Tu n'es pas fait pour avoir, comme moi, des aspirations ordinaires.

Celui qu'évoquait son cousin s'apparentait à un inconnu que Laurent n'avait plus aucune envie de rencontrer. Calfeutré dans un monde où il n'avait rien à prouver, il vivait avec sa souffrance et regrettait presque que Jérôme l'eût sauvé. Personne ne pouvait comprendre le désespoir qui le rongeait, l'angoisse qui le paralysait et cette sensation d'être un cerveau vide dans un corps d'automate.

En venant l'embrasser avant de partir pour Paris, Sylvie raviva la plaie.

– Je ne savais pas que tu retournais là-bas.

– J'accompagne Nicole.

Des images s'imposèrent alors : ses premiers jours d'installation lorsque Suzie ne lui accordait aucun répit. Il devait l'accompagner partout, au théâtre pour les répétitions, chez le couturier, au restaurant. De cette époque bénie, il ne restait que des cendres et ce mal d'exister qui le coupait des autres.

Rosalie entrait et sortait pour nettoyer sa chambre ou lui apporter du linge, cependant il ne prêtait pas attention à sa présence. Quant à Jeanne, il aurait aimé l'aider, du moins moralement, mais elle se projetait dans un avenir qu'il était incapable d'envisager. Que les Restanques fussent ou non vendues lui était aussi indifférent que le reste.

– Nous avons échappé au pire, lui dit sa sœur un matin. Le baromètre remonte. Mon Dieu, quelle peur nous avons connue.

L'ouvrage reprit : la taille des oliviers afin de les débarrasser des branches qui avaient souffert du froid, celle des amandiers. Peu à peu, la nature reprenait vie et bientôt elle éclaterait en couleurs. On allait célébrer mardi gras et les Cotignacéens, comme chaque année, s'y préparaient. Pour respecter la tradition, plusieurs jours de fête se succéderaient au cours desquels serait organisé un faux mariage où les participants porteraient les costumes de leurs ancêtres. S'y ajouteraient les bals costumés pour lesquels on courait chez le chapelier afin d'y louer loups, masques et déguisements.

L'animation battait son plein quand Laurent, qui ne quittait les Restanques que pour acheter ses cigarettes, sortit du bureau de tabac. Leurs paniers emplis de victuailles, villageois et villageoises allaient et venaient tandis que des enfants se poursuivaient en faisant tourner leurs crécelles. Etourdi par le bruit, il monta dans la voiture.

Il venait de quitter la bourgade lorsqu'une jeune fille lui fit signe de s'arrêter.

– Vous n'iriez pas en direction de Bel Horizon ? lui demanda-t-elle.

– Montez.

– Je suis contente de vous trouver, soupira l'inconnue en déposant un chevalet et une boîte de couleurs sur la banquette.

– Vous peignez ?

– Occasionnellement. Mais les fontaines de Cotignac m'inspirent. J'ai envie de les rassembler dans un carnet.

Sensible à la voix de la passagère, Laurent la regarda. D'un chapeau de feutre gris s'échappait une crinière cuivrée. Ses yeux étaient noirs, brillants et son sourire éclatant. « Plutôt jolie », pensa-t-il en l'aidant à s'installer.

– Et vous, demandait-elle, vous habitez par ici ?

– Aux Restanques.

– Mais, alors, nous sommes voisins !

– J'imagine que vous êtes la fameuse Marianne dont m'a parlé ma sœur.

A plusieurs reprises, Jeanne s'était rendue chez

les Coursange où Laurent n'avait jamais voulu l'accompagner.

« Qu'aurais-je à leur dire ? » répétait-il invariablement.

Pourtant, en compagnie de Marianne, il oublia son mutisme. Il fallait reconnaître que la gentillesse de sa passagère aurait rompu les plus solides barrages.

– Je découvre peu à peu la région, disait-elle. Nous habitions Valence auparavant mais mon père souhaitait se créer de nouvelles racines.

– Et vous êtes satisfaite de ce changement ?

– Toutes les nouveautés m'attirent.

– Ah oui !

– Comme vous, j'aimerais voyager. Pour l'instant, j'enseigne à Brignoles mais j'espère, un jour, être mutée à l'étranger. En Egypte, par exemple.

La pensée de Suzie, qui avait accompli une tournée là-bas, rompit le charme.

– Vous connaissez ? demandait Marianne.

– Non. Juste une escale à Port-Saïd.

Après avoir croisé carrioles et petits ânes, ils arrivèrent devant le portail de Bel Horizon.

– Vous m'avez vraiment rendu service ! C'était plus lourd que je ne le pensais, déclara Marianne en s'emparant de son matériel.

Elle ajouta :

– J'espère vous voir bientôt à la maison, avec votre sœur.

– N'y comptez pas ! Je déteste les mondanités.

– Qui parle de mondanités ? Croyez-vous que je passe mon temps dans les salons à grignoter des petits fours ?

– Peu importe ! Je ne sors pas de chez moi, précisa-t-il avec agacement.

Déconcertée par cette attitude, elle le regarda longuement avant de murmurer :

– C'est étrange : nous sommes jeunes tous les deux et, pourtant, j'ai l'impression de discuter avec un petit vieux. Rien ne vibre en vous.

Sans l'écouter davantage, il démarra. De quoi se mêlait cette mijaurée et de quel droit lui donnait-elle des leçons ?

– Elle est insupportable, cette Coursange, dit-il à Jeanne pendant le déjeuner.

– Marianne ! C'est une personne exquise ! Mais comment la connais-tu ?

Rapidement, il relata leur rencontre.

– Tu devrais la tenir à distance, conclut-il. Elle doit être collante.

Lassée par le comportement de son frère, Jeanne ne tenta même pas de discuter.

– J'ai perdu patience, avoua-t-elle à Rosalie. Et je crois ne pas être la seule. Qui pourrait supporter longtemps quelqu'un qui ne cesse de se lamenter sur son sort ? Tout, pourtant, lui souriait !

– Il s'en rendait pas compte.

– Tu as raison.

– Et puis, il a du temps pour être triste. S'il était occupé autant que je le suis, peut-être qu'il serait autrement.

Rosalie ne se plaignait jamais. Au contraire, elle rassemblait ses forces pour combattre son infirmité. Sa jambe la faisait souvent souffrir, surtout le soir, quand elle s'arrêtait de travailler. Face à elle-même, dans sa petite chambre, elle tentait de ne pas s'appesantir sur ses espoirs déçus. Adieu, succès et richesse. Le sort, qui l'avait punie pour son avidité et sa duplicité, en avait décidé ainsi... Son plus grand effort demeurait cependant de faire taire son orgueil, en particulier quand elle sentait peser sur elle les regards faussement apitoyés d'Augustine et des autres journaliers.

– Tu vas pas au bal ? lui demanda Annie.

Cette question relevait-elle de la perfidie ou de l'inconscience ?

– Non.

Jeanne avait donné congé à ses employés pour qu'ils profitent des réjouissances de Carnaval. Oubliant leur âge, Fanny et Apolline avaient retrouvé un insoupçonnable entrain pour se rendre au village. Parées de leurs atours du dimanche et un loup de velours dans leur sac, elles se hissèrent avec des rires de jouvencelles dans le chariot qui les mènerait vers la salle de la Grainerie.

Rosalie leur adressa un signe de la main puis, jetant une pèlerine sur ses épaules, sortit dans le parc. Annonciateurs du printemps, les amandiers n'allaient pas tarder à fleurir et, cette année particulièrement, elle avait besoin de ce renouveau. Sa promenade la mena jusqu'à la ferme.

Elle passa devant le cassoir où elle avait tant de fois brisé les amandes et songea aux chimères qui l'agitaient à ce moment-là. Décidément, tout était appelé à finir, les amours comme le reste ! Aurait-elle imaginé quand elle avait la tête dans les étoiles qu'un jour Laurent ne lui inspirerait plus aucun sentiment ? Un peu plus loin, par une porte entrouverte, elle aperçut François qui pansait la patte d'un chien.

– Tu es pas avec les autres ? lui demanda-t-elle sur le seuil de la pièce où il vivait.

– Non.

Attentif à bien ajuster le bandage, il ne levait pas la tête.

– Voilà, c'est fini, fit-il en flattant la tête de l'animal qui se mit à lui lécher la main.

Puis il se leva.

– François...

– Oui ?

– J'ai pas toujours été aimable.

– N'y pensons plus.

– Tu m'en veux ?

– Mais non... voyons...

– Tu es différent avec moi.

– J'ai seulement compris que tu me voulais loin de toi.

– Plus maintenant.

– Ah.

Où trouvait-il ce calme? Si Rosalie se posait la question, lui-même s'étonnait de ne pas avoir le cœur qui battait la chamade. Quelque chose venait de se produire. Tout doucement, elle empruntait le chemin qui la mènerait à lui. Il le sentait, même s'il ne pouvait s'appuyer sur aucune preuve.

– Tu as mangé? demandait-elle.

– Pas encore. J'ai l'avoine à donner aux chevaux. Mais si tu es pas pressée, il y a du ragoût. On peut le partager.

– Alors, en attendant, je préparerai des œufs au lait.

Ils se retrouvèrent dans la grange où, sur l'extrémité d'une longue table, Rosalie avait disposé leurs couverts. Elle remarqua que François avait changé de chemise et qu'il s'était peigné.

– J'ai apporté une bouteille de vin, dit-il. Un cadeau de mademoiselle Jeanne que je gardais pour une grande occasion.

– C'est très gentil mais...

– A ton retour, murmura-t-il en lui tendant le verre qu'il venait de remplir.

Au début du repas, ils parlèrent de tout et de rien puis, l'alcool aidant, Rosalie devint plus curieuse.

– Tu penses rester toute ta vie aux Restanques?

– J'y resterai tant qu'on voudra de moi.

– Tu n'as pas envie d'autre chose?

– Je suis bien, ici. Mademoiselle Jeanne apprécie mon travail. C'est important. Et puis, même si ces terres ne sont pas à moi, je les aime.

– On dit que tu finiras métayer.

– On dit tellement de choses!

– Tout de même... ça te plairait?

– Bien sûr mais je n'y pense pas.

– Jamais?

– Non, je vis au jour le jour.

– Comment fais-tu ?

– Je m'intéresse à ce qui m'entoure, à ce que je découvre dans les livres. Je profite de ce qui est bon, comme ce moment que nous passons ensemble.

Si on avait prédit à la jeune servante que, dans cette salle toute simple où elle avait tant de fois servi la soupe aux journaliers, elle se sentirait bien en compagnie d'un paysan, elle se serait esclaffée. Et pourtant, les minutes passèrent sans qu'elle connût l'ennui. François lui raconta les histoires qu'il avait lues dans les gros livres recouverts de maroquin rouge que lui prêtait le sacristain. Il lui raconta aussi des légendes provençales et, peu à peu, elle oublia l'amertume des derniers mois.

– Un jour, tu m'as proposé de m'apprendre l'alphabet, dit-elle. Tu penses que j'y arriverai...

– Essayons.

– J'ai peur que tu te moques de moi.

– Tu m'en crois capable ?

– Non.

Il était presque minuit quand il la raccompagna jusqu'à la bastide.

– Si nous allions demain à Cotignac ?

– Oh non.

– Pourquoi, c'est le dernier jour de Carnaval.

S'approchant d'elle, il demanda :

– Tu ne vas pas toujours rester enfermée ?

– Ça me regarde !

Elle avait repris un ton acerbe qui l'empêcha d'insister.

– Alors, bonne nuit.

Sans répondre, elle entra dans l'office puis en ferma la porte.

Le lendemain soir, quelle ne fut la surprise générale de voir s'avancer, dans la cour, Rosalie vêtue d'une robe ancienne et coiffée d'un chapeau trouvé dans le grenier.

– C'est pas vrai ! Tu t'es enfin décidée à t'amuser, s'exclama Fanny.

– Où est François ? s'enquit la jeune fille.

– Dans la remise, là-bas.

Elle le trouva en train de ranger des outils.

– Je voulais pas partir à la fête sans te prévenir.

– Je t'accompagne, répliqua-t-il simplement.

Dans une chaleur étouffante, le village dansait et chacun, chacune s'était, en ce soir de mardi gras, paré de son plus beau déguisement car des prix seraient tout à l'heure décernés. En découvrant la foule, Rosalie eut un mouvement de recul. Comment affronter sereinement ces farandoles endiablées ? A droite, à gauche, elle reconnaissait des garçons qui, avant son accident, lui avaient fait la cour et qu'elle avait traités avec dédain. A leur tour maintenant de rire de la boiteuse ! Soudain, elle sentit glisser sous son bras celui de François qui, d'un geste ferme, l'entraînait vers un endroit plus calme.

– Tu as vu ce pirate, comme il est beau, lui disait-il.

Mais Rosalie cherchait Jeanne qu'elle avait aidée à s'habiller. Elle bavardait avec un Romain qui avait fière allure dans sa toge.

– Le coquelicot, là-bas, c'est Mademoiselle et le bleuet, à côté d'elle, c'est son amie de Bel Horizon...

Sa tension s'évanouissait. François, qui s'en était aperçu, lui proposa de danser et, sans attendre sa réponse, enlaça sa taille.

– Ferme les yeux, écoute la musique et oublie tout, lui dit-il.

Pourquoi ne se débattait-elle pas ? Une griserie la gagnait. Il y avait si longtemps : légère comme une plume, elle tournait sous les lampions, légère, légère, mais présent et passé s'étaient rejoints. Une force l'emportait. Contre sa joue, elle sentait celle de son cavalier. Qui, jusque-là, l'avait de la sorte protégée ?

30

François voulait que Rosalie fût fière de lui et, dans ce but, ne ménagea pas sa peine. Après la vague de froid, les arbres avaient été taillés puis soignés, et on pouvait s'attendre à une bonne récolte d'amandes et d'olives.

Rassurée, Jeanne se consacra à la rénovation de la bastide. Des peintres furent appelés et, bientôt, les murs du salon, de la salle à manger et des chambres se colorèrent de teintes pastel. Les banquettes et les fauteuils revenus de Bel Horizon partirent chez le tapissier afin qu'il les recouvre de belles indiennes et les abat-jour des lampes furent remplacés pour dispenser une lumière douce et dorée.

– Pourquoi toutes ces transformations ? répétait Laurent d'une voix morne.

– Rien de tel pour le moral qu'un nouveau décor ! Et puis, n'oublie pas le dicton « On ne prête qu'aux riches ». Pour que nos affaires continuent de bien marcher, nous devons donner une belle image du domaine.

Elle se souvint de l'idée que lui avait soufflée Sylvie et, dans une pièce dont la fenêtre ouvrait sur les oliveraies, plusieurs vitrines furent installées pour présenter documents, objets et échantillons concernant le nougat et l'huile d'olive.

– A ton historique des Restanques, tu devrais ajouter un catalogue attrayant et détaillé de tes produits, lui conseilla encore sa cousine.

– Pourquoi pas !

Puis Jeanne soupira :

– Que vais-je devenir sans tes avis ?

Sylvie avait, en effet, décidé d'habiter la capitale. « J'ai trouvé un travail chez un parfumeur, » avait-elle annoncé à ses parents dès qu'elle était rentrée de Paris.

Rien ne pouvait plus déplaire à Raymond et Angélique Delestang qui, pour leur fille, imaginaient un mariage en bonne et due forme avec un notable des environs. En dépit de leurs mises en garde, elle s'entêta.

– Tu étais pourtant contente d'aider Jeanne, soulignèrent-ils en désespoir de cause.

– Cela ne me suffit pas.

Avec exaltation, elle vanta les mérites de Paris.

– Ici, il ne m'arrive rien. C'est la routine !

Pour Jeanne, le voisinage de Marianne adoucit le départ de Sylvie. A la différence des deux dernières années, elle n'évitait plus Bel Horizon. Avec goût, Elisabeth Coursange avait égayé le mas où elle recevait les amis de sa fille. Les soirées s'y déroulaient dans la gaieté autour de mets délicieux et de bonnes bouteilles de vin. Puis la maîtresse de maison jouait du piano tandis que Marianne chantait. Bientôt, les Delestang furent conviés et un petit cercle se créa.

Imperméable à cette bonne humeur, Laurent continuait de s'enfermer. Partagée entre l'exaspération et l'inquiétude, Jeanne tentait quotidiennement de le sortir de sa prostration.

– Marianne Coursange organise une fête pour ses élèves. Elle a besoin d'aide, lui dit-elle un matin de mai.

– Et alors ?

– Tu pourrais imiter Michel et te joindre à nous pour organiser des jeux.

– Ne me dis pas que Michel s'est laissé piéger !

– Piéger, se récria Jeanne qui ne contenait plus sa colère. C'est toi qui, depuis des mois, essaies de nous piéger avec tes airs de supplicié. Et si tu veux connaître la vérité, tout le monde en a soupé de tes états d'âme. Combien de temps vas-tu encore te lamenter sur une rupture qui, en réalité, t'a mis à l'abri du pire ?

– Je t'interdis de me parler sur ce ton !

– Cela m'est complètement égal ! Regarde-toi. Une chiffe molle, voilà ce que tu es devenu, à cause d'une femme sans intérêt.

Vexé, furieux, Laurent poussa Jeanne hors de sa chambre puis, avec nervosité, il alluma une cigarette, et, sans l'avoir cherché, capta son reflet dans le miroir : un visage blafard, une silhouette voûtée. A sa mémoire résonnèrent les mots prononcés par Marianne Coursange : « Un petit vieux. » Pour la première fois depuis longtemps, il se regarda avec attention. Pas peigné, pas rasé, il portait un pyjama défraîchi et ses ongles n'étaient pas nets. Sa négligence lui fit soudain horreur ou, plutôt, il en eut honte. Il pénétra dans le cabinet de toilette et, à grands renforts de savon, de soins énergiques, renoua un peu avec son apparence d'antan. Dans la penderie, il passa en revue les vêtements repassés par Rosalie puis s'habilla de tussor. Une fois prêt, il se demanda ce qu'il allait faire. Incapable d'affronter Jeanne, il se glissa dans le jardin où l'étourdit le parfum du mimosa. Les paupières plissées sous la réverbération du soleil, il avança entre les poivriers et les eucalyptus. La nature, sa plus ancienne et fidèle compagne, le reprenait en son pouvoir. Il marcha un long moment, guidé par sa soif de retrouver un plaisir enfoui sous des semaines de marasme. Ses pas le menèrent vers les simples, ces plantes médicinales pour lesquelles il s'était passionné à l'aube de son adolescence et dont Jeanne avait pris soin pendant son voyage. En dépit de son désintérêt, elles ne montraient aucun signe d'affaiblissement. Plusieurs fois, il se baissa afin d'arracher une mauvaise herbe. Une coccinelle se posa sur sa main. Sans bouger, il la regarda avancer vers son index puis s'envoler. Allait-elle lui porter chance ? Il se souvint des conseils de Jérôme. Rien n'apportait plus de satisfaction que l'accomplissement d'un projet longtemps caressé. Oublieux des heures, il poursuivit sa promenade en s'arrêtant pour se reposer car le manque d'exercice avait diminué son endurance. Autour de lui, tout était à sa place. Au lavoir, les lavandières chantaient avec le même entrain, dans les champs le travail s'accomplissait et l'herbe exhalait une odeur de suc et de chaleur. A sentir le soleil brûler sa peau, il retrouvait de l'énergie et ce fut le cœur plus léger qu'il revint aux Restanques.

Le soir, pendant le dîner, Jeanne ne montra pas de rancune. Il lui en fut reconnaissant. Remarqua-t-elle qu'il bavardait davantage ? Elle n'en laissa rien paraître.

Les jours suivants, Laurent sortit de plus en plus fréquemment. On le vit s'occuper du jardin et partir pour Hyères afin d'y visiter des pépinières.

– Il a acheté de nouveaux livres sur les arbres, confia Rosalie à Jeanne, et il a mis de l'ordre dans ses herbiers.

– Tiens, tiens, je n'en attendais pas autant !

Les progrès persistèrent. Laurent accepta de rejoindre Michel pour jouer au tennis. Il prit des repas chez les Delestang et commença à s'intéresser aux travaux agricoles.

Il allait inspecter, un après-midi, la récolte des amandes quand une bande d'enfants déboucha de la pinède.

– Monsieur, monsieur, l'appela l'un d'entre eux, vous ne pourriez pas nous aider ?

Un plan dans les mains, il tentait avec ses camarades, des filles et des garçons d'une dizaine d'années, de déchiffrer des rébus.

Après les avoir mis sur la voie, Laurent leur demanda d'où ils venaient.

– De Bel Horizon. Notre maîtresse a organisé un jeu de piste.

Ils lui montrèrent de nouvelles énigmes.

– Venez, leur dit-il en les entraînant vers le pont qui enjambait la rivière.

Puis ils se dirigèrent vers une grotte.

– J'ai peur, avoua une fillette lorsqu'il fallut s'enfoncer dans un boyau malodorant.

– Alors, attends-nous. Nous n'en aurons pas pour longtemps.

A cinq heures, ils avaient trouvé toutes les réponses et, avec fierté, franchissaient le portail de Bel Horizon.

– On dira qu'on vient juste de vous rencontrer, déclara Pierre, le chef du groupe. Sinon les autres vont nous traiter de tricheurs.

– J'ai une idée, proposa la petite Pauline. Vous allez me porter sur vos épaules et je ferai semblant d'avoir mal à la jambe. Ça expliquera pourquoi vous êtes avec nous.

Dans une mise en scène savamment orchestrée, Laurent la déposa avec précaution sur une chaise longue en rotin. Marianne, qui au même moment sortait de la maison, se précipita vers la pelouse.

– Que se passe-t-il ?

– Rien de grave, la rassura Laurent.

Tous ensemble racontèrent une histoire que ne mit pas en doute leur maîtresse. En retrait Laurent l'observait. Vêtue d'une robe imprimée, elle portait des chaussures plates et blanches qui lui donnaient une allure moderne et sportive. Agglutinés autour d'elle, ses élèves lui montraient les résultats de leur course. Elle les écouta puis les exhorta à attendre les autres concurrents en goûtant. Sous de grands parasols, des tables avaient été dressées et Laurent aperçut des gâteaux dignes d'un conte de fées.

– L'œuvre de ma mère, lui confia Marianne.

Suivie de Jeanne, Elisabeth Coursange ne tarda pas à les rejoindre. Toutes deux apportaient des carafes emplies de citronnade.

– Laurent, s'exclama Jeanne, surprise.

Se tournant vers leur hôtesse, elle ajouta :

– Je vous présente mon frère.

– J'avais depuis longtemps envie de vous rencontrer, murmura Elisabeth en observant son visiteur avec attention.

L'arrivée de nouveaux enfants les interrompit. Ils furent bientôt tous là, éparpillés sur le gazon et pressés de connaître les résultats du jeu.

– Quand vous aurez terminé de goûter, leur promit Marianne.

En dégustant un chou à la crème, Laurent s'abandonnait au charme de ce moment improvisé. Depuis sa dernière visite, le mas avait changé d'allure ; la pierre avait été nettoyée, les volets repeints en vert pâle. Une glycine nouvellement plantée commençait de grimper le long d'une tonnelle et, dans des jarres de terre vernissée, s'épanouissaient solanums et giroflées. Un chien au pelage épais et blond s'agitait en aboyant autour des tables, à la recherche d'une friandise. Sans résultat, Marianne tenta de le calmer et, de guerre lasse, l'entraîna vers la maison en l'appâtant avec un sucre. Puis ce fut l'heure de vérité et les protégés de Laurent, bien entendu, gagnèrent. Alors qu'elle donnait leur récompense à Pauline qui depuis longtemps avait oublié de boiter, Marianne chercha du regard son voisin.

– Je ne vous savais pas si débrouillards, dit-elle sur un ton moqueur aux lauréats. Avoir répondu si vite et sans la moindre faute à toutes ces questions relève du miracle.

– Cotignac maintient sa réputation, rétorqua Laurent avec un sourire de connivence.

Infatigables, les jeunes invités réclamaient de nouveaux amusements. On sortit un croquet, des cordes à sauter et un ballon que Marianne sut renvoyer avec vigueur à ses adversaires. Amusé, Laurent la regarda feindre, esquiver, jusqu'à l'instant où elle le choisit pour cible. Une course commença, à la grande joie des enfants qui applaudirent en voyant leur institutrice rouler dans l'herbe tandis que Laurent la touchait à son tour du ballon.

– N'avez-vous pas honte de vous attaquer à une faible créature, s'amusa la jeune fille, et de surcroît devant mes élèves ! Comment me respecteront-ils à l'avenir ?

Pour toute réponse, Laurent l'aida à se relever. Ses cheveux étaient un peu plus ébouriffés que d'habitude, sa robe maculée, mais elle semblait s'en moquer. « Du vif argent », constata-t-il lorsque les parents se présentèrent pour emmener, dans plusieurs voitures, les petits invités. A son tour, il se préparait à prendre congé quand madame Coursange lui proposa de rester avec Jeanne pour le dîner.

– Mon mari sera content de vous connaître.

– Je ne sais pas, hésita Laurent en cherchant du regard Marianne pour découvrir avec agacement qu'elle ne prêtait aucune attention à la réponse qu'il donnerait.

Cette indifférence le poussa à accepter.

Jacques Coursange lui fut d'emblée sympathique.

– Chaque matin, en m'éveillant, j'apprécie ma chance de vivre à Bel Horizon, avoua celui-ci. On m'a dit que vous étiez, vous aussi, passionné par la région...

Les deux hommes discutèrent jusqu'au retour de Marianne qui s'était changée. Plus grande que la plupart des femmes, elle avait des épaules délicates, des hanches étroites et de longues jambes déliées. Depuis sa rupture avec Suzie, Laurent n'avait éprouvé aucune attirance pour le sexe opposé, néanmoins, ce soir, il ne demeurait pas insensible au charme de sa voisine.

Le dîner se déroula dans la gaieté. Elisabeth Coursange savait mettre à l'aise ses invités et Laurent se montra disert. En le voyant de si belle humeur Jeanne se surprit à espérer qu'il était enfin guéri de son mal de vivre. Il faisait même des projets à long terme, remarqua-t-elle en écoutant des détails sur le labyrinthe qu'il souhaitait créer aux Restanques.

– J'ai un livre sur le sujet. Je pourrais vous le prêter, proposa Marianne.

– Vous vous intéressez aux plantations ?

– Cela m'arrive.

– Alors, je vous montrerai l'emplacement que j'ai choisi.

Il était tard lorsque le frère et la sœur prirent congé.

– Tu avais raison, reconnut Laurent sur le chemin du retour. Ces gens sont agréables.

31

Juin touchait à sa fin et les fleurs des oliviers s'étaient transformées en petites grappes qui, dans quelques mois, deviendraient des fruits. L'air embaumait le foin coupé et Jeanne, lorsque la chaleur diminuait, se grisait des fragrances d'un été qui s'annonçait sous de bons auspices. La bastide avait retrouvé son atmosphère d'antan. A la cuisine, Fanny préparait les repas pour les maîtres et leurs fréquents invités. Apolline astiquait avec vigueur l'argenterie et Rosalie amidonnait les nappes d'organdi.

– On dirait des voiles de mariée, dit-elle à sa tante en les dépliant pour les contempler.

– Qu'est-ce qui te prend de tout le temps parler de mariage ? Tu aurais pas une idée dans la tête ?

– Mais non !

– Et le François ? Je suis sûre qu'il aimerait te mener devant monsieur le curé.

– Tu prends tes désirs pour la réalité.

Apolline se mordit la langue pour ne pas relancer la conversation et Rosalie poursuivit sa tâche dans la solitude. Le soir, pourtant, la jeune servante songea à ces paroles. Si François lui demandait de l'épouser, accepterait-elle ? En rangeant des verres dans un placard, elle se remémora ses rêves de grandeur. Comme ils étaient loin ! Elle avait cru aimer Laurent à en mourir et, aujourd'hui, il ne lui était plus rien. Etait-ce possible que des sentiments aussi forts se fussent évanouis ? Et ses besoins d'argent ? Où l'avaient-ils menée ? On frappa à la porte de l'office puis François entra.

– Il risque d'y avoir un orage, dit-il. Je t'ai rapporté le linge qui séchait.

– Oh, il fallait m'appeler.

François ne ressemblait à aucun des hommes qui l'avaient séduite mais, peu à peu, elle se laissait conquérir par la générosité contenue dans le moindre de ses actes.

– Je termine plus tôt aujourd'hui, lui dit-il. Tu veux qu'on fasse un tour ?

– Je te rejoins à la fin de mon service.

La nuit était tombée quand ils se retrouvèrent derrière la ferme.

– On va au village, suggéra François.

– Tu crois ?

– Que proposes-tu ?

– On est bien ici.

Ils se dirigèrent vers une butte herbue où ils s'assirent. Le visage levé vers le ciel, François contemplait les étoiles.

– Là, c'est la Grande Ourse et, plus loin, le Chariot.

Puis il lui donna des détails concernant la Voie lactée, qu'elle écouta avec l'émerveillement d'une enfant.

– Tu en connais, des choses !

– Petit, j'étais jaloux de ceux qui allaient à l'école. J'aurais voulu être instituteur.

– Tu le regrettes beaucoup ?

– Regretter, c'est perdre du temps.

– Je crois que tu as raison.

– Et toi, qu'est-ce que tu rêvais de faire ?

– J'enviais les riches mais, finalement, ils sont pas plus heureux que nous. Monsieur Laurent, par exemple !

– On dit qu'il va mieux.

François brûlait de la questionner davantage sur le jeune maître des Restanques. L'aimait-elle toujours? Il ferma les yeux pour mieux s'imprégner de sa présence et lui fut reconnaissant de privilégier, elle aussi, le silence. Autour d'eux, la campagne s'endormait, les enveloppant de quiétude.

– Rosalie, murmura-t-il.

Des doigts se nouèrent aux siens.

– Je suis bien, chuchota-t-elle.

Jamais elle n'avait ressenti une telle sensation de calme. Ce qu'elle éprouvait pour François ne ressemblait en rien à ce qu'elle avait connu jusque-là. Ce n'était pas de la passion mais la découverte qu'auprès de lui l'existence pourrait être douce. Pour la première fois, elle s'imagina un avenir. Il serait à ses côtés et elle serait là pour lui. Le désir de le rendre heureux l'envahissait, une juste récompense après les affronts qu'elle lui avait infligés.

– François, il y a pas toujours eu des choses bien dans ma vie.

– Tu as envie d'en parler?

– Non.

– Alors, elles m'intéressent pas.

– Comment fais-tu pour pas juger?

– Quand on aime, on essaie de comprendre et d'accepter.

– Mais les autres hommes, ils pensaient qu'à eux!

François sourit puis, luttant contre un ultime sursaut de timidité, l'attira contre lui.

– Je serai jamais riche, lui dit-il, la bouche sur sa tempe, mais, si tu m'acceptes, je saurai veiller sur toi.

– Tu veux vraiment qu'on soit ensemble?

– Et toi?

– Oui, mais il faut que tu saches...

– Quoi, mon Dieu? s'amusa-t-il.

– C'est pas parce que je boite que je me marie avec toi.

Dès le lendemain, la nouvelle fit le tour des Restanques. Apolline essuya une larme de circonstance et Fanny songea à la pièce montée qu'elle confectionnerait pour les noces.

– Que va dire ta sœur? demanda avec inquiétude Rosalie à François.

– Qu'importe!

Mais, contre toute attente, Augustine sut balayer ses griefs.

– La pauvre, elle a eu assez de misères comme ça, confia-t-elle à Annie. J'ai même remis Joseph à sa place quand il a dit que mon frère était assez idiot pour s'amouracher d'une boiteuse.

Loin de ces ragots, Rosalie vivait dans la fièvre des préparatifs. En plus de la robe de mariée, Jeanne lui offrait un trousseau.

– C'est trop, se récria-t-elle.

– Qui décide ici? répliqua Jeanne en riant.

Elle-même s'abandonnait à la joie qui semblait reprendre ses droits aux Restanques. Alors qu'elle accomplissait sa promenade quotidienne, elle s'arrêta pour contempler les amandiers qui, au plus fort de la tourmente, lui avaient permis de tenir bon. Plus que les oliviers, ils étaient devenus l'emblème de la propriété. Ne leur devait-on pas un nougat d'excellente qualité? Peu à peu, tout rentrait dans l'ordre. Installée dans son appartement, rue Paradis, Marthe jouait à la veuve joyeuse. Episodiquement et avec nonchalance, elle s'inquiétait de ses enfants qui préféraient cette attitude à une fausse sollicitude.

– Pourvu qu'elle ne croque pas trop vite ses économies, répétait Laurent.

– Ne parle pas de malheur! Il ne nous resterait plus qu'à lui ouvrir les portes des Restanques!

Le frère et la sœur étaient redevenus complices non seulement dans la vie mais dans le travail. Toutefois, Laurent ne faisait pas que décharger Jeanne de ses tâches quotidiennes. Il fourmillait de projets.

· J'ai l'intention d'ouvrir une pépinière, confia-t-il à son oncle Raymond.

– C'est une excellente idée !

Dans ce but, le jeune homme dessina les plans d'une serre qu'il soumit à un architecte. A l'exemple de sa sœur, il prit la décision de s'endetter.

– Si nous ne voulons pas être à la rue, il faut que l'un de nous deux réussisse.

– L'un de nous deux, se récria Jeanne. Je n'aime pas les discours pessimistes. Nous réussirons tous les deux, un point c'est tout !

– Et, plus tard, nous créerons un jardin dans la calanque.

A peine ces mots furent-ils prononcés que Jeanne se remémora la promenade au bord de la Méditerranée avec Jérôme. Cela lui paraissait si loin !

– Je croyais que cet endroit te déplaisait ?

– J'y suis retourné et j'ai changé d'avis.

Il n'ajouta pas qu'il y avait entraîné Marianne qui, contrairement à Suzie, avait aimé le site. Après s'être baignés, ils avaient réfléchi au défrichage du terrain et à la forme qui pourrait lui être donnée. La connaissance de Marianne en matière de fleurs le surprit.

– Je m'y suis toujours intéressée et n'oubliez pas cher ami, que j'enseigne les sciences naturelles.

Les vacances rendant la jeune fille disponible, Laurent prit de plus en plus fréquemment le chemin de Bel Horizon. Plaisait-il à sa voisine ou le considérait-elle comme une simple distraction ? Il n'aurait su le dire car elle le traitait avec une gentillesse dénuée d'ambiguïté. Cette attitude l'agaçait mais la forte personnalité de Marianne l'empêchait de dévoiler son attirance.

Son énervement s'accrut quand il comprit que Michel s'intéressait lui aussi à la jeune fille. Il arriva même à le détester lorsqu'elle le choisit comme partenaire pour disputer un double au tennis avec Sylvie revenue passer l'été à Entrecasteaux. La plupart des balles passèrent à côté de sa raquette et, humilié, il rentra dès la fin du match aux Restanques.

Pendant plusieurs jours, il ne se manifesta pas. Quand il se présenta enfin chez les Coursange, ce fut pour apprendre que parents et fille étaient partis pour Menton. A peine retrouvé, son équilibre fut à nouveau menacé. Des images s'imposèrent à son esprit : Marianne allant de régates en bals, Marianne riant avec des inconnus et oubliant, dans leurs bras, Cotignac et ses pauvres ressources. Dans son sommeil agité, les visages de Suzie et de Marianne se confondaient et il se réveillait en sueur au milieu de ces nuits de touffeur dont la Provence n'était pas avare en cette saison.

Une semaine s'écoula jusqu'à ce qu'il trouvât sa voisine en train de converser, sur la pelouse, avec Jeanne et Sylvie. Son regard s'éclaira lorsqu'elle l'aperçut.

– Laurent ! Je me demandais si nous aurions la chance de vous apercevoir. Je vous ai rapporté des plantes.

Se levant, elle l'entraîna vers la cour où il découvrit plusieurs pots contenant des espèces rares, délicates et parfumées.

– Mes parents sont devenus fous en voyant leur voiture transformée en jardinière.

– Ainsi, vous avez pensé à moi !

– En doutiez-vous ?

– Sincèrement, oui.

– Et la confiance, qu'en faites-vous ?

– J'ai déjà été trahi.

– Ce n'est pas une raison ! Les relations entre les êtres ne se ressemblent pas.

– Marianne, murmura-t-il, vous avez tout bousculé. Je croyais ne plus rien vouloir, ne plus rien attendre et vous vous êtes engouffrée dans mon existence. Mais j'ai peur.

– De moi?

– Vous êtes si libre, si indépendante.

Oubliant les regards qui, derrière le carreau d'une fenêtre, pouvaient les observer, Marianne caressa la joue de Laurent.

– Moi aussi, j'ai un peu peur de vous.

– Pourquoi? demanda-t-il en saisissant ses doigts pour les porter à ses lèvres.

– Vous êtes secret, ombrageux, parfois cassant.

– Vous m'avez déjà aidé à changer. Continuez...

– C'est un défi qui me plaît, répondit-elle avant de retourner vers ses amies.

32

Jérôme avait promis de venir au début du mois d'août. « *Un congé bien mérité* », écrivit-il à Jeanne. Dans un mélange de joie et d'appréhension, elle se prépara à le rencontrer. Avait-il changé ? Grâce à Sylvie, elle savait qu'il se partageait entre le Muséum et le laboratoire de recherches pharmaceutiques.

– Il travaille trop, lui avait confié sa cousine.

– A-t-il parfois parlé de moi ?

– Rarement.

Que signifiait ce « rarement » ? Jérôme était-il pudique, discret, ou bien entrait-elle dans ses préoccupations mineures ? Et cette ancienne maîtresse ? L'avait-il revue ?

Il se présenta aux Restanques juste avant qu'elle ne rentrât de Cotignac. Alors qu'il la débarrassait de sa bicyclette, elle prit conscience de ses vêtements froissés par la chaleur.

– Es-tu contente de me voir ?

– Je ne t'attendais pas avant la fin de la semaine.

– Je sais ménager mes effets.

Alors qu'ils entraient dans la maison, il ajouta :

– Je suis venu pour t'enlever.

– Comme les chevaliers !

– J'aimerais que tu connaisses ma maison à Cassis. Les travaux sont terminés.

A voix basse, il ajouta :

– J'aimerais aussi que nous soyons seuls.

Ils partirent avant le déjeuner. « Notre première escapade », se disait Jeanne en même temps qu'ils s'éloignaient des Restanques. Ecrasée de soleil, la campagne vivait au ralenti. Les villages offraient leurs maisons aux volets fermés et leurs habitants, pressés de retrouver la fraîcheur des salles carrelées, se hâtaient de rentrer du marché.

Ils s'arrêtèrent devant une auberge dont la terrasse couverte d'une ramade surplombait une rivière.

– A plusieurs reprises, j'ai pensé prendre un train pour te retrouver, lui avoua Jérôme, mais le calendrier était draconien.

Après un court silence, il ajouta :

– J'ai espéré que tu accompagnerais Nicole quand elle m'a rendu visite.

– J'avais trop de problèmes à résoudre, répondit Jeanne en se gardant d'ajouter que Paris l'affolait.

Jérôme acheta les denrées dont ils auraient besoin dans leur refuge puis ils s'engagèrent dans un chemin serpentant au milieu des vignobles. La lumière s'était adoucie sur la mer qui, au loin, offrait son lot d'embarcations.

– J'ai beaucoup voyagé, mais nulle part ailleurs je n'ai connu une telle diversité, un tel enchantement. Tout est là, la Méditerranée, ses couleurs contrastées et une poésie qui ne cesse de m'émerveiller.

Attentive au paysage, Jeanne resta silencieuse jusqu'à ce qu'ils atteignent la retraite de son amant.

– Je n'y ai pas encore habité, lui dit-il en tournant la clé dans une serrure.

Dans une pièce à la blancheur monacale, des chaises paillées entouraient une table en noyer et, le long d'un mur, courait une bibliothèque emplie de livres. Un bouquet de roses s'épanouissait sur le rebord d'une fenêtre.

– J'avais prévenu la gardienne de notre arrivée.

– Ainsi, tu étais certain de m'entraîner jusqu'ici!

– Je l'espérais.

Jérôme hissa leurs bagages à l'étage puis installa des bougies dans la chambre où, sur un lit entouré d'une moustiquaire, des draps en lin exhalaient une odeur de lavande. Jeanne l'avait suivi et contemplait le broc en émail fleuri, la courtepointe repliée sur un fauteuil et des tableaux racontant la Provence du siècle dernier. Jamais ils n'avaient partagé une telle intimité et tous deux se grisaient de ces instants qui doucement les ramenaient l'un vers l'autre.

Lorsqu'ils retournèrent à l'extérieur, il sortit d'une remise un hamac qu'il accrocha entre deux arbres puis, sur un banc, disposa des coussins.

– Installe-toi, dit-il à Jeanne avant de remonter du puits l'une des bouteilles qui rafraîchissaient dans un seau.

Après l'avoir débouchée, il goûta une gorgée de vin blanc et, satisfait, en emplit un verre qu'il tendit à sa compagne.

– A nous.

Fidèles à leur rite vespéral, les oiseaux volaient dans le ciel en poussant de longs cris. Au loin, un bruit de clochettes indiqua le passage d'un troupeau de chèvres. Jeanne s'imprégnait des sons et de la présence de Jérôme qui avait entouré ses épaules de son bras.

– J'ai souvent pensé au moment où nous serions ensemble. Je l'espérais et le redoutais. Tant de jours ont passé depuis ton départ! Tu pouvais être différent.

– Je le suis sûrement un peu.

– Et moi, me trouves-tu changée?

– Tu me sembles plus sereine que lorsque je t'ai connue.

Ses doigts s'étaient posés sur la nuque de Jeanne qui, pour en accentuer la caresse, renversa la tête. Penchée sur elle, il chercha sa bouche, en retrouva le goût. Sa peau sentait le soleil et la liberté. Bientôt, elle fut nue contre lui et, dans le jour déclinant, ils oublièrent tout ce qui n'était pas contenu dans leur fusion.

A la tombée de la nuit, Jérôme alluma lampes à huile et bougies puis ils préparèrent leur repas composé de jambon cru et de pommes de terre cuites sous la cendre.

– De vraies vacances, remarqua Jeanne avec un rire heureux.

Les jours suivants, ils continuèrent de vivre à l'abri des regards. Abandonnant sa maîtresse à la tiédeur de leur couche, Jérôme se levait avec l'aube et rapportait de ses promenades des fruits et du pain frais qu'ils dégustaient sous un arbre. Les matinées étant consacrées à la mer, il l'emmenait plus tard dans les criques où il se baignait enfant.

– A ce moment-là, je rêvais de vivre dans des pays lointains, lui confia-t-il.

– Aurais-tu changé d'avis ?

– Un voyage de temps en temps me suffira.

En cherchant son regard, il ajouta :

– Qu'en penses-tu ?

– Mon avis a-t-il de l'importance ?

– De plus en plus.

Jérôme se livrant avec pudeur et lenteur, Jeanne n'insista pas. Elle-même n'avait pas envie de se poser des questions. Le présent lui suffisait avec cette connivence qui les liait plus qu'un serment. Que connaissait-elle de son amant avant la récréation qu'ils s'accordaient ? Savait-elle qu'il chantait des airs d'opéra en s'habillant, qu'il préférait le vert à toute autre couleur, que son nez était souvent jaune à force de se pencher sur le pistil des fleurs, qu'il pouvait rester des heures à nager et qu'il détestait perdre aux cartes ?

Au fil de ces heures où ils devisaient, lisaient l'un près de l'autre, Jérôme découvrait lui aussi le plaisir de partager. Aucune de ses maîtresses ne lui avait offert cette plénitude qui gommait sa peur de voir sa liberté entravée.

– Jeanne, murmura-t-il alors que dans la chambre ils écoutaient les sons de la nuit, je n'ai jamais été aussi heureux. Rien ne me manque.

– A moi non plus.

– Certains mots me font peur mais je crois que je t'aime.

La bouche contre son épaule, il ajouta :

– Où cela nous mènera-t-il ? Tu es à Cotignac, moi à Paris.

– Chut, murmura-t-elle. Ne pensons pas à demain.

– Mais toi, tu ne m'as pas dit ce que tu ressentais ! Es-tu un peu attachée à moi... ou bien épouseras-tu un Antoine Laferrière ?

– J'espère que tu n'as jamais cru à cette histoire.

– Si, un peu, et j'en ai été très contrarié.

– Jérôme, chuchota-t-elle, tu es peut-être un grand savant mais lorsqu'il s'agit de sentiments tu manques d'intuition. Je t'aime, moi aussi, et depuis plus longtemps que tu ne l'imagines. Je t'aime, sans doute, depuis le jour où nous nous sommes rencontrés.

– En dépit de tous les défauts dont tu m'as affublé, s'amusa-t-il.

– Ne te moque pas.

Au cœur de la nuit, ils se livraient encore à des confidences. Des liens subtils se tissaient entre eux pour les entraîner vers la confiance sans laquelle aucune relation privilégiée ne pouvait exister. En même temps que s'envolaient des heures qui s'imprimeraient dans leur mémoire, Jeanne découvrait la grâce de l'amour partagé, celui qui donnait des ailes et insufflait le désir de soulever des montagnes. Investie d'une force nouvelle, elle se sentait prête à affronter tous les défis dont celui de ne jamais lasser l'homme qui l'avait séduite et choisie.

Il fallut pourtant s'en aller. Alors que Jérôme fermait la porte de leur maisonnette, Jeanne sentit sa gorge se serrer. Il lui avait promis de rester trois jours aux Restanques puis rejoindrait ses parents.

Cotignac bruissait d'animation quand ils s'y arrêtèrent afin d'acheter le journal.

Au centre du cours se disputaient les traditionnelles parties de boules que commentaient les badauds. Plus loin, autour des fontaines, les femmes bavardaient en emplissant leurs cruches tandis que leurs derniers-nés, accrochés à leurs jupes, se regardaient les uns les autres en s'adressant des grimaces et en riant. A l'église, les cloches sonnèrent l'angélus mais les habitués des cafés n'y prêtèrent pas attention. Après une journée de labeur, ils se distrayaient en buvant un ou plusieurs verres, et aucun n'aurait manqué ce rendez-vous où s'échangeaient force plaisanteries et ragots.

Cela faisait huit jours que Jeanne avait quitté le domaine et, en franchissant le portail, elle espéra que rien de fâcheux ne serait survenu pendant son absence.

Surveillé par le chat qui s'était couché au milieu d'un massif de géraniums, le jardinier arrosait les parterres de fleurs autour de la demeure tandis qu'Apolline ouvrait les volets du premier étage.

– Mon frère est là? lui demanda Jeanne.

– Vous le trouverez au fond du parc, vers les amandiers. Il s'y est rendu avec mademoiselle Marianne, répondit la servante avant d'ajouter : Il a invité du monde à dîner pour fêter votre retour et celui de monsieur Guillaumin.

Connaissant le goût d'Apolline pour les histoires d'amour, Jeanne imaginait sans peine les questions qu'elle devait remuer. Le regard admiratif qu'elle adressait à Jérôme en disait long sur son espoir de le voir entrer dans la famille.

Après la fatigue du voyage, Jeanne se grisait des odeurs de la nature qui retrouvait vie en même temps que le soleil déclinait. Son bras sous celui de son amant, elle l'entraîna de l'autre côté du verger où les cerisiers et les pruniers croulaient sous les fruits. Ne résistant pas à l'attrait des groseilles, elle en cueillit quelques grappes qu'elle partagea avec lui avant de rejoindre Laurent et Marianne qui prenaient des mesures dans une prairie dont l'herbe repoussait après la fenaison.

– Que penses-tu de cet emplacement pour une serre ? demanda Laurent au botaniste qui, passionné par le sujet, posa de nombreuses questions.

– Ils ont complètement oublié notre existence, dit en riant Jeanne à Marianne qui, amusée elle aussi, venait d'abandonner les deux hommes à leur conciliabule.

La chaleur fléchissait quand ils reprirent le chemin de la bastide. Au travers des arbres, Jeanne en discernait la façade recouverte de bougainvillées. Elle songeait aux deux dernières années. Ses décisions, ses efforts, trouvaient leur signification en cette soirée d'été où le présent rejoignait le passé. Des silhouettes attirèrent son attention. Les Delestang et les Coursange les attendaient en devisant pendant que Rosalie leur servait un rafraîchissement. Pour n'avoir jamais capitulé, Jeanne recevait en récompense ce moment de perfection où chaque élément trouvait sa place. A côté d'elle, Laurent tenait la main de Marianne. Se retournant, elle chercha Jérôme qui s'était écarté. Il lui rapportait une rose. Plus tard, beaucoup plus tard, elle se remémorerait le ciel strié de mauve, le conciliabule des oiseaux, le chat toujours immobile dans son massif et l'allégresse qu'elle éprouvait d'avoir réalisé ses espérances. Sans qu'aucun mot n'eût été prononcé, elle comprit que Jérôme avait suivi le cours de ses pensées.

Elle se rapprocha de lui. De nouvelles histoires commençaient que, peut-être, les futures générations se raconteraient. Résonneraient alors les prénoms de Jeanne et de Jérôme, celui de Laurent, l'homme qui avait bâti des serres et créé un jardin sur le littoral. Marianne ne serait pas oubliée. La vie reprenait ses droits aux Restanques qui ainsi renouait avec l'époque où ses fondateurs et leurs descendants veillaient sur sa prospérité...

Cet ouvrage a été achevé d'imprimer
sur Roto-Page
par l'Imprimerie Floch
à Mayenne
pour le compte de France Loisirs
en juillet 1998

Cet ouvrage est imprimé
sur du papier sans bois et sans acide.

Dépôt légal : août 1998
N° d'édition : 30155. N° d'impression : 44026
(Imprimé en France)